Brian Lumley · Verfluchtes Blut

In dieser Reihe erschienen:

2801 *Das Erwachen*
2802 *Vampirblut*
2803 *Kreaturen der Nacht*
2804 *Untot*
2805 *Totenwache*
2806 *Das Dämonentor*
2807 *Blutlust*
2808 *Höllenbrut*
2809 *Wechselbalg*
2810 *Duell der Vampire*
2811 *Totenhorcher*
2812 *Blutkuss*
2813 *Konzil der Vampire*
2814 *Grabgesang*
2815 *Blutsbrüder*
2816 *Vampirwelt*
2817 *Nestors Rache*
2818 *Metamorphose*
2819 *Vormulac*
2820 *Schlacht der Vampire*
2821 *Blutkrieg*
2822 *Vampire schlafen nie*
2823 *Hund der Nacht*
2824 *Verfluchtes Blut*

Brian Lumley

Verfluchtes Blut

Necroscope 24

Aus dem Englischen von Alexander Amberg

FESTA

1. Auflage August 2008

Originaltitel: *Necroscope: The lost Years, Volume III*

Umschlaggestaltung: BabbaRammDass
Literarische Agentur: Thomas Schlück GmbH, 30827 Garbsen
Druck und Bindung: AALEXX, Großburgwedel

ISBN 978-3-86552-086-9

ERSTES KAPITEL

Es wurde zwei Uhr morgens, ehe Harry in B. J.s Armen einschlief. B. J. hingegen verspürte nicht das geringste Bedürfnis zu schlafen, denn die Nacht war ihre Zeit. Sie hatte ihre Bedürfnisse, gewiss, aber nicht nach Schlaf. Und je näher die Stunde des vollen Mondes rückte, desto unerbittlicher wurde das Drängen, das sie quälte. Doch schon vor langer Zeit hatte sie gelernt, diesem Drang zu widerstehen, sodass Harry sich zu keiner Minute wirklich in Gefahr befand. Nicht Harry! Immer mehr wuchs in ihr die Überzeugung, dass er tatsächlich der Geheimnisvolle war, Radus »Mann mit den zwei Gesichtern«.

Nun, jetzt erschien ihr sein Verhalten nicht mehr ganz so rätselhaft. Eine Facette zumindest hatte sich ihr offenbart. Und auf seine Art hatte er es sogar in die Wege geleitet. Zunächst eher zurückhaltend (und keineswegs ein Don Juan!), hatte er seine Schüchternheit bald mehr und mehr abgelegt. Anders als die meisten anderen Männer, die zum ersten Mal mit einer Frau schlafen, wollte Harry sie tatsächlich zufriedenstellen und fand schnell heraus, wie sie es am liebsten mochte.

Und als Mondkind, das eine gehörige Portion Wolf in sich hatte, »unterwarf« B. J. sich. Ihre Brüste flach gegen die weiche Decke gedrückt, das Gesicht der roten Glut des Feuers zugewandt, genoss sie die heftigen Stöße von Harrys angeschwollenem Glied. Oh, er hatte schon ... *lange* keine Frau mehr gehabt, so viel war klar. Ihr ging es allerdings nicht wesentlich anders. Also nahm sie, was er ihr geben konnte. Doch obwohl ihr Geschlecht ihn verzweifelt umschloss, beherrschte er sich, bis er sie am ganzen Körper erschauern fühlte und ihr Stöhnen hörte, ehe er sich in langen, heißen Strahlen in sie ergoss. Bonnie Jean Mirlu hatte sich noch nie so befriedigt gefühlt. Jedenfalls nicht in dieser Hinsicht.

Mit ihr zu schlafen, war, als habe jemand eine Schleuse geöffnet. Für den Augenblick waren all sein Schmerz, seine Trauer, seine Sorgen und seine Enttäuschung vergessen. In jenem kurzen Auflodern der Leidenschaft, als B. J. sein Innerstes wie ein Rausch erfüllte und er in ihren Armen dahinschmolz, schien für Harry die Zeit stillzustehen. Als er zum zweiten Mal kam, empfand B. J. eine solche Lust, dass sie ihn, als er von ihr ließ, auf den Rücken drehte und seinen feuchten, pulsierenden Schaft in den Mund nahm ... so lange, bis er wieder bereit war.

Die ganze Zeit über war sie sich jedoch der Gefahr bewusst und vergaß Radus Warnung nicht: »Sollte er in dich eindringen, musst du sichergehen, und zwar *absolut sichergehen,* dass nichts von dir – oder vielmehr uns – in ihn gelangt!«

Selbstverständlich nicht, er wollte Harry nämlich für sich, um mit ihm ... was auch immer anzustellen. Dafür brauchte er ihn menschlich, und zwar durch und durch. Fürs Erste jedenfalls. Was Radu nun mit Harry vorhatte:

Darüber wusste B. J. Bescheid (der Hunde-Lord hatte es ihr zumindest zum Teil erklärt), aber im Augenblick wollte sie lieber nicht darüber nachdenken. Im Augenblick wollte sie nur behaglich daliegen, von Harrys Arm umschlungen, sein schlafendes, nun nicht länger angespanntes, stattdessen sonderbar unschuldig wirkendes Gesicht an ihre weichen Brüste gebettet, ihren Schenkel zwischen seinen Beinen an sein mittlerweile schlaffes Glied gedrückt, das nur hin und wieder zuckte, so als würde es sich an die vergangenen Freuden erinnern. Denn er hatte ihr mit seinem Körper zwar Lust bereitet, doch das war bei Weitem nicht alles. Allein seine Gegenwart reichte schon aus, dass sie sich gut fühlte. Ja, sie ... *genoss* es, bei ihm zu sein! Und es war eine merkwürdig angenehme Vorstellung, dass er seinen Samen in sie ergossen hatte – obgleich sie gezwungen gewesen war, diesen abzutöten.

Empfängnisverhütung? Pillen, Plastik oder ein Gummi, der jede Sinnlichkeit zerstörte? Das war nicht notwendig. Ihr Organismus, ihr Körper, schützte sich selbst. In ihrem Blut war etwas – dieselbe fremdartige Essenz, die sie vor den Krankheiten der Menschen, dem Altern, sogar vor körperlichen Verletzungen bewahrte –, das nicht zuließ, dass seine Spermien in sie eindrangen. B. J. brauchte nur daran zu denken, und ihr Körper reagierte, um die unzähligen, sich zum Ziel der Zeugung in ihr vorwärtswindenden Kaulquappen zu vernichten.

Dazu genügte ein einziger Gedanke, ein einziger Befehl an den noch unreifen Egel, den sie in sich wachsen spürte, obwohl ihr Gebieter ebendies in Abrede gestellt hatte:

Abgesehen von dir ist in mir noch etwas anderes, das lebt. Aber das wünsche ich nicht. Reinige mich davon. So sei es! Und so geschah es auch.

Umgekehrt fiel es ihr wesentlich schwerer, jene fremdartige Essenz bei sich zu behalten und zu verhindern, dass sie auf ihren Partner übertragen wurde. Zwar wollte sie ihn sich gefügig machen, allerdings nicht als Sklave. B. J. persönlich hätte dies durchaus gefallen, dem Hunde-Lord hingegen weniger. Nein, denn Radu wollte ihn für sich selbst. Abermals schien dies ein Widerspruch:

Ihr Gebieter behauptete beharrlich, dass sie *keine* Wamphyri sei, gleichzeitig jedoch sorgte er sich, sie könne womöglich irgendetwas auf seinen geheimnisvollen Fremden, auf Harry übertragen. Da B. J. selbst nur eine Sklavin war (sofern tatsächlich nicht mehr dahintersteckte), würde ihr Biss ihn zwar zum Mondkind machen – aye, er würde dem Vollmond erliegen und jedes Mal widernatürliche Gelüste verspüren –, nicht aber zu einem Werwolf. Dazu müsste er schon mit Radus Blut, Speichel oder Sperma, seiner Essenz, in Berührung kommen. Oder sein Egel beziehungsweise dessen Ei müsste auf ihn übertragen werden. Hatte B. J. in all den Jahren, die sie Radu nun schon diente, denn nicht genug von der Essenz ihres Gebieters abbekommen? Nein, mitnichten. Radu hatte es so eingerichtet, dass das Geben eine einseitige Angelegenheit war; B. J. erhielt nichts zurück ...

Ach, wirklich? Und weshalb hatte sie dann jedes Mal, wenn Radus Trichter sich füllte und er begann, von ihrem Blut zu zehren, den Eindruck, dass so etwas wie elektrische Spannung zwischen ihnen floss? Nur ein Gefühl, mehr nicht. Bonnie Jean wusste, weshalb. Zumindest glaubte sie, es zu wissen. Doch sie wagte es sich kaum einzugestehen. Denn wenn sie sich irrte ...

Sollte Radu herausfinden, dass sie glaubte, sie verfüge über besondere Kräfte, ja, sei sogar eine Wamphyri, und dies auch noch ohne sein Zutun, wäre sein Zorn grenzenlos!

Aber er brauchte sich keine Sorgen zu machen; sie hatte nicht vor, Harry in einen Werwolf, Vampir oder eine sonstige Kreatur zu verwandeln. Sie wollte nur eines: ihrem Gebieter gehorchen und ihn irgendwann aus seinem Grab aus Harz befreien. Denn Bonnie Jean mochte zwar die Hüterin des Hunde-Lords sein; doch sie ahnte, dass der Tag bevorstand, an dem sie ihn ebenso sehr brauchen würde wie er sie. Die Drakuls und Ferenczys feierten mitsamt ihren Knechten fröhliche Umtriebe in der Welt, und bislang war B. J. immer noch eher eine Frau als ein Mischwesen. Radu *musste* am Leben bleiben, wenigstens so lange, bis sie alles von ihm gelernt hatte, was sie nur konnte, damit dieses Wissen sie in die Lage versetzte, eine eigene ... Dynastie? ... zu gründen und zu führen.

Nun war es also heraus. Nun hatte sie es sich also eingestanden, wenn auch nur vor sich selbst. Das war kein Verrat, sondern lediglich eine Frage des Überlebens, und zwar ihres Überlebens! Ein weiterer Beweis – und wahrscheinlich der bislang beste – dafür, dass sie war oder doch zumindest bald sein würde, was sie bereits seit vierzig Jahren vermutete: eine Wamphyri! Fürs Erste sollte Radu also ihr Gebieter bleiben und sein Wort Gesetz.

Bis zu seiner Auferstehung und solange die Drakuls und Ferenczys eine Bedrohung darstellten, würde sie es unterdrücken, so gut sie konnte. So, wie er sich ihrer bedient hatte, würde sie nun andere benutzen, um ihren Weg zu gehen.

Und was der Hunde-Lord mit Harry – dem sogenannten Geheimnisvollen, seinem »Mann mit den zwei Gesichtern« – vorhatte – nun, jetzt sah B. J. diese Absichten in einem anderen Licht, nämlich aus Radus Blickwinkel. Denn es war gut möglich, dass sie irgendwann in ferner Zukunft gezwungen sein würde, ebendasselbe zu tun, was Radu nun tat ...

Radu hatte sich nicht aus gänzlich eigenem Willen in sein Grab aus Harz zurückgezogen. Er hatte geglaubt, dass er krank sei, dass der Schwarze Tod *ihn* in den Klauen habe, und aus Erfahrung wusste er, dass es kein Heilmittel dafür gab. Er hatte mitangesehen, wie seine Welpen diese grässlichen schwarzen Pusteln bekamen und vor seinen Augen starben. Er hatte die Krankheit in sich gespürt und wusste, wie sehr sein Innerstes dagegen ankämpfte. Vergeblich. Und er verfluchte seinen Egel für dessen Schwäche und Unfähigkeit, weil dieser dem heimtückischen Voranschreiten der Krankheit nichts entgegenzusetzen hatte.

Aber in dem Jahrzehnt, das 1340 begann, brach nicht nur die Pest aus, sondern auch Hungersnöte und Unruhen. Allein schon durch Europa zu ziehen, war ein Ding der Unmöglichkeit. Noch nicht einmal das Gefolge eines reichen Bojaren, das vor der alles verheerenden Geißel aus dem Osten floh, konnte damit rechnen, dass die Reise leicht werden würde. Radu wurde in einen Streit verwickelt und erhielt einen Schwertstoß in die Seite. Normalerweise hätte sein Egel dies mit Leichtigkeit in den Griff bekommen und die einfache Wunde rasch geheilt. Doch der Parasit kämpfte bereits mit der Pest in Radus Körper, ein aussichtsloser Kampf, den er unmöglich gewinnen konnte, nicht solange Radu auf den Beinen und mit allem Möglichen beschäftigt war.

Er hatte es nur äußerst ungern getan, doch es gab keinen anderen Ausweg. So kam es, dass der Hunde-Lord im Schottland des Jahres 1350 seinen seit Langem gehegten Notfallplan in die Tat umsetzte. Das Rudel hatte ihm in den unzugänglichen Berghöhen einen behelfsmäßigen Bau errichtet, und Radu ließ sich ins Harz hinabsenken.

Das mochte eine etwas drastische Lösung sein, doch nichts anderes hatten ihm seine Träume gezeigt: Er musste für lange, lange Zeit untertauchen – über sechshundert Jahre –, um in einer zukünftigen Welt wiederaufzuerstehen. In einem anderen Körper. Metempsychose! Alles, was ihn ausmachte, seine gesamte Persönlichkeit, musste auf einen anderen übergehen. Mehr noch, oft hatte ihm von jenem Geheimnisvollen geträumt, der bei seinem Erwachen da sein würde; und sich selbst hatte er als Rächer gesehen, der aus dem Abgrund der Zeit auftauchte, um seine Feinde von einst zu vernichten, und dessen Ruhm in der Stunde seines Triumphes hell wie ein Stern leuchtete.

Mit derartigen Gedanken war es ihm leichter gefallen, sich in den Sarkophag voll weichen Harzes zu begeben, das ihm die Luft zum Atmen nahm. Der von den Zauberern aus der Wüste stammende Wein hatte ein Übriges getan. Das Koma, in das er ihn sinken ließ, war nicht wesentlich anders als der Tod, in Wirklichkeit jedoch nur der Beginn eines ins Unendliche verlängerten Untodes. Und wie er so starr und reglos in dem zähflüssigen Grab in seinem Bau in den Cairngorms lag, hatte er angefangen zu träumen.

Nun, da Radu sich nicht mehr rührte, keine Kraft mehr verbrauchte und auch seinen Egel nicht mehr beanspruchte, konnte dieser sich auf den eigentlichen Kampf konzentrieren und all seine Anstrengungen darauf verwenden, gegen den im Herzen des Hunde-Lords wütenden Virus anzugehen. Wie lange dieser Kampf andauerte ... wer vermochte das schon zu sagen? Radu schlief; und auch wenn sein Geist wach war, war er doch irgendwie von seinem Körper losgelöst. Erst wenn die beiden wieder vereint wären, würde er wieder heil sein, an dem Tag, an dem B. J. das Harz wegschmolz, um ihn zu befreien.

Und wenn er dann nicht heil war? Wenn der Parasit den Kampf verloren hatte und das Fieber in ihm wieder anstieg und nach all den Jahren doch wieder ausbrach? An dieser Stelle kam Harry Keogh ins Spiel, ihm hatte Radu in diesem letzten Akt eine besondere Rolle zugedacht. Seelenwanderung, aye!

Denn in dem Jahr, das dem Erwachen des Hunde-Lords vorausging, wollte dieser mithilfe seiner überragenden Verführungskünste, ebenjenes Hypnotismus', den er besser als jeder andere beherrschte, seine Erinnerungen *in allen Einzelheiten* in Harrys Geist übertragen. Sollte er dann bei seinem Wiederauferstehen feststellen, dass sein Körper von der Krankheit zerfressen war, kurz davor, ihr zu erliegen und den wahren Tod zu erleiden, würde er seinen Egel veranlassen, sich in Harrys Körper zu flüchten. Großen Zwang brauchte er dabei nicht ausüben, denn der Parasit hing von Natur aus so hartnäckig und zäh an seinem Leben, dass er dies schon von alleine tun würde. Sollte dies nicht möglich sein, sollte irgendein Zufall dies verhindern, dann würde der Egel eben sein Ei ablegen, den schnellsten und sichersten Überträger des Vampirismus!

Und im Augenblick der Übertragung, gleich auf welche Weise, wollte der Hunde-Lord sein größtes Wunder versuchen. Radu *war* ein unglaublich mächtiger Mentalist, ein Telepath, der seinesgleichen suchte. Mit seinem blutroten Blick würde er

Harrys Geist ausbrennen und sich durch Harrys honigbraune Augen in dessen Psyche projizieren. Er würde Harry Keogh werden.

Oder vielmehr, Harry würde *zu ihm* werden. Mit Radus Ei beziehungsweise Egel, all seinen Erinnerungen und Radus gesamtem Geist ... würde er Radu *sein.* Irgendwann würde es mithilfe von Radus Metamorphismus sogar so weit kommen, dass er wie Radu aussah und das Gesicht des Hunde-Lords trug. Der Mann mit den zwei Gesichtern, aye.

Das war Lord Radu Lykans Plan.

Sollte er hingegen wiederauferstehen und geheilt sein, völlig frei von der Pest, nun, dann fand sich sicher auch eine andere Verwendung für den Geheimnisvollen, die nichts mit Geheimnissen zu tun hatte. Zum Beispiel gab es da einen hungrigen Krieger, der versorgt sein wollte ...

Es war 2.30 Uhr. Harry regte sich und murmelte etwas im Schlaf. Der Zeitpunkt war günstig.

B. J. beruhigte ihn mit sanften Worten, sah nach, ob er wirklich tief und fest schlief und langte über ihn, um einen schwelenden Scheit, Eiche, wie sie glaubte, aus der Tiefe des großen, altmodischen Kamins in die Glut fallen zu lassen. Anschließend schlüpfte sie unter der Decke hervor, unter der sie mit Harry lag, ging nackt, wie sie war, durchs Zimmer und knipste die Leselampe am Schreibtisch an. Sie richtete sie direkt auf Harrys Gesicht, seine geschlossenen Lider, verdeckte den Schein mit ihrem Körper und kehrte rasch zu Harry zurück, legte sich neben ihn und stützte sich auf den Ellenbogen, um sich umzudrehen und aus zusammengekniffenen Augen die Lampe zu betrachten. Sie nickte zufrieden. Das Rund des Lichtscheins wirkte tatsächlich beinahe wie der Vollmond, das wesentliche Bild, das sie bereits in seinen Geist gepflanzt hatte. Das war der Auslöser. Der Rest war nur noch eine Frage der Willenskraft. Jetzt brauchte sie ihn nur noch durchdringend anzusehen und mit eindringlicher Stimme zu ihm zu sprechen. Das hatte bereits bei früheren Gelegenheiten funktioniert.

»Harry, mein Großer«, hauchte sie. »Hörste mich?« Der schottische Akzent war unverkennbar. Harry konnte ihren Duft riechen, er drang in seine Träume und sein Unterbewusstsein, und für einen Moment zuckten seine Augenlider, ehe sie zur Ruhe kamen.

»J-ja«, murmelte er.

»Gut«, flüsterte sie. Mit einem Mal war ihr Akzent wie weggeblasen. »Harry, du *wirst* mir jetzt zuhören, und du *wirst* tun, was ich sage! Ist das klar?«

»J-ja.«

Sie hatte die Kontrolle über sein Bewusstsein erlangt. So schnell ging das also. B. J. staunte noch immer darüber, wie einfach es war, einen anscheinend doch recht komplexen Geist zu beherrschen. Dabei hatte sie bislang lediglich die *menschliche* Seite ihrer Willenskraft eingesetzt und noch gar keinen Gebrauch von ihren anderen, um ein Vielfaches stärkeren, überlegeneren Fähigkeiten gemacht. Doch wegen der esoterischen Natur dessen, was sie Harry – quasi als Vorspiel zu dem, was Radu letztlich in ihn einpflanzen wollte – sagen musste, musste sie nun darauf zurückgreifen.

Abermals verließ sie die behelfsmäßige Bettstatt vor dem offenen Feuer, ging zur Terrassentür und zog die Vorhänge auf. Hoch über dem Garten stand der zu drei Vierteln volle Mond und tauchte sie in seinen silbrigen Glanz, sodass sie aussah wie eine Statue aus Alabaster. Seufzend breitete sie die Arme aus, streckte sie nach oben und ließ den Mondschein ihre Psyche durchdringen, um Kraft daraus zu schöpfen. Und diesmal fiel ihr die Verwandlung um einiges leichter.

Die Farben zerflossen, ein Schauer überlief sie. Ihr Fleisch schien sich zu kräuseln, geriet in Bewegung und veränderte sich. Mit einem statischen Knistern sträubte sich das Fell an ihren Flanken, richtete sich auf und legte sich wieder. Indem sie die Vorhänge zuzog, ließ sie sich auf alle viere nieder und kehrte zu Harry zurück.

Nach seinem Fleisch gierend (doch das verwehrte sie sich, denn ihre Lüsternheit hatte nichts mehr mit Sex zu tun) umfasste sie ihn sanft und befahl ihm, die Augen zu öffnen, auf den herrlichen Mond zu schauen und im Schein seiner Leselampe nur noch ihre Augen zu *sehen.* Dann erklärte sie ihm, machte ihm mit ihrem brennenden Blick unmissverständlich klar, was er wissen musste, um als Späher des Hunde-Lords hinaus in die Welt zu ziehen und die Drakuls und Ferenczys aufzuspüren. Dieses Wissen würde er in seinem tiefsten Innern bewahren, ohne überhaupt eine Ahnung zu haben, dass er darüber verfügte; desgleichen jede Information, die er womöglich sammeln würde. Niemand sonst würde je davon erfahren, bis B. J. oder Radu Lykan es wieder aus ihm hervorholten.

Im Wesentlichen erzählte sie ihm die Geschichte so, wie sie selbst sie vom Hunde-Lord Radu Lykan vernommen hatte, ja, sie gebrauchte sogar dessen Ausdrucksweise. Der Necroscope lauschte dem Raunen, Knurren und hin und wieder auch Jaulen ihrer rauchigen Wolfsstimme, den Wahrheiten, Halbwahrheiten und glatten Lügen, die ganze Nacht hindurch und sog alles, was sie ihm erzählte, in sich ein, saugte es regelrecht auf wie ein Schwamm ...

Haaaarry! Harry Keogh, hör mir zu! Hör zu und behalte im Gedächtnis, was ich dir sagen werde. Aber es sind geheime Dinge – geheimes Wissen – einzig und allein für dich bestimmt. Bewahre es und mache Gebrauch davon, wenn die Zeit reif ist. Ansonsten musst du es vergessen, damit du keinen Schaden davonträgst, der nicht wiedergutzumachen wäre.

Harry, es gibt noch eine andere Welt als die unsere, die Welt von Sonn- und Sternseite. Dort gibt es Menschen und ... noch ein anderes Volk. Und ein Grenzgebirge, das die beiden voneinander trennt. Jenseits der Berge, auf der Sonnseite, leben die Menschen; die Sternseite ist die Heimat der Wamphyri. Einst waren auch die Wamphyri Menschen, doch das ist lange her. Nun sind sie viel mehr, weit größer als Menschen, die Vampir-Lords einer Vampirwelt.

Vor langer, langer Zeit war Lord Shaitan von den Wamphyri der mächtigste Lord der Sternseite. Die anderen erhoben sich gegen ihn, doch er besiegte sie. Viele der Lords, die er als Gefangene nahm, wurden auf unterschiedlichste Weise hingerichtet; er ließ sie tief in der Erde begraben, damit sie in ihren Gräbern langsam zu Stein erstarrten, oder verbannte sie in die bitterkalten Eislande. Andere wurden in das Tor auf der Sternseite geworfen, das man für den Schlund der Vampirhölle hielt. In

Wirklichkeit jedoch war es tatsächlich ein Tor ... und zwar zu dieser, zu unserer Welt! Allerdings gab es kein Zurück mehr, nachdem sie erst einmal hier waren, denn das Tor hatte sich hinter ihnen geschlossen.

Unter denjenigen, die mit ihren Knechten hindurchkamen, befanden sich einige der übelsten Burschen, Kreaturen so voller Bosheit, dass es das Vorstellungsvermögen eines normalen Menschen übersteigt: die Gebrüder Drakul, Karl und Egon, und Nonari Grobhand Ferenczy. Und diesen Furcht einflößenden Lords war es bestimmt, die Urväter des Vampirismus in dieser Welt zu werden, nicht anders als auf der Sternseite, wo sie mit zu den allerersten Vampiren gehört hatten.

Allerdings wurde gemeinsam mit ihnen auch noch ein anderer verbannt, und Er *war ehrenhaft, selbst unter den Wamphyri, wo es so etwas wie wahre Ehre nie gab. Sein Name war Radu Lykan, ein sogenannter ... »Hunde-Lord«, der den Mond anbetete und dessen Gestalt eher einem edlen Wolf glich als derjenigen einer Unheil kündenden Fledermaus. Oh, Radu war ein Wamphyri, gewiss, doch war sein Naturell dem ihren überlegen, ungefähr so, wie ein Mensch einer Ratte überlegen ist.*

Tausend Jahre lang rannte Radu mit den Wölfen und war eins mit der Wildnis dieser Welt ... ein Geschöpf *der Natur, aye, ganz anders als die niederträchtigen, furchtbaren Lords, die mit ihm von der Sternseite kamen. Alles, was er sich wünschte, war, sein eigenes Leben zu führen. Er wollte niemandem Schaden zufügen, nur ungesehen in den Wäldern und Berghöhen leben. Er jagte die Tiere der Wildnis und trank das reine, klare Wasser der Bergbäche.*

Die Drakuls und Ferenczys hingegen ... sie waren – sie sind *– eine ungeheure Plage und der Ursprung einer Legende, die sich auf der ganzen Welt verbreitete – des Vampirmythos'! Und Radu wurde, einzig weil er ein Wamphyri ist, mit ihnen über denselben Kamm geschoren. Bereits in grauer Vorzeit, als er von der Sternseite kam, und all die Jahre, die er frei in der Wildnis lebte, ja, bis auf den heutigen Tag kennt man ihn unter einem grässlichen, völlig unverdienten Namen:* Werwolf! *Und obwohl er sich niemals solche scheußlichen Gräuel und Exzesse zuschulden kommen ließ wie die Drakuls und die Ferenczys, trägt sein Ruf doch denselben Makel und sein Andenken ist befleckt.*

Sein Andenken, aye ...

Denn er ist nicht mehr; in dieser Welt ist er nichts *als eine uralte Kreatur in einer Höhle, nur noch ein schlechter Traum, dem niemand je*

Gelegenheit gab, seinen Namen reinzuwaschen. Denn seine alten Feinde von der Sternseite zwangen ihn, sich in ein Versteck zurückzuziehen und sein Leben in der Wildnis als mächtiges Naturgeschöpf aufzugeben. Vor sechshundert Jahren, in einer Zeit voller Krieg, Pest und Hungersnöten, spürten sie ihn auf und jagten ihn, um ihm den Garaus zu machen. Doch er entkam ihnen und ihrem Gefolge, indem er sich in einer Bergfeste verbarg. Allerdings ist es nur dem Namen nach eine Feste. Ohne Diener, die ihm aufwarten, ohne Schutz handelt es sich eher um einen Wolfsbau, einen Unterschlupf, als um eine Festung.

Doch noch nicht einmal dort ist der Hunde-Lord Radu sicher. Selbst dort, selbst heute noch schnüffeln ihm die Kindeskinder seiner einstigen Erzfeinde von der Sternseite hinterher. Denn die Nachkommenschaft, die Brut der abscheulichen Drakuls und Ferenczys mag zwar keine Ahnung haben, wo genau er sich befindet, aber sie wissen, dass er nicht tot, sondern untot ist und in einer Stätte vor sich hinträumt, und sie können es nicht ertragen, dass er noch unter uns weilt.

Denn wenn Lord Lykans jahrhundertelanger Schlaf vorüber ist, wird er wieder auferstehen und in seine Wälder und Berge zurückkehren. Doch diesmal wird er keinen seiner Feinde am Leben lassen. Diesmal wird er sie *aufspüren, wo auch immer sie sich unter den Menschen verbergen mögen, und mit ihnen so umspringen, wie sie es ihm zugedacht hatten.*

Aber ... es wird nicht leicht werden. Denn schon damals, vor sechshundert Jahren, verstanden die Wamphyri sich meisterlich darauf, sich unerkannt inmitten der Menschen aufzuhalten. Insbesondere die Ferenczys! Ich werde dir erzählen, was ich über ihren Werdegang weiß, Harry, so wie es mein Gebieter, der Hunde-Lord Radu Lykan, mir erzählte. Aber vergiss nicht, damit ist die Geschichte ihrer Niedertracht bei Weitem nicht vollständig. Sie endet an dem Punkt, an dem Radu sich in seinen Unterschlupf im Gebirge zurückzog. Und in der ganzen Zeit, die seither vergangen ist ... ah, wer vermag schon zu sagen, was aus solchen Kreaturen geworden ist und welche Stellung sie heutzutage in der Welt einnehmen? Nun, ich natürlich. Ich weiß zumindest einiges über sie.

Zunächst zu den Drakuls:

Wie gesagt, zwei von ihnen kamen gemeinsam mit Radu durch das Tor, Karl und Egon. Im Jahr 1260 stieß Radu in Ain Jalut auf Karl den Schwarzen, wie man ihn nannte – und zwar nicht wegen seiner Hautfarbe, sondern wegen seines schwarzen Herzens. Karl kämpfte aufseiten der Mongolen (ebenso wie ein gewisser Ferenczy, der die Flucht ergriff, als er sah, dass alles verloren war; zu ihm *komme ich später) und Radu für die Mamelucken, die den Sieg davontrugen. Karl braucht uns also nicht weiter zu kümmern! Egon Drakul hingegen hielt sich danach an einen alten Grundsatz der Wamphyri in dieser Welt: dass Anonymität ein langes Leben bedeutet! Vielleicht lag es daran, dass Radu nun intensiv Jagd auf die Drakuls machte, vielleicht hatte Egon aber auch einfach genug von dem ganzen Abschlachten dieser unruhigen Zeiten. Jedenfalls verschwand er für eine Weile von der Bildfläche, und lange Zeit vermochte Radu, nichts über ihn in Erfahrung zu bringen …*

… Ungefähr neunzig Jahre später berichteten Radus Spione, Egon halte sich in Polen auf. Leider erfuhr Radu erst davon, als er sich bereits in Frankreich befand, unterwegs nach England, auf der Flucht vor dem Schwarzen Tod, sonst wäre er umgehend nach Polen aufgebrochen.

Aber zu spät … Er wurde krank … Während der Schwarze Tod in ihm zu wüten begann und sich bereits erste Anzeichen der Pest an ihm zeigten, begab sich der Hunde-Lord zu seinem langen Schlaf in seinen verborgenen Unterschlupf und ließ nur einige bewährte, treue Knechte zurück, die sich im Lauf der Jahrhunderte um sein Wohl kümmern sollten …

Doch es waren nicht allzu viele. Die meisten seiner »Welpen« waren der Pest zum Opfer gefallen, andere beim Bau der Stätte umgekommen. Nur die zähesten, Abkömmlinge der Mirlus und der Tirenis, die Radu auf der Sonnseite der Vampirwelt rekrutiert hatte, als er noch ein Lord auf der Sternseite war, überlebten – und dies auch nur wegen der Abgeschiedenheit der unzugänglichen Berghöhen, in denen sie ihre Arbeit verrichteten.

Als Radu endlich sicher in seinem gewaltigen Sarkophag schlief, gingen sie hinunter nach Schottland, um dort zu siedeln. Manche warteten ab, bis die Pest vorüber war, ehe sie ins Ausland zurückkehrten, in Länder und Gegenden, die ihnen vertrauter waren. Sie konnten nicht ahnen, dass sie der Pest noch lange nicht entronnen waren, dass in den nächsten vierhundert Jahren kaum eine Dekade vergehen sollte, in der sie nicht wiederkehrte, um ihren Tribut unter ihnen zu fordern. Denn da sie allesamt Mondkinder und von Radus Blut waren, bedeutete eine Ansteckung für sie den sicheren Tod, nicht anders als die Lepra für die Lords auf der Sternseite.

Nun, mir ist jedenfalls nicht bekannt, dass einer von ihnen überlebt hätte …

Dafür überlebten einige von der Handvoll, die Radu die Treue hielten und im Land blieben. Aye, und darunter auch einer meiner Vorfahren, ein Mirlu. Das ist jetzt sechshundert Jahre her. Wir mussten *einfach am Leben bleiben, sonst wäre es mit Radu aus gewesen. Wer sonst sollte in seinem Versteck für ihn … sorgen? Seinen Träumen lauschen? Ihm Mut machen, und sei es auch nur durch unsere Anwesenheit, dass er eines Tages wiederauferstehen würde? Ihm in seinem langen, einsamen Schlaf* … Trost *spenden?*

Einer meiner Vorfahren, aye, oder vielmehr eine Vorfahrin. Sie lebte und starb als Kind des Mondes, allerdings nicht ohne einen Erben zu hinterlassen, um ihre Pflichten weiterzuführen. Und durch die Jahrhunderte hindurch gab es stets eine Nachfolgerin. Vierhundert Jahre lang, Harry – eine Mirlu, die sich um Radu in seinem uralten Grab kümmerte! Und schließlich kam ich an die Reihe …

Das größte Wunder besteht allerdings darin: Wer ihn kennt und ihm die Treue hält, ja, ihm sein ganzes Leben widmet, lebt beinahe unendlich lange! Eine Langlebigkeit, die sich Mediziner und Wissenschaftler selbst in ihren kühnsten Träumen nicht vorzustellen wagen! Aber Radu verfügt darüber, Harry, und ich ebenfalls. Und du könntest auch so lange leben!

Aber ich fürchte, ich weiche ab … Ich war dabei, dir von Egon Drakul zu erzählen:

In Polen forderte der Schwarze Tod kaum Opfer. Weshalb? Wer vermag das schon zu sagen? Die Pest wurde von Ratten übertragen, die ursprünglich aus Asien kamen; vielleicht lagen zu viele Flüsse dazwischen: die Donau, die Elbe und die Oder. Aber wie dem auch sein mag, obwohl ein Drittel der Bevölkerung Europas der Pest erlag, überlebte Egon Drakul. Und falls nicht Egon persönlich, so doch mit Sicherheit ein Ei- oder Blut-Sohn.

Nun, schon vor vielen Jahrhunderten wurden die Drakuls von Welle um Welle östlicher Invasoren aus ihrer Feste in Transsilvanien vertrieben. Ihr Einfluss in jener Gebirgsgegend war allmählich geschwunden, sie hatten es zu toll getrieben, und um ein Haar wäre auch die Legende, deren Ursprung sie waren, ausgelöscht worden.

Doch nachdem Europa vor sechshundert Jahren im Gefolge von Pest, Hunger, Krieg und inneren Unruhen nahezu entvölkert war, wurde es Zeit, dahin zurückzukehren, wo alles seinen Ausgang genommen hatte, in die Berge, die Egon kannte wie seine Westentasche. Einst hatte er hier als Lord geherrscht, nicht anders als auf der Sternseite einer fremden Welt! So viel habe ich zusammengetragen ... in den vergangenen zweihundert Jahren bin nämlich auch ich weit gereist, wenn meine Zeit es erlaubte. Im Namen meines Gebieters tat ich, was du nun tun wirst: Ich suchte nach Hinweisen auf seine einstigen Feinde, versuchte sie aufzuspüren, damit Radu bei seiner Rückkehr weiß, wie viele es sind und wo sie sich aufhalten.

Folgendes brachte ich in Erfahrung:

Noch vor hundert Jahren lebte tatsächlich noch ein Drakul in einer Burg in Transsilvanien! Ein Adliger, aye – ein Graf! Doch die Menschen der Umgebung wussten Bescheid über ihn, und schließlich musste er erneut weiterziehen. Aber handelte es sich auch wirklich um Egon Drakul? Um Egon persönlich? Oh, ich glaube schon, und dafür habe ich meine Gründe.

Radu hatte Egons Bruder Karl getötet und war danach in Schottland, im wahrsten Sinne des Wortes, »untergetaucht«. Vielleicht war Egon auf Rache aus. Vielleicht strebte er sogar danach, meinen Gebieter aufzuspüren! Wie dem auch sein mochte, er hatte seine Knechte in England – »Schläfer«, wenn du so willst – und machte sich auch selbst dorthin auf. Nun war dieser Drakul ein Mentalist, und sein Talent war mit den Jahren gewachsen. Um seine englischen Knechte darüber zu informieren, dass seine Ankunft bevorstand, ließ er seinen Geist schweifen, um sie zu erreichen ... und zog damit Radus Aufmerksamkeit auf sich, der träumend in seiner Zufluchtsstätte in den Bergen lag! Und Radu sandte wiederum mir eine Warnung ...

Das ist jetzt hundert Jahre her, aye. Kannst du dir vorstellen, wie sehr die Welt sich seither verändert hat? Damals gab es noch keine Flugzeuge; mittlerweile hat der Mensch seinen Fuß auf den Mond gesetzt und sendet Nachrichten hinaus zu den Sternen! Die Naturwissenschaften steckten damals noch in den Kinderschuhen, und abergläubische Vorstellungen waren weit verbreitet. Es gab noch Alchemisten und andere, die die alten Legenden bewahrten und daran glaubten. Und vor einigen empfand ich sogar Furcht wegen dem, was sie glaubten. Aber ich hatte keine andere Wahl, ich musste meinen Gebieter schützen.

Es gab einen weit gereisten Mann, einen Arzt, der den Vampirmythos kannte und ihn für Wirklichkeit hielt. Und noch ehe der Drakul eine Kolonie in England errichten konnte, setzte ich diesen Arzt über seine

Anwesenheit in Kenntnis. Das war nicht weiter schwer ... dort ein Brief, da eine Warnung ... Zufällig ereignete sich zu jener Zeit eine Reihe merkwürdiger Todes- und Krankheitsfälle, bei denen den Opfern auf unerklärliche Weise die Kräfte schwanden. Außerdem war Egon auf einem Schiff gekommen, wie auch sonst? Auf einem Totenschiff, auf dem offensichtlich eine Seuche ausgebrochen war, wie man feststellte, als es vor der Nordostküste auf Grund lief! Das überzeugte den guten Doktor.

Er durchkreuzte Egons Pläne, verfolgte ihn bis nach Transsilvanien und holte ihn aus seinem Sarg ins Sonnenlicht. Damit starb einer der ursprünglichen Lords der Wamphyri; und ich hatte – selbstverständlich auf Anraten meines Gebieters – seinen Tod herbeigeführt!

Aber es war die Art und Weise, wie er starb, wie er den wahren Tod erlitt, die mich davon überzeugte, dass es sich nur um Egon Drakul und keinen anderen handeln konnte, ganz gleich welchen Namen er sich zugelegt hatte. Wie er sich im Sonnenlicht auflöste, dass nichts von ihm übrig blieb als eine Handvoll Staub ... Aber er war ja auch schon sehr lange ein Wamphyri gewesen!

Und welch eine Gelegenheit, eh? Ich konnte nicht widerstehen: eine Reise in die Heimat meines Gebieters, in der er den Fuß auf diese Welt setzte. Und von dort ins Hinterland, wo bis auf den heutigen Tag noch mindestens ein altes Schloss der Drakuls erhalten ist. Ich hatte neunzig Tage, mehr Zeit ließen mir meine Pflichten nicht. Nicht sehr lang, aber ich fuhr trotzdem – zum Schloss des toten Drakul.

Allerdings nicht aus einer Laune heraus, sondern auf Geheiß meines Gebieters, Lord Radu Lykan, und zwar mit gezielten Anweisungen! Denn er wusste, dass die Drakuls stets streng ihre Gewohnheiten einhielten; daran konnte ich mit Sicherheit erkennen, ob es sich bei dem Getöteten tatsächlich um Egon handelte. Und in den düsteren, feuchten Verliesen und den von Spinnen heimgesuchten Gewölben jener verhassten Burg auf dem kargen Vorgebirge fand ich den Beweis, den ich suchte: eine Lagerstatt aus Erde in den verfallenden Überresten eines uralten Sarges. Erde von der Sternseite, aus der Vampirwelt.

Eines Sarges? Oh, nein ... es waren zwei! Auf dem einen, dem älteren, prangte ein Wappen, das einen Gevierteilten zeigte. Gemäß meinem Gebieter Radu pflegten auf der Sternseite die Drakuls so ihre Feinde zu bestrafen – indem sie sie in Stücke rissen und ihre Eingeweide auf die Geröllebene zwischen den großen Felstürmen niederregnen ließen. Der an-

dere Sarg stammte aus jüngerer Zeit und war vielleicht zwei-, dreihundert Jahre alt. Er trug keine Insignien, sondern lediglich die Initialen »D. D.«. Zweifellos stand das zweite D für Drakul.

Vor Ort kampierten Zigeuner, Szgany Szekely. Anscheinend waren sie den nun abwesenden Drakuls in gewissem Maße hörig. Sie hielten das Schloss in Ordnung und suchten in schlimmen Wintern innerhalb des Gebäudes Schutz. Mich konnten sie auf den ersten Blick nicht ausstehen, aber das machte mir herzlich wenig aus. Sie zerstreuten sich in der Umgebung und ließen mich in Ruhe. Doch bevor ich wieder nach England aufbrach, stieß ich … auf einen jungen Szekely-Burschen, der … nicht abgeneigt war, sich mit mir zu unterhalten.

Von ihm erfuhr ich, dass der »Sohn« des großen Bojaren sich mit seinem Gefolge zur selben Zeit, als sein »Vater« seine Reise nach Westen antrat, in den Osten aufgemacht hatte. Egon war also tot, aber sein Sohn – ob Eioder Blut-Sohn vermag ich nicht zu sagen – war nach Osten geflohen. Doch »nach Osten« ist recht weit gefasst, und war für mich damals viel zu weit entfernt, um dorthin zu reisen. Wie es scheint, hatte dieser jüngste Drakul die Lektion gelernt, die seine Vorfahren vergessen beziehungsweise missachtet hatten, den Grundsatz nämlich, dass Anonymität ein langes Leben bedeutet. Denn in all den Jahren, die seither vergangen sind, habe ich – außer von Radu, der darauf beharrt, dass zumindest einer von ihnen noch am Leben ist, »D. D.« natürlich – nie wieder etwas von diesen grässlichen Drakuls gehört.

Nun, so viel zu den Drakuls, die ohnehin Radus geringstes Problem darstellten. Seine schlimmsten Gegner waren, nein, sind *die Ferenczys! Ich werde dir sagen, was über sie bekannt ist; aber dazu muss ich ein bisschen ausholen …*

Von Anfang an, bereits in der Vampirwelt, war Radu mit dem Ferenczy-Clan verfeindet. Ihre Blutfehde begann, als sie noch Szgany auf der Sonnseite waren, lange bevor sie Lords wurden. Radu war noch ein junger Mann, als die viehischen Ferenczy-Brüder, Lagula und Rakhi, nicht bloß seinen Vater ermordeten, sondern auch seine Schwester – das einzige Geschöpf auf der Sonnseite, das ihm je etwas bedeutet hatte – so lange vergewaltigten, bis sie tot war. Nach ihrem Tod … war ihm alles gleichgültig. Er lebte nur noch für seine Rache.

Nein, das stimmt nicht ganz. Er war auch ganz vernarrt in eine Wölfin, die mit ihm durch das Hügelland der Sonnseite wanderte, damals in der

Zeit, als er ohne Stamm, Familie oder Freunde als Einzelgänger in den Bergen lebte und nur die Sonne ihn wärmte und er des Nachts nur die Sterne zur Orientierung hatte. Radu und seine Wölfin, aye. Aber sie infizierte sich mit dem Vampirismus und entwickelte einen Egel. Als ihr Parasit sie verließ, ging er auf Radu über, der ein stärkerer und intelligenterer Wirt war. So wurde er ein Wamphyri.

Doch nachdem Radu das Gebirge überquert hatte und auf der Sternseite ankam, stellte er fest, dass die Ferenczys bereits vor ihm da waren und als Vampir-Lords über eigene gewaltige Stätten herrschten. Sie setzten ihre Blutfehde fort, und sie wurde Bestandteil der Blutkriege, die die Wamphyri führten. Schließlich besiegte Radu die Ferenczys und tötete die beiden Brüder; zuvor allerdings zeugte Lagula Nonari Grobhand. Die Finger von dessen linker Hand waren zusammengewachsen, sodass sie aussah wie ein Knüppel.

Und so gingen die Blutkriege jahrein, jahraus jahrzehntelang weiter, bis die Sternseite in Blut getränkt war! Am Ende jedoch war der wahre Sieger weder der Hunde-Lord noch der Ferenczy, auch kein Drakul oder sonst ein »gewöhnlicher« Lord. Nein, sondern Shaitan der Ungeborene, Erster aller Vampire, der klug genug war, sie sich einen nach dem anderen zu unterwerfen, nachdem sie durch die Kämpfe geschwächt waren. Als alles vorüber war, verbannte Shaitan sie für das Ungemach, das sie ihm bereitet hatten, und ließ sie in das Tor werfen. So gelangte Radu in diese Welt und diejenigen seiner Feinde, die er am meisten hasste, mit ihm, allen voran Nonari Grobhand.

Damals hätten sie es ein für alle Mal regeln können, aber sie waren Fremde in dieser Welt und hatten ohnehin schon mit genügend Schwierigkeiten zu kämpfen. Also ging jeder seiner Wege; Radu zog hinaus in die Welt, und Nonari ... tat was auch immer. Aber für den Tod seines Vaters Lagula und seines Onkels Rakhi hatte Nonari Radu, dessen Kindern und Kindeskindern und allen, die von ihm abstammten, bis in alle Ewigkeit Rache geschworen, den flammenden Eid eines Lords der Wamphyri! Also blieb Radu durch die Jahrzehnte und Jahrhunderte hindurch wachsam und hielt stets ein Ohr offen für den Fall, dass es etwas über Nonari Ferenczy gab.

Und er hörte manches.

Zum Beispiel dass ein gewisser »Onarius Ferengus«, römischer Gouverneur einer kleinen Provinz am Schwarzen Meer, um das Jahr 445 von der Hand unbekannter Barbaren gefallen war. Das war zu der Zeit, als Radu noch für die Vandalen kämpfte, ehe diese sich gegen ihn wandten und ihn aus Italien vertrieben. Er hörte aber auch, dass dieser Onarius in den Bergen im Norden Moldawiens, an einem Ort namens Khorwatei, einen Sohn hatte. Und der Name dieses Sohnes war Belos Pheropzis.

Im Lauf der Jahre stellte Radu, wenn seine Zeit und seine Reisen es erlaubten, Nachforschungen an, brachte allerdings nur wenig in Erfahrung. Hundert Jahre später, als er bereits ein Wojwode im östlichen Teil der Karpaten war, versuchte er sogar, das Schloss dieses Belos Pheropzis ausfindig zu machen. Doch es kam etwas dazwischen, seine Pflichten riefen ihn weg, und die Suche wurde aufgeschoben. Erst Jahrhunderte später stieß er zufällig auf die Burg in der Khorwatei, fand sie aber verlassen und verfallen vor. Glücklicherweise bewahrte die Bevölkerung jener Gegend schriftliche Aufzeichnungen, und man erinnerte sich.

Belos Pheropzis war ein großer und schrecklicher Bojar gewesen und seine Bergfestung abgelegen und nahezu uneinnehmbar, wie Radu feststellte. Auch Belos hatte einen Sohn gehabt, Waldemar Ferrenzig, und eine Tochter, die nie einen Fuß vor das Schloss setzte. Es gab Gerüchte, dass Belos mit ihr schlief, eine nicht ungewöhnliche Praxis unter den Wamphyri.

Belos kam im Kampf mit einem Trupp bulgarischer Plünderer ums Leben. Seine Burg blieb unversehrt, doch er fand den Tod; desgleichen die überlebenden Bulgaren, die einer von Waldemar entfesselten Steinlawine zum Opfer fielen. Und danach schlief Waldemar mit seiner Schwester ...

Waldemar hatte zwei Söhne (einer von ihnen womöglich sein Ei-Sohn, wer weiß? Die Blutlinien der Wamphyri sind nicht minder verschlungen als ihre Geschichte. Auch was ich dir bisher erzählt habe, beruht lediglich auf Hörensagen und ist letztlich nicht bewiesen). Mindestens einer muss Waldemars Blutsohn gewesen sein, wahrscheinlich mit seiner Schwester. Nun, bei einem Streit brachte der eine den anderen um und der Überlebende erbte das Schloss von Waldemar. Aber was nun aus Waldemar selbst wurde ... davon habe ich nicht die geringste Ahnung.

Derjenige der beiden Brüder, der das Schloss in der Khorwatei übernahm, hieß Faethor, und er nahm den ursprünglichen Familiennamen wieder an: Faethor Ferenczy ...

B. J. hielt inne, als Harry ein Schauer überlief und sein Körper sich unwillkürlich verkrampfte. Sie hatte keine Erklärung dafür. Er sah aus wie jemand, der kurz vor dem Einschlafen noch einmal zusammenzuckt, was einen dann oft genug wieder aus dem Schlaf reißt. Allerdings schlief Harry ja nicht, sondern befand sich in einem Zustand tiefster Hypnose, und eine derartige Reaktion hatte B. J. noch nie erlebt.

Sie spürte, dass er regelrecht zitterte. »Ist dir ... kalt?« Indem sie sich über ihn kniete, stocherte sie in der Asche und legte etwas Anmachholz und einen kleinen Scheit auf die noch nicht erloschene Glut. Mittlerweile hatte Harry sich wieder beruhigt, und sie konnte fortfahren:

Faethor war ein merkwürdiger Zeitgenosse. Es kam vor, dass er jahrzehntelang keinen Fuß vor seine Burg setzte, doch jedes Mal lockte ihn das Blut schließlich wieder nach draußen, und dann zog er los und ging in einer von Kriegswirren geschüttelten Welt auf Abenteuer aus. In den zweihundert Jahren vor dem vierten Kreuzzug benutzte er jede Menge Pseudonyme. So nannte er sich erst »Stefan Ferrenzig«, dann »Peter«, »Karl« und »Grigor«. Immer wieder wurde *er zu seinem eigenen Sohn, denn ihm war klar, dass er unter gewöhnlichen Menschen nicht zu lange leben durfte, und schon gar nicht über Jahrhunderte. So etwas durfte niemand mitbekommen!*

Er war Kreuzritter, uighurischer Krieger und Kriegsherr unter Temujin, dann General unter Dschingis Khans Enkel Batu. Als Ferenc der Schwarze, »Sohn« des Ferenc, spielte er unter Húlégu eine Rolle bei der Ausrottung der Assassinen, und er war dabei, als im Jahr 1258 Bagdad eingenommen wurde. Der Hunde-Lord kam sogar dahinter, dass es Faethor war, der bei der Schlacht von Ain Jalut mit Karl Drakul aufseiten der Mongolen kämpfte! Ah, schade, dass Radu zwar Karl tötete, aber nicht auf diesen verdammten Ferenczy stieß!

Daran sehen wir wieder einmal, wie verzwickt der Lauf der Geschichte bei den Wamphyri ist ...

Doch lass mich weitererzählen:

Faethor hatte zwei Söhne, von denen Radu seinerzeit hörte. Er ist ihnen aber nie begegnet. Thibor, Faethors Ei-Sohn – ein grausamer Walache, der sowohl den Herrschern Russlands als auch seines Heimatlandes als Wojwode diente – und Janos, einen Blutsohn, den er mit einer Zigeunerin zeugte. Das Letzte, was mein Gebieter von Thibor hörte, in den späten 1340er-Jahren, kurz bevor die Pest ihn dazu zwang, im Harz Zuflucht zu suchen, war, dass Thibor ein Wojwode in Rumänien war.

In den letzten zweihundert, mit Sicherheit jedoch in den letzten hundert Jahren – ausgenommen den Krieg – ist es allerdings leichter geworden, durch Europa zu reisen. Für meinen Gebieter Radu stellte ich im Ausland einige Nachforschungen an, und ich glaube, ich habe einiges über Thibor in Erfahrung gebracht.

Wie gesagt, Thibor diente einer langen Reihe walachischer Fürsten als Wojwode: den Mirceas, Vlad Tepes (dessen übler Ruf, fürchte ich, sehr viel mit Thibor zu tun hat), Radu dem Schönen – der in keiner Weise mit meinem Radu verwandt ist, dessen darfst du gewiss sein – und zu guter Letzt Mircea dem Mönch, der anscheinend so große Angst vor Thibor hatte, dass er ... ihn nicht am Leben lassen konnte? Wie dem auch sein mag, an dieser Stelle verliert sich Thibors Spur – als Kriegsherr in Diensten von Mircea dem Mönch.

Dann war da noch Janos. Anfang des 13. Jahrhunderts machte Janos Ferenczy als junger Mann von sich reden. Er war ein Dieb, Seeräuber und Korsar im Mittelmeer, einer jener Kleinadligen, die in den Auseinandersetzungen zwischen Christen und Moslems während der Kreuzzüge den Kriegsgewinnlern ihre Beute abjagten. Er nannte ein Schloss in den Zarundului-Bergen sein Eigen, in das er hin und wieder zurückkehrte (auch sein Vater Faethor verbrachte dort mehrere Jahre). Und es gibt Hinweise darauf, dass er außerdem auch ein Nekromant war. Möglicherweise gibt es eine einfache Erklärung dafür. Als Faethors Blutsohn konnte Janos seine nekromantischen Fähigkeiten dazu einsetzen, seine erbärmlichen Wamphyri-Kräfte zu verstärken beziehungsweise zu ergänzen, die bei Blut-Söhnen ja oftmals nicht so stark ausfallen wie bei einem Ei-Sohn. Nicht dass es ihm viel nützte. Wie es aussieht, verschwand er gegen Ende des 15. Jahrhunderts von der Bildfläche; ungefähr zur selben Zeit wie Thibor.

Das lässt nur die Schlussfolgerung zu, dass sowohl Faethor als auch Thibor und Janos tot sind. Das wenigstens glaube ich. Mein Gebieter hingegen ... ist sich da nicht so sicher. Ihm zufolge tauchen die Wamphyri an den ungewöhnlichsten Orten wieder auf, und zwar stets dann, wenn man es am wenigsten erwartet. Er ist davon überzeugt, dass die Ferenczys – und zwar mehr als nur einer, und darüber hinaus mindestens ein Drakul, jener »D. D.« natürlich – bis auf den heutigen Tag am Leben sind ...

Doch es wird noch komplizierter, und wir müssen noch weiter zurückgehen, bis hin zu Waldemar Ferrenzig. Waldemar genoss das Leben und *zeugte viele Kinder. Seine Schwester war nicht die einzige Frau, mit der er schlief.*

Noch vor sechzig Jahren wurden in einem Museum in Moldawien alte Aufzeichnungen aufbewahrt, die ich las. Als ich vor Kurzem dorthin zurückkehrte, existierte das Museum leider nicht mehr. Was sie im Ersten Weltkrieg nicht geschafft hatten, gelang ihnen im Zweiten. Das Museum war nur noch eine ausgebrannte Ruine. Aber ich weiß noch ganz genau, was in den Berichten stand:

Nämlich dass es vor Svyatoslav, in Kiew, einen Boyaren gab, der wie ein Fürst auftrat und aus der Stadt verbannt wurde, nach Westen, »in den fernsten Winkel des Landes«, und der »am Fuß des Gebirges, an der Grenze nach Moldawien« ... also zur Khorwatei hin, ein großes Haus baute. Sein Name war »Valdemar Fuhrenzig«. Dabei kann es sich nur um Waldemar handeln. Und weshalb er aus Kiew verbannt wurde ... nun, er war ein Wamphyri!

Es war die Zeit der Wikinger, und die Varyagi *waren dabei, entlang der östlichen Flüsse des Kiewer Reiches ihre Handelsrouten zu den Griechen zu errichten. Nun, Waldemar mochte zwar aus dem Land verbannt sein, dennoch streifte er gern tagelang durch die Wälder, die sich westlich des Bug erstreckten, um Wildschweine zu jagen. Und eines Tages stieß er auf ein Lager der Varyagi.*

Unter normalen Umständen hätte es keinen Ärger gegeben; oh, sie waren wilde Kämpfer, die Wikinger, aber sie trieben auch Handel. Und der Ferenczy hatte einen Trupp seiner Gefolgsleute, seiner Knechte dabei. Diesmal lief es jedoch anders. Die Wikinger waren auf dem Weg nach Norden, Richtung Ostsee, um nach Hause zu gelangen, und führten eine wunderschöne Frau mit sich, die sie aus irgendeiner Hafenstadt am Schwarzen Meer geraubt hatten. Bislang hatte man ihr kein Leid angetan; sie wollten sie zu Hause verkaufen, damit sie die schwarzlockige, glutäugige Frau eines Königs oder Fürsten wurde.

Sie flehte Waldemar an, ihr als Edelmann zu helfen. Offensichtlich war er ein Boyar, denn er hatte seine Männer, Hunde und Falken dabei. Doch die Männer des Ferenczy waren Knechte, die Hunde Wölfe und seine Falken nicht minder blutrünstig als er selbst!

Nun, damit endete die Geschichte in dem moldawischen Museum, aber wenigstens war ich in der Lage, den Namen dieser Dame ausfindig zu machen. Sie war eine sizilianische Prinzessin oder doch zumindest königlichen Geblüts. Leider war sie unehelich geboren und hatte daher keinerlei Anspruch auf das Gebiet, dessen Namen sie trug: Constanza de' Petralia. Petralia ist ein Dorf oder Städtchen in der Madonie, auf Sizilien.

Also fuhr ich nach Sizilien und sprach mit mehreren Historikern, aber aus ihnen war nichts herauszukriegen, beinahe so, als wollten sie etwas verschweigen! Schließlich gelang es mir, Einblick in ein paar alte Aufzeichnungen zu bekommen. Constanza de' Petralia kehrte im Jahr 866 nach Sizilien zurück. Kaum wieder zu Hause, gebar sie ein Zwillingspärchen, zwei Jungen. Der eine war furchtbar missgestaltet und wurde gleich nach der Geburt getötet. Das überlebende Kind erhielt den Namen – man höre und staune – Angelo! Weit wichtiger aber ist, dass er, sobald er volljährig wurde, seinen Familiennamen änderte – in Ferenczini! Seine Mutter gelangte zu Besitz und Geld. Sie verhätschelte ihren Sohn, der viel reiste: nach Korsika, Italien, Rumänien und Moldawien. Doch da verliert sich die Spur, und soweit ich weiß, gibt es heute keine Ferenczinis mehr. Und was den Namen Ferenczy angeht: In den ganzen Karpaten und angrenzenden Gebieten ist er gang und gäbe.

Die richtigen Ferenczys allerdings – befinden sich immer noch irgendwo da draußen ...

B. J. verstummte. Nun wusste Harry ebenso viel wie sie selbst – dachte sie. Tatsächlich wusste der Necroscope eine ganze Menge mehr; *er* hätte ihr ohne Weiteres verraten können, was aus Faethor und Thibor Ferenczy geworden war! Allerdings würde es nicht leicht fallen, es aus ihm herauszuholen, denn das hieße, sein Talent preiszugeben. Aber sie fragte ja auch nicht danach, denn nie im Leben hätte sie etwas Derartiges vermutet. Weshalb auch?

B. J. war erschöpft; es hatte einer gewaltigen Willensanstrengung bedurft, ihre Wolfsgestalt und die Macht ihrer blutroten Wamphyri-Augen aufrechtzuerhalten. Aber sie musste sichergehen, dass das, was sie mitteilen wollte, auch wirklich tief einsank, dort blieb und nicht irgendwie missverstanden wurde. Denn er war schon ein merkwürdiger Mann, dieser Harry Keogh, und noch weitere Episoden oder Fehler wie die Farce mit dem Telefon konnte B. J. sich nicht leisten.

Danach fragte sie ihn dann auch, nachdem sie ein bisschen ausgeruht und wieder menschliche Gestalt angenommen hatte: »Harry, was war eigentlich mit deinem Telefon? Weshalb hast du deine Nummer ändern lassen?«

Ohne zu blinzeln, blickte er ihr direkt in die Augen, die nun tierhaft wirkten, ihr Gesicht nichts als ein dunkler Fleck, der sich vor dem Lichtkranz seiner Leselampe am anderen Ende des Zimmers abzeichnete. »Ich hatte Angst davor«, krächzte er mit trockenem Hals.

»Spar dir deine Spucke. Befeuchte erst deine Kehle, dann fühlst du dich wieder gut und kannst normal sprechen. Aber schlafe weiter, höre zu und gehorche!«

»Natürlich«, erwiderte er nach einem Moment, als sein Adamsapfel aufgehört hatte, auf und ab zu hüpfen.

»Weshalb hattest du Angst vor dem Telefon?«

Er zuckte die Achseln (weil er es, ob unter Hypnose oder nicht, beim besten Willen nicht wusste). Aber er konnte Vermutungen anstellen. »Schlechte Träume? Ich will nichts Schlimmes über Brenda und das Baby hören ...«

Das konnte B. J. verstehen und akzeptierte es. Aber so durfte es nicht weitergehen; sie musste mit ihm in Verbindung bleiben. »Leg dir einen Anrufbeantworter zu«, sagte sie. »Sobald du etwas hörst, was dir nicht passt, kannst du ihn ausschalten. Oder du kannst deine Anrufe mithören und abnehmen, wenn es dir gefällt.«

Harry nickte. »Gut!«

»Aber natürlich wirst du ihn nicht abstellen, wenn ich anrufe. Unsere kleine Abmachung gilt nämlich nach wie vor. Sobald du die Worte hörst ...«

»... Ist das nicht mein Süßer?«, unterbrach Harry sie. Er redete ganz normal.

»Und dann wirst du ...«

»... den Mond sehen, deine Augen ...«

»... Ja, und den Umriss eines Wolfsschädels.«

»Radus Schädel«, nickte er.

»Genau!« B. J. war zufrieden. »Aber jetzt sollten wir wirklich über deine Suche reden – ich meine, nach Brenda und dem

Kleinen.« Dabei war dies ganz und gar nicht, was sie meinte; in Wirklichkeit wollte sie nicht, dass er die beiden fand. Er brauchte eine Neuorientierung, das war alles, bei der seine »Suche« keine große Rolle mehr spielte. Bewusst würde er nichts anderes tun als zuvor auch, unterbewusst hingegen ...?

»Außerdem bist du nicht so fit, wie du sein solltest. Wir müssen dich in Form bringen.«

»Das hatte ich sowieso vor«, entgegnete Harry.

»Und ich hege den leisen Verdacht, dass dir in letzter Zeit der Alkohol zu schaffen macht?«

In Harrys Stirn gruben sich tiefe Falten. »Der Alkohol? Na ja, weniger das Trinken an sich als vielmehr dieser verdammte Rotwein, den ich von dir habe! Er scheint ... mich umzuhauen?«

»Dich umhauen?« B. J. schüttelte den Kopf. »Nicht mehr, Harry. Von jetzt an wirst du ohne ihn auskommen; allein der Gedanke daran reicht aus, dass dir schlecht wird! Hast du verstanden?«

»Oh, ja!« Harry seufzte erleichtert auf – doch schon im nächsten Moment wurde er blass, sein Magen drehte sich um, und er musste sich übergeben.

»Ist schon gut. Denk einfach nicht mehr daran, dann ist alles wieder in Ordnung.« Sie musste lächeln, als er sich auf der Suche nach »Schutz« und Wärme seufzend an sie schmiegte.

»Und wenn wir über all diese Sachen gesprochen haben – über deine Suche und so weiter –, dann können wir ein bisschen schlafen.«

»Danach, ja«, sagte Harry, und sie spürte, wie seine Begierde wieder wuchs und an ihrem Schenkel anschwoll.

Fast hätte sie gelacht – vor Überraschung, Entzücken, was auch immer –, doch ihr war klar, dass ihr dies nur die Konzentration nehmen würde. Und bei ihm brauchte sie alle Konzentration, die sie aufbringen konnte. Ja, bei ihm, diesem ach-so-geheimnisvollen Harry Keogh ...

ZWEITES KAPITEL

Am nächsten Morgen stand B. J. als Erste auf. Es war kurz nach sechs, und im Osten brach gerade der Tag an. Im Garten zwitscherten bereits seit einiger Zeit die Vögel, genug Lärm, um auch den Necroscopen allmählich aufzuwecken.

Er erwachte in dem Bewusstsein, dass es wieder die Hölle sein würde, und war freudig überrascht, um nicht zu sagen: grenzenlos erleichtert, als er das Gegenteil feststellte. Keine Kopfschmerzen, nicht das Gefühl, anstelle eines Gehirns Watte im Kopf zu haben, und kein Bedürfnis zu trinken ... gar nichts! Bis auf ein, zwei Becher schwarzen Kaffee vielleicht. Dabei fiel ihm ein, dass sein Kühlschrank leer war und er auch sonst nichts im Haus hatte.

B. J. war oben. Er konnte sie duschen hören. Rasch zog er sich an, machte einen Möbiussprung in die Stadt, in den örtlichen Zeitungsladen, der zugleich Lebensmittelgeschäft und Postagentur war, und nur drei oder vier Minuten später füllte er seinen Kühlschrank auf. Als B. J. nach unten kam und ihn in der Küche fand, sah es so aus, als hole er gerade ein paar Sachen aus dem Kühlschrank, um das Frühstück zuzubereiten.

»Wie wär's mit Waschen, Kämmen, Zähneputzen und was du sonst so tust«, meinte sie, »und ich übernehme das hier?«

»Jawohl, Mama!« Damit legte er den Kopf schief, hob eine Augenbraue und fragte: »Sonst noch irgendwelche Anweisungen?«

»Oh, dir geht es schon wieder gut«, lachte sie. »Im Bett kriegst du hundert Punkte; aber warum verdirbst du dir den Durchschnitt wieder, wenn du erst mal aufgestanden bist?« Und indem sie einen Blick auf die Lebensmittel warf: »Komisch, als ich gestern Abend das Essen aufgewärmt habe, dachte ich, du hättest nichts mehr im Haus.«

»Du hast nicht im Tiefkühlfach nachgesehen«, murmelte er und fuchtelte mit den Armen in der Luft. »In den Schränken ...«

Sie zuckte die Achseln. »Ich werde schon etwas zustande bringen.« Während er bereits die Treppe hinaufging, rief sie ihm nach: »Ach, übrigens, du solltest dir eine neue Zahnbürste kaufen. Die, die du jetzt hast, schmeckt scheußlich!«

Fühl dich ganz wie zu Hause!, dachte er. Dabei war ihm klar, dass er sich eigentlich freuen müsste. Weshalb also freute er sich nicht? Weil man ihn überrumpelt hatte und jemand sich in seinem Zuhause breitmachte? Das hier war sein Haus gewesen. Hier konnte er sich geben, wie er wollte, und ihm war egal, wie es aussah. Doch jetzt musste er einen anderen spielen. Und schon wurde er wieder daran erinnert: nämlich dass er tatsächlich ein anderer *war!* Vielleicht hatte er sogar Schuldgefühle. Nur weshalb, das vermochte er wirklich nicht zu sagen. Schließlich hatte *er* ja nichts getan. Brenda hatte ihn verlassen ...

Das Frühstück schmeckte vorzüglich. Und zum ersten Mal seit weiß Gott wie langer Zeit *fühlte* der Necroscope sich auch gut, nun, da ein Großteil seiner Schuldgefühle und Zweifel verflogen war. Doch als der Himmel heller wurde und B. J. sich anschickte, ihn zu verlassen, wich diese Hochstimmung. Denn wenn sie erst weg war, würde er wieder nichts mehr zu tun haben und seine Gedanken würden sich erneut im Kreis drehen ...

... Vielleicht aber auch nicht. Denn wie es aussah, hatte er nun doch noch einiges zu erledigen. Irgendwo in seinem Hinterkopf war da etwas, er kam im Moment nur nicht darauf, weil B. J. ihn ablenkte. Aber er wusste, dass es ihm wieder einfallen würde, wenn er sich nur konzentrierte.

»Ich werde eins der Mädchen anrufen«, riss B. J. ihn aus seinen Gedanken. »Sandra. Sie soll mich abholen, wenn sie zur Arbeit geht. Sie wohnt nicht weit von hier.«

»Sicher, wenn du möchtest«, erwiderte Harry.

Sie war zufrieden. Nun war sie überzeugt, dass dies wirklich sein Haus und nicht lediglich eine konspirative Wohnung der Leute war, für die er früher gearbeitet hatte. Denn in letzterem Fall würde er sicher nicht wollen, dass jemand davon erfuhr. Doch nein, er passte hierher. Das ganze Anwesen trug Harrys Handschrift.

»Oder kann ich ein Taxi rufen?«

»Was immer du magst.« Er zuckte die Achseln. »Ich rufe dir

eins, wenn du möchtest. Wie es dir am besten passt. Aber vergiss nicht, wo ich wohne, okay?«

Damit wusste B. J. Bescheid. »Es ist also mehr als bloß ein One-Night-Stand?« Während sie seine Antwort abwartete, wählte sie eine Nummer und sprach kurz mit jemandem am anderen Ende der Leitung, ehe sie den Hörer auflegte und sich erneut Harry zuwandte.

Wie er so neben ihr stand, wirkte er mit einem Mal wieder niedergeschlagen. »Eigentlich sollte es das wohl sein«, sagte er. »Ein One-Night-Stand, meine ich. Oder besser, lieber gar nichts. Es hätte überhaupt nicht passieren dürfen. Aber es ist nun mal geschehen, und jetzt bin ich, offen gesagt, völlig durch den Wind und kriege nichts mehr auf die Reihe. So sieht es aus: Ich bin absolut durcheinander!«

Sie nickte. »Na ja, ich glaube, mir geht es genauso. Aber ich sage dir besser von vornherein, Harry Keogh: Ich halte nichts von Dreiecksgeschichten und habe nicht vor, ewig nur ›die andere‹ zu spielen. Das ist nicht mein Ding und ganz gewiss nicht mein Stil!«

Harry schüttelte den Kopf. »Das war keine schnelle Nummer, jedenfalls nicht für mich. Es ist nur so, dass ich mir über meine Gefühle nicht mehr im Klaren bin. Vor einem Augenblick war ich es noch, und jetzt nicht mehr. Und was Brenda und meinen Sohn angeht: Bei dieser Suche handelt es sich um etwas, was ich einfach tun muss, auch wenn ich weiß, dass ich Brenda niemals finden werde. Oh, vielleicht könnte ich die beiden ausfindig machen ... aber zu *ihr* werde ich nie mehr finden. Brenda weiß nicht mehr, wer ich bin.«

»Ich auch nicht.«

»Aber die Zeit arbeitet für uns«, sagte Harry.

»Die Zeit?«, meinte sie erstaunt. »Vom One-Night-Stand zu einer langfristigen Beziehung – und das alles innerhalb eines Wimpernschlags?«

»Ich sagte dir doch, dass ich durcheinander bin.«

Er tat B. J. beinahe leid. Ihr war klar, weshalb er so verwirrt war, wenigstens teilweise. Sie beugte sich über ihn und hauchte ihm einen Kuss auf die Wange: »Lass uns abwarten und sehen, was daraus wird, okay?«

Er nickte, ohne etwas darauf zu erwidern.

Schweigend warteten sie, bis das Mädchen kam ...

B. J. war keine zehn Minuten weg, da machte Harry bereits einen Möbiussprung und erstand einen Anrufbeantworter, dazu noch ein Fahrrad, das er sich liefern ließ. Ersteren, damit er seine Anrufe abhören konnte, und Letzteres, um wieder in Form zu kommen; denn er war zu dem Entschluss gelangt, dass er *er* war und dies wohl einfach akzeptieren musste. Und das (*er*, verdammt noch mal) konnte so schlecht auch wieder nicht sein, denn B. J. hatte er durchaus gefallen – und wie!

Erst nachdem das Fahrrad angekommen war, fiel ihm ein, dass er es über die Möbiusroute auch selber hätte heimfahren können. Warum nicht? Er hätte ohne Weiteres eine Seitenstraße entlangradeln, ein Tor heraufbeschwören und es so nach Hause bringen können. Die Koordinaten der Zufahrtsstraße und der Brücke über den Fluss waren ihm bekannt. Dies wäre die einfachste Lösung gewesen und er hätte sich auch noch das Geld für die Lieferung gespart.

Als nächste Station seiner Suche hatte er Nordirland eingeplant. Er wollte sich etwa eine Woche Zeit nehmen, um sich wieder einzuleben und an die neuen Machtverhältnisse zu gewöhnen, eine Liste von Orten erstellen, die es aufzusuchen galt, und dann loslegen. Und er würde nicht länger alleine sein ... jedenfalls nicht, solange er sich zu Hause aufhielt. B. J. würde da sein. Er wusste einfach, dass sie zu ihm kommen würde und er zu ihr gehen konnte. Er vermochte nicht zu sagen, was sich daraus entwickeln würde, und wollte auch nicht darüber nachdenken. Es war eben einfach so.

Der Tag war hell und freundlich geworden. Zwischen Herden weißer Schäfchenwolken zeigte sich die Sonne. *Ehe du dich versiehst, kommt der Frühling!*, dachte Harry. Zeit für den Frühjahrsputz.

Hatte B. J. das erwähnt? Den Frühjahrsputz? Wahrscheinlich! Wahrscheinlich hatte sie so etwas gesagt wie: dass man im Haus ein bisschen abstauben, putzen und schrubben müsste. Nur konnte er sich nicht mehr daran erinnern. Oder war er selbst vor lauter Scham darauf gekommen, als er ihren Blick beim Eintreten gesehen hatte? Aber falls *sie* es gewesen war, dann hatte sie unrecht: Hier musste nicht bloß ein bisschen abgestaubt, geputzt und geschrubbt werden! Und erst sein Arbeitszimmer ... von einem »Zimmer« konnte man im Grunde gar nicht reden! Es war ein einziges Durcheinander.

Weshalb also nicht gleich anfangen? Ein bisschen harte Arbeit würde bestimmt auch als Fitnesstraining durchgehen, oder nicht? Vorher allerdings hatte er noch etwas wirklich Wichtiges zu erledigen – er musste dafür sorgen, dass jemand seine Ruhe fand ...

Ausnahmsweise saß Harry einmal warm eingepackt unten am Flussufer. Wichtiger jedoch war die Wärme, die er in seinem Innern fühlte. Seine Mutter spürte die Veränderung sofort, kaum dass sie seine Stimme in ihrem Geist vernahm. »Ich war unartig«, begann er. Dabei konnte sie das Grinsen auf seinem Gesicht geradezu spüren, das allerdings etwas verrutschte, als sie entgegnete:

Auf wie viele Arten, mein Sohn?

»Äh, was den Arzt betrifft. Ich hatte es zwar versprochen, aber ich bin nicht hingegangen. Aber hör zu, was immer das Problem war, jetzt ist es weg.«

Du hast aufgehört zu trinken?

Er nickte. »Ich kann das Zeug nicht mehr ausstehen. Allein schon bei dem Gedanken daran kommt es mir hoch!«

Dann war das also das Letzte, was von Mister Kyle noch übrig war ... und nun bist du es endlich losgeworden. Du hast den letzten Überrest von ihm abgestoßen, und jetzt ist da nur noch Platz für dich. Ich kann spüren, dass du mehr oder weniger mit dir im Reinen bist, mein Sohn. Das glaube ich wenigstens, und ich hoffe, ich habe recht ...

»Ich fühle mich rundum wesentlich besser«, sagte er, doch selbst jetzt war er sich dessen nicht so ganz sicher. Vielleicht bekam sie auch das mit. Selbst als Experte im Umgang mit den Toten – als *der* Experte, schließlich war er der Necroscope – wusste Harry, wie schwer es war, seiner Mutter etwas vorzumachen.

Und Kyles Talent? Die Sache mit dem Hellsehen?

»Schon seit einer ganzen Weile nicht mehr«, antwortete Harry. »Aber das könnte ein Verlust für mich sein. Ich verstand es zwar nicht, aber es hätte mir durchaus den ein oder anderen Hinweis geben können. Aber Hauptsache, es geht mir ... gut. Und ich bin fest entschlossen, wieder in Form zu kommen. Ich habe mir ein Fahrrad gekauft – zum Trainieren, und zwar oft –, und wenn unser Gespräch zu Ende ist, stelle ich das ganze Haus auf den Kopf.« Er klang begeistert, wenn auch ein bisschen durcheinander.

Du willst was? Das Haus auf den Kopf stellen? Mit einem Fahrrad? Nun klang sie in der Tat besorgt.

»Ich meine, ich werde sauber machen – Staub wischen, putzen, schrubben. Es kann einen Frühjahrsputz vertragen, Mutter!«

Ja, sagte sie nach einem Moment, und nachdenklich: *Ja, ich glaube, ich kann ihn schon ahnen, den Frühling, wenn die Gedanken eines jungen Mannes sich um ...*

»... den Frühjahrsputz drehen!«, schnitt Harry ihr das Wort ab.

Unter anderem, sagte seine Mutter, allerdings sehr leise.

Das war für Harry das Stichwort, sich zu verabschieden. »Ich werde dich wissen lassen, wie ich vorankomme«, sagte er. Damit wandte er dem Flussufer den Rücken.

Doch sie hatte nicht vor, ihn so einfach gehen zu lassen. *Du sagtest vorhin, du seist unartig gewesen, Harry. Und ich wollte wissen, auf wie viele Arten?*

Harry schirmte seine Gedanken ab. »Damit meinte ich zweierlei, Mutter, nämlich dass ich nicht beim Arzt war und dass ich jemanden vernachlässigt habe.«

Etwa mich?

»Aber natürlich!«

Und was ist mit Brenda?, fragte sie spitz.

»Mutter?« Mit einem Mal war er doppelt vorsichtig, beinahe abweisend.

Du hast sie mit keinem einzigen Wort erwähnt, Harry ...

»Mutter ...« Im ersten Moment wusste er nichts darauf zu erwidern. »Es kommt mir so vor, als würden wir ... einfach nur so dahintreiben.«

Auseinandertreiben?

Er nickte. »Ich meine, es geht ja nicht nur darum, dass Brenda verschwunden ist. Nach allem, was passiert ist, ist sie nicht mehr sie selbst. Sie, beziehungsweise der Kleine, wollten verschwinden oder mich zumindest loswerden. Aber es geht noch viel tiefer als das. Wir sind einander völlig fremd geworden ...«

Er spürte, dass sie verstand oder es doch wenigstens versuchte. Nach kurzem Schweigen sagte sie: *Nun, sehen wir zu, dass es uns beiden nicht genauso geht, okay? Ich meine, es gibt nichts, was du mir nicht sagen könntest, Harry. Dazu stehen wir einander viel zu nahe. Ich war dabei, als du geboren wurdest ... und jetzt, da ich nicht mehr bin, bist du immer noch hier bei mir! Ich bin kein Ungeheuer, vor dem du dich verstecken musst, oder?*

Sie spürte, dass er auf der Hut war, und das machte sie traurig. Doch von Harrys Standpunkt aus war dies unumgänglich. Es gibt nun mal Dinge, über die man mit niemandem spricht.

Insbesondere nicht mit seiner Mutter ...

Nachdem er erst einmal mit dem Haus angefangen hatte, gab es kein Halten mehr. Er wollte es in Ordnung bringen, bevor er B. J. das nächste Mal sah. Zwei Tage verstrichen, dann drei ... und bald würde wieder Vollmond sein. Was das nun mit all dem zu tun hatte, vermochte Harry nicht zu sagen, ihm war nur klar, dass er unbedingt B. J. sehen und mit ihr sprechen musste, und zwar bald.

Zu guter Letzt konnte er nicht länger dagegen ankämpfen. Ob richtig oder falsch, er wollte sie wieder in seinem Bett haben, vielleicht sogar in seinem Leben. Aber, verdammt nochmal, dort befand sie sich doch bereits! Er rief in ihrem Lokal an und bekam eines der Mädchen ans Telefon – sie sagte ihm, dass B. J. im Augenblick keine Zeit habe.

Aber vielleicht könnte sie ihr bitte ausrichten, dass er angerufen habe?

Selbstverständlich. Ob er denn erreichbar wäre, wenn sie nachher zurückrief?

Ja, natürlich, und es spielte keine Rolle, wann.

Als er in jener Nacht auf der Couch in seinem Arbeitszimmer, das nun tatsächlich diesen Namen verdiente, schlief, spürte er das Licht des vollen Mondes durch die Verandatür ins Innere strömen und fragte sich, weshalb es sich genauso anfühlte, als würde B. J.s Blick auf ihm ruhen. Aber im Moment war sie beschäftigt; sie lebte ihr eigenes Leben, das musste er verstehen. Vielleicht würde sie ihn ja später anrufen.

Gott, wie sehr er das hoffte ...

B. J. war in der Tat beschäftigt oder würde es doch bald sein. Es war jetzt sechs Monate her, und sie musste sich um ihre Bedürfnisse und diejenigen ihrer Mädchen kümmern. Dabei musste sie besonnen vorgehen. Im Übrigen war es nicht anders als Jagen oder Fischen oder eher Wildern. Machte man zu viel Lärm, verscheuchte man damit das Wild und zog unter Umständen ungewollte Aufmerksamkeit auf sich. Benutzte man den falschen Köder, bissen die Fische nicht oder die Beute würde nicht in die Falle gehen.

Heute Abend spielte Zahanine den Lockvogel. Sie war schwarz und wunderschön und eines von Bonnie Jeans Mädchen: ein Mondkind, ebenso hungrig wie die anderen. Oh, sie aß und trank das Gleiche wie jeder andere auch. Aber es *war nicht* dasselbe.

Es war Zahanines freier Abend ... Das jedenfalls erzählte sie Big Jimmy Lee, als dieser, vom »B. J.s« aus nur ein Stück die Straße hinunter, in die Lounge des »Fiddler's Elbow« spazierte. Der Laden war nahezu leer; wie sie so mit ihrem runden, vollkommenen Hintern auf dem Barhocker saß, die Beine übereinandergeschlagen, und sich im Takt der Melodie aus der Juke Box wiegte, stach sie einem sofort ins Auge. Big Jimmy bestellte sich etwas zu trinken, zögerte einen Moment und bestellte auch etwas für sie, ehe er sie aus zusammengekniffenen Schweinsäuglein in eindeutig zweideutiger Weise von oben bis unten musterte. »Dass du mit einem wie mir überhaupt noch redest? Immerhin hat deine Chefin, diese dämliche Bonnie Jean, mich doch rausgeschmissen.«

»Big Jimmy«, sagte sie, ihre Stimme ebenso sanft wie ihre dunkle Haut und so verführerisch wie ihre schwarzen Augen. »Du hast dich danebenbenommen, und das weißt du ganz genau. Du hast einen Gast bedroht, den übrigen Mitgliedern Angst eingejagt und einen Tisch zertrümmert. Wie, bitte schön, soll B. J. denn ein anständiges Lokal führen, solange so etwas vorkommt? Bis zu jenem Abend warst du ein geschätzter Kunde ... das hat sie selbst gesagt.«

»B. J.? Ach, wirklich?« Er blickte zweifelnd.

Zahanine nickte. »Sie wartet darauf, dass du wiederkommst, hat sogar einen neuen Mitgliedsausweis auf deinen Namen ausstellen lassen. Aber B. J. ist keine Frau, die um etwas bittet. Es liegt bei dir, ob du wieder reinwillst. Aber keinen Ärger mehr! Beim nächsten Mal ist es endgültig.«

»Einen neuen Mitgliedsausweis?«

»Ich hab ihn selbst gesehen«, sagte sie und verstummte, als der Barkeeper sich in ihre Richtung bewegte, um leere Gläser einzusammeln. Als er im Hinterzimmer verschwand, fuhr sie fort: »Du solltest mal wieder reinschauen.«

»Glaubst du wirklich?«

»Das glaube ich nicht, das weiß ich! Und heute Abend wäre ein günstiger Zeitpunkt.«

»Was? Aber macht sie denn jetzt nicht zu?«

Zahanine warf einen Blick auf ihre Armbanduhr. »In einer halben Stunde, ja. Dann solltest du vorbeikommen; aber lass mich vorher noch ein Wort mit ihr reden.«

Big Jimmy legte die Stirn in Falten. »Sag das noch mal! Das kapiere ich nicht ganz!«

»Eine Party«, erklärte sie, »wenn das Lokal geschlossen ist. Nur die Bedienungen – B. J. und die Mädchen – und vielleicht noch du, wenn du dich in Zukunft benehmen möchtest. Eines der Mädchen feiert Geburtstag. Weshalb sollte ich an meinem freien Abend denn sonst hier sein? Alle Getränke gehen aufs Haus, Jimmy! So etwas kommt nicht jeden Tag vor! In zwei Minuten muss ich los. Also, was ist? Soll ich B. J. sagen, dass du mal reinschaust?« Sie stand auf. Indem sie sich über ihn beugte, legte sie den Zeigefinger an die Spalte in seinem Kinn und fuhr fort: »Offen gesagt, habe ich dich auch ein bisschen vermisst.«

Er war völlig verblüfft. »Aber ... äh ... ich hab ja nich gewusst, dass ...«

»Vielleicht hast du bisher ja immer die falschen Mädchen angemacht.« Damit strebte sie dem Ausgang zu. »Vielen Dank für den Drink ...«

»Und du wirst mit ihr reden?«, rief Big Jimmy ihr nach.

Zahanine drehte sich um und kam wieder zurück. »Denk dran«, flüsterte sie, »die Party ist privat. Du hast schon genug Ärger gemacht, also posaune es nicht in ganz Edinburgh herum, sonst verliert B. J. noch ihre Lizenz!«

Big Jimmy nickte. »Ich sage zu niemandem ein Wort!«

»Warte eine halbe Stunde und komm dann vorbei. Läute so wie immer, dann lasse ich dich rein!«

»Und du bist sicher, dass das in Ordnung geht?«

»Auf jeden Fall. Aber es wird spät werden. Vielleicht bist du ja ein Kavalier und bringst mich anschließend nach Hause?«

Er grinste. »Oh, nach Hause bring ich dich gern, aber ob ich dann noch ein Kavalier bin ...« Seine Stimme klang rauer denn je, er konnte es kaum noch erwarten.

Sie lächelte vielsagend und ging. Er blickte ihr nach, wie sie durch die Tür verschwand, und sah ihren verzerrten Schatten an den winzigen Rauchglasscheiben vorübergleiten. Während der nächsten halben Stunde dachte er an nichts anderes als an Zahanines verführerisch wackelnden Hintern ...

... bis er den Klingelknopf vor dem »B. J.s« drückte und in dem dunklen Torbogen von einem Fuß auf den anderen trat, bis endlich die Tür geöffnet wurde. Zahanine war da und außerdem noch eines der Mädchen. Sie wollten ihn gleich einlassen und halfen ihm aus dem Mantel, doch B. J. trat hinter der Tür hervor und ermahnte ihn nochmals: »Ich komme dir sehr entgegen, Jimmy. Vermassle es nicht!«

»Oh, keine Angst, Kleines!«, entgegnete er.

»Dir ist doch klar, dass die Sperrstunde schon vorüber ist und du eigentlich gar nicht hier sein dürftest? Wenn ich dich reinlasse, geht das auf deine Kappe. Wenn du jetzt eintrittst, dann aus eigenem freiem Willen!«

»Was? Keine zehn Pferde und auch nicht alle Bullen von Edinburgh könnten mich davon abhalten!« Lächelnd ergriff B. J. seinen Arm und führte ihn den Gang entlang.

Alle vier Mädchen befanden sich im Lokal, fünf, wenn Jimmy Zahanine dazurechnete. Abgesehen von Zahanine trugen sie alle ihre schwarzen Nylonstrümpfe, kurze Rüschenröcke, Stöckelschuhe und Blusen, die vorn viel zu viel zeigten und den Rücken frei ließen. Ihnen fehlten nur noch das flauschige Schwänzchen und die Häschenohren, um auszusehen wie waschechte Playboy-Bunnies. Und sie waren ganz offensichtlich in Partylaune.

Als Big Jimmy Lee im Gefolge von B. J. eintrat, gingen überall Luftballons hoch, Luftschlangen regneten auf ihn nieder, jede klopfte ihm auf den Rücken, und von allen Seiten ertönte es: »Schön, dass du wieder da bist, Big Jimmy!« Sie begrüßten ihn wie den sprichwörtlichen verlorenen Sohn.

»Mannomann, ich bin ja ganz von den Socken!«, erklärte er. »Fehlt nur noch, dass ihr jetzt ein Schwein für mich schlachtet!«

»Später, Jimmy!«, sagte B. J. »Wir essen nachher. Erst gibt es was zu trinken. Du stehst auf Wein, richtig?«

»Wein, Whisky, egal was!«, meinte er, während sie ihn zu einem der Barhocker lotste. Zahanine zwängte sich neben ihn, dabei streifte ihr Schenkel sein Bein. »Hol mich der Teufel!«, sagte er. »Ich könnte schwören, diese Party ist nur für mich!«

B. J. schenkte ihm ein Glas Rotwein ein – »der ist nur für ganz besondere Gäste, Jimmy!« –, das er in einem Zug hinunterstürzte, und die Party nahm ihren Lauf.

Die Mädchen umringten ihn, und jedes Mal drückte sich eine andere gegen ihn. Big Jimmy sah nur noch Brüste und lächelnde Zähne, die reinste Versuchung. Und einer Versuchung hatte Big Jimmy noch nie widerstanden. Es war einfach wundervoll! Er war der einzige Mann hier, und obgleich er schon von so etwas gehört hatte, hätte er sich doch niemals träumen lassen, dass er eines Tages im Mittelpunkt einer solchen Party stehen würde. Lauter vollbusige Frauen, die sich ihm anboten und nichts im Sinn hatten, als ihm zu gefallen und ihn seines Lebenssaftes zu berauben.

Das Licht war gedämpft, die Juke Box spielte einen alten Blues, und mit jedem Schluck von B. J.s Wein sahen die Mädchen verlockender aus.

Bonnie Jean selbst verschwand für einen Moment. Jimmy bekam dies kaum mit, er war vollauf damit beschäftigt, einem der Mädchen die Bluse zu öffnen, und mühte sich gerade mit dem letzten Knopf ab. Schließlich hatte er Erfolg. Ihm fielen beinahe die Augen aus dem Kopf, als ihre üppigen Brüste ins Freie sprangen und er nur noch zuzugreifen brauchte. Er hätte auch zugelangt, doch in diesem Augenblick kehrte B. J. zurück. Sie trug nichts weiter als ein hauchdünnes, durchsichtiges Baby-Doll-Nachthemd!

Mittlerweile war Big Jimmy sich hundertprozentig sicher, in was für eine Party er da geraten war, und obwohl sich alles um ihn drehte, wenn er sich zu hastig bewegte, und der Barhocker unter seinem Hintern zu schwanken schien, sodass er unablässig um sein Gleichgewicht bemüht war, stieg sein Puls auf hundertachtzig, während er sich benommen fragte, welches der Mädchen wohl als Erste Lust auf ihn hatte.

Wie es aussah, wollten sie alle.

»Nun, Jimmy«, fragte B. J., die ein Stück von ihm entfernt an der Bar stand, »hat es sich gelohnt, zu uns zurückzukommen?«

»Nich um alles in der Welt wollt ich darauf verzichten!«, versuchte er zu erwidern, brachte allerdings nur noch ein Nuscheln hervor. Er stierte B. J. an, bestrebt, seinen Blick auf ihren Busen zu heften, auf das dunkle V ihrer Scham unter dem hauchdünnen Nichts, das sie anhatte, doch er nahm alles nur noch verschwommen wahr.

Hinter dem Tresen schenkte Zahanine ihm den größten Whisky ein, den er jemals gesehen hatte. »Das wird dich wieder hochbringen, Big Jimmy. Das ist doch eher nach deinem Geschmack!«

»Genau!«, erwiderte er und schaffte es tatsächlich, nach dem Glas zu greifen und dessen Inhalt hinunterzustürzen. Während Zahanine nachschenkte, schoben zwei der Mädchen hinter Big Jimmy einen langen Servierwagen heran und stellten ihn direkt hinter seinem Rücken ab. Sein Kopf sackte immer wieder herab, als er sich umwandte und das Bild in sich aufnahm. B. J. und die Mädchen stellten Stühle rings um den Servierwagen auf, je drei auf einer Seite. Der Wagen war zwar von einem Tischtuch bedeckt, ansonsten aber völlig leer. Allem Anschein nach hatten sie vor, das Essen und einen Geburtstagskuchen aus der Küche zu holen. Allem Anschein nach, ja.

»W-wer h-haddenn übberhaupt Geburtstag«, lallte Big Jimmy,

indem er noch mehr Whisky in sich hineinschüttete. Diesmal gelang es ihm jedoch nicht mehr, das Glas auf dem Tresen abzusetzen. Es zerschellte auf dem Fußboden. Augenblicklich war er wieder klar, lange genug immerhin, um in Erwartung einer Antwort dümmlich von einer zur anderen zu blicken.

»Geburtstag?«, meinte B. J. schließlich. »Na, du natürlich, Jimmy!«

»Aye!« Big Jimmy schaukelte auf dem Barhocker hin und her und neigte ihn dabei etwas zu sehr nach hinten. »Der ist gut!«, grölte er. »Ich, zum Teufel!« Damit geriet er ins Wanken.

»Eigentlich nicht unbedingt *Geburtstag*«, sagte B. J., und mit einem Mal klang ihre Stimme ganz anders, als sie ihn an der Schulter berührte, um nur ganz leichten Druck auszuüben. Big Jimmy verlor das Gleichgewicht, kippte hintüber und bekam gar nicht mit, dass er stürzte. Zahllose Hände fingen ihn auf und ließen ihn auf den Servierwagen sinken – oder vielmehr auf dessen Hartholzplatte, im Grunde ein Abtropfbrett, denn eines der Mädchen hatte die Tischdecke weggezogen.

»Im Leben eines Mannes gibt es zwei wichtige Tage, Jimmy«, sagte B. J., auf sein bebendes Gesicht hinabblickend. »Der eine steht ganz am Anfang, der andere am Ende. Nun, den einen hast du bereits hinter dir, und dies ist der andere.«

»Wasss? Wassollndas?«, fragte er, während die Mädchen seine Arme und Beine an der Platte festschnallten. »Eh? Eh?«, machte er, als sie ihm mit rasiermesserscharfen Klingen die Kleider vom Leib schnitten. Es mochte zwar lächerlich wirken, aber Big Jimmy grinste immer noch, als irgendjemand das Licht noch weiter herunterdrehte und B. J.s Augen – und nicht nur die ihren, sondern auch die ihrer Mädchen – in der Düsternis zu gelben Dreiecken wurden; denn dabei konnte es sich doch nur um ein perverses Sexspielchen handeln oder um einen noch perverseren Traum.

Das Gelb wurde zu einem goldenen Glitzern, als B. J. schlanke Röhrchen mit trompetenbreiten Mundstücken herumgehen ließ, nicht unähnlich dem Trichter, von dem sie in Radus Zufluchtstätte Gebrauch gemacht hatte. Mit dem Unterschied allerdings, dass es dort ums Geben gegangen war, während diese kleineren Ausführungen allein dem Nehmen dienten.

Big Jimmy nahm all dies nur am Rande wahr, denn er war nicht mehr in der Lage, seine Augen von B. J. zu nehmen. Bonnie Jean. Ebenso gut hätte sie nackt sein können, wie sie so im Halbdunkel stand und ihre gelben – nein, nun blutroten Augen sich in Jimmys Seele brannten!

Jedes Gefühl war aus ihm gewichen. Jimmy war so betrunken wie noch nie und doch bei Bewusstsein. Oh, seine Konstitution war zwar kräftig, aber nicht stark genug. Noch immer konnte er hören, sehen, denken (nun ja, gewissermaßen), aber er vermochte nicht einen Muskel zu bewegen. Er konnte nicht ein Wort sprechen und begriff nicht, dass das Pochen in seinem Schädel, seinem Herzen, seinen Adern keineswegs etwas mit sexueller Leistungsfähigkeit zu tun hatte, sondern von dem mit Drogen versetzten Wein herrührte.

Die Zimmerdecke drehte sich um ihn, erst in die eine, dann in die andere Richtung. Die Gesichter der Mädchen, die auf ihn hinabblickten, wirkten mit einem Mal fuchshaft, wölfisch, lüstern, und B. J. selbst war ...

... Sie war nicht mehr Bonnie Jean!

Was genau sie nun war, vermochte Big Jimmy nicht zu sagen. Als das Nachthemd von ihrer schlanken, bepelzten Gestalt glitt und sie die samtig-schwarze Schnauze zu einem lächelnden Knurren kräuselte, dachte er: *Diese Hexe!* Damit kam er der Wahrheit recht nahe, so nah jedenfalls, wie es noch ging.

Als die Saugspitzen in ihn eindrangen, spürte Jimmy sie kaum. Er merkte nur, wie jede Wärme aus ihm floh und einer kriechenden Kälte wich und eine dunkle Woge, so schwarz wie der tiefste Meeresgrund, über ihn hinwegschwappte, an ihm zerrte und ihn allmählich mit sich riss ... Das war alles.

***

Um halb drei Uhr morgens klingelte Bonnie Jean Harry aus dem Bett. Sandra hatte sie abgesetzt. Nach Feierabend habe eines der Mädchen noch seinen Geburtstag gefeiert, entschuldigte sie sich, und sie habe sich nicht von der Party frei machen können. Aber jetzt sei sie ja hier. Es war doch noch nicht zu spät ...?

Zu spät? Sie mache wohl Witze, meinte Harry, während er in der Küche einen Kaffee aufsetzte. Sie sah ihm zu und er musste sich sehr zusammennehmen, um seine Hände bei sich zu behalten. Doch irgendwie gelang es ihm. Er brachte sogar so etwas wie Smalltalk zustande, bis sie ihn bat: »Können wir uns nicht im Bett weiter unterhalten?«

Um ein Haar hätte er sie gleich auf dem Küchentisch genommen, auf der Treppe wollte sie es genauso wie er, und als sie endlich im Schlafzimmer waren ... konnten beide es kaum noch erwarten, bis sie sich die Kleider vom Leib gestreift hatte.

Hinterher ...

... zündete Harry sich eine Zigarette an, was er nur selten tat, und B. J. meinte: »Halte mich jetzt bitte nicht für ordinär, aber das war vielleicht ein Fick! Das war nicht einfach nur Liebemachen ...« Gesättigt und in jeder Hinsicht zufrieden, war sie bereits eingeschlafen, noch ehe er sich Gedanken darüber machen konnte, ob das nun vulgär war oder nicht.

Bevor ihn selbst der Schlaf übermannte, berührte er sie am ganzen Körper, allerdings so sanft, dass sie es überhaupt nicht mitbekam. Möglicherweise wollte er sich vergewissern, dass sie wirklich da war. Doch ihm kam es so vor, als vergewissere er sich, dass sie auch tatsächlich ... sie war? Was *das* nun wieder sollte, vermochte er nicht zu sagen.

Sie lag in seinem Bett und verströmte einen Geruch nach Weiblichkeit und warmem Fleisch, nach Sex und ... noch etwas anderem. Roch ihr Atem nach Kupfer? Nach Salz? Oder lag dies nur am Sex? Hah! *Nur* am Sex! Sie war wie ein Tier gewesen: Voller Temperament hatte sie sich hin und her geworfen und ihn dabei um ein Haar erdrückt. Mehrmals hatte er schon damit gerechnet, dass sie ihm mit ihren Zähnen oder Nägeln blutige Wunden zufügen würde. Doch das hatte sie dann doch nicht getan. Es kam ihm so vor, als habe sie sich in der Tat zurückgehalten. Er hatte die unterdrückte Aggressivität in ihr gespürt (rein sexuell, wie er glaubte), und dies hatte ihn ebenfalls beinahe zur Raserei getrieben.

Doch nun fühlte er sich zwar erschöpft, konnte allerdings keinen Schlaf finden. Irgendetwas machte ihm zu schaffen.

Schließlich kam Harry dahinter, was es war – das Licht des Vollmonds, das durch das Schlafzimmerfenster fiel.

Also stand er auf und zog die verschlissenen Vorhänge zu ...

Das Leben rauschte nur noch so an ihm vorbei. Raum, Zeit, Orte, Gesichter – Harry vermochte nicht zu sagen, woher sie kamen oder wohin sie wieder verschwanden. Er begann sogar zu vergessen, welche Orte er bereits aufgesucht hatte, und sie wären ihm gewiss entfallen, hätte er sich nicht eine Liste angefertigt. Aus dem Frühjahr wurde Sommer. Die Jahreszeiten wechselten einander ab, und immer öfter hatte Harry das Gefühl, dass auch sein Geist eine Veränderung durchmachte ... dass er allmählich den Verstand verlor. Nur wenn er mit B. J. zusammen war, wusste er, dass er all seine Sinne beisammen hatte, ja, nur dann war er sich dessen vollkommen sicher.

Früher war es ihm schwer gefallen, seinen Körper zu akzeptieren; wenn er sich verletzte, hatte dies zwar wehgetan, aber keine große Rolle gespielt, weil es sich ja ohnehin nicht um seinen Körper handelte. Doch das war nun anders. Auch dies hatte eine Menge mit B. J. zu tun, mit der Tatsache, dass sie ihn so akzeptierte, wie er war. In einer Welt, die zusehends an Kontur verlor, war sie zu seinem Rettungsanker geworden. Körperlich zumindest gab sie ihm Halt. Was mit seinem Geist geschah, stand auf einem ganz anderen Blatt.

Oftmals wachte er außer sich und völlig verängstigt auf, allerdings ohne in der Lage zu sein, sich an den Albtraum zu erinnern, der ihn aus dem Schlaf gerissen hatte. Alles, was er dachte, war: *Jemand pfuscht in meinem Geist herum!* Er schwor sich, dass der Teufel los sein würde, sollte er jemals herausfinden, wer es war. Je wacher er wurde, desto mehr wich sein Zorn von ihm. Doch das Gefühl blieb, dass sein Körper nun zwar eindeutig ihm gehörte, sein Geist jedoch von jemand anderem beherrscht wurde.

Sein Erinnerungsvermögen beispielsweise war völlig durch den Wind. Manches – Dinge, die erst kürzlich passiert waren – war einfach weg. Als sie an einem Sonntagmorgen, irgendwann Mitte Mai, bei ihm zu Hause länger im Bett blieben, erwähnte er es gegenüber Bonnie Jean.

»Kannst du dich noch daran erinnern, wann ich nach Irland gefahren bin?« Er spürte, wie die Schläfrigkeit von ihr wich und einer nervösen Anspannung Platz machte. Ihre Aufmerksamkeit richtete sich ganz auf ihn.

»Ja, das ist noch gar nicht so lange her. Weshalb?«

»Nun, ich nicht! Ich erinnere mich nicht mehr daran!«

Augenblicklich schlüpfte sie aus dem Bett, ging zu einer Kommode und kehrte mit seinem Notizbuch zurück, das sie auf den entsprechenden Seiten aufschlug, nämlich seinem irischen »Reisebericht«. Sie las ihm eine ganze Liste an Orten vor, die dort in seiner Handschrift standen, beginnend mit Belfast und weiter bis hin zur Küste nach Dundalk, ehe er sie unterbrach: »Schon gut! Schon gut!«, meinte er aufgebracht, frustriert. »Downpatrick und Newry, Kilkeel und noch ein halbes Dutzend weiterer Orte. Glaubst du etwa, das hätte ich vergessen?« Er presste die Zähne aufeinander und sah sie finster, beinahe vorwurfsvoll an.

Sie setzte sich neben ihn, legte den Kopf schief und blickte neugierig auf ihn hinab. »Genau das hast du eben gesagt!«

Sie hatte recht. Er war verwirrt und widersprach sich, redete absoluten Unsinn! Er schüttelte den Kopf, hob hilflos die Hände und ließ sie wieder sinken. »Grüne Felder, smaragdgrün, um genau zu sein! Grüner als England. Irischer Dialekt – ›... 'nen wunderschönen guten Morgen, Sör‹! Kleine Pubs mit Blick aufs Meer und Torffeuer. Uralte Eichenknüppel und der ganze Mist. Alles wie aus dem Bilderbuch. Noch ein, zwei Elfen dazu ...«

»Harry!«, fiel sie ihm ins Wort. »Was *soll* das?«

Der Ausdruck auf ihrem Gesicht sagte alles – dass er wirr daherredete und sich komisch verhielt und, was auch immer los sein mochte, es an ihr ausließ.

Danach sahen sie einander über eine Woche nicht mehr. Schließlich rief er sie an und entschuldigte sich für seine absurden Anschuldigungen, die der Welt im Allgemeinen und keineswegs ihr, Bonnie Jean, gegolten hatten. Sie wirkte unentschlossen, also wollte er bei ihr im B. J.s vorbeischauen. Nein, unterbrach sie ihn, sie würde zu ihm kommen. Er war froh darüber, denn sie war in der Tat der einzige Halt, den er in der Welt hatte ...

Das stimmte nicht ganz, es gab da noch jemanden, aber Harry wagte sich kaum noch, mit seiner Mutter zu sprechen. Zum Glück war ihm klar, dass sie ihn nicht in einem peinlichen Augenblick überraschen würde. Sie wusste, dass ihm seine Privatsphäre wichtig war, und würde warten, bis er sie am Flussufer aufsuchte. Hoffte er wenigstens.

Dafür kam Harry nun ein anderer Gedanke, und er kam sich ziemlich dumm vor, dass er nicht früher darauf gekommen war. Die ganze Zeit hatte er sich auf seine eigenen Fähigkeiten und die außergewöhnlichen Talente des E-Dezernats verlassen, um etwas über Brenda und den Kleinen herauszubekommen. Aber war dies denn nicht genau das, womit das verschwundene Paar rechnete? Harry Junior verfügte über große Macht, und auf diese Art und Weise würde man ihn nicht so ohne Weiteres ausfindig machen. Außerdem konnte er seine Mutter nach Belieben jederzeit an einen anderen Ort versetzen. Und wenn es darum ging, für sie beziehungsweise für beide zu sorgen ... nun, wer vermochte schon zu sagen, wozu er in der Lage war und wozu nicht? Was seine Mutter nicht zustande brachte, würde er schon bewerkstelligen, und umgekehrt galt dasselbe.

Natürlich würden sie davon ausgehen, dass Harry es auf eben die Art versuchte, die er im Augenblick anwandte – Geister und Apparate. Mit den esoterischen Methoden des E-Dezernats. Was aber, wenn er viel *alltäglicher* vorging? In jeder größeren und auch kleineren Stadt der Welt – der westlichen Welt auf jeden Fall – standen Dutzende von Detekteien in den Gelben Seiten! Und hier war er, Harry Keogh, der Necroscope, und bemühte sich, all dies allein abzudecken. Selbstverständlich blieb ihm das unbenommen, vorausgesetzt, er hätte alle Zeit der Welt zur Verfügung! Und sollte er je einen Glückstreffer landen und in ihre Nähe gelangen, brauchten sie nur Wind davon zu bekommen ... und das ganze Katz-und-Maus-Spiel würde von vorne beginnen.

Wenn allerdings fünfzig Detektivbüros an fünfzig unterschiedlichen Orten alle zugleich daran arbeiteten ...

... dann würde dies eine Stange Geld kosten! Und so viel hatte Harry nicht ...

Er nicht, das war schon klar.

Aber wenn man Darcy Clarke Glauben schenkte, gab es andere, die es sich durchaus leisten konnten ...

Mitte Juni hatte Harry alles ins Rollen gebracht, um ganze Scharen von Privatdetektiven in England, Frankreich, Deutschland und den USA darauf anzusetzen. Jetzt fehlte ihm nur noch das nötige Kleingeld dazu, *mindestens dreieinhalb Millionen Pfund Sterling* beziehungsweise die entsprechende Summe in jedweder anderen verfügbaren Währung, um die Finanzierung des Projekts wenigstens für die ersten drei Monate zu gewährleisten! In der Zwischenzeit hatte Darcy Clarke ihn in Kontakt mit einer Schweizer Bank gebracht, derer sich das E-Dezernat bediente, und Harry hatte mit einer lächerlich geringen Einlage – ein paar hundert Pfund von den wenigen Tausend, die ihm noch blieben – ein Nummernkonto eröffnet.

Nun konnte er sich dem schwierigen Part widmen – glaubte er. Doch Bonnie Jean Mirlu hatte andere Pläne.

Sie fand, es sei an der Zeit, dass er seinen Körper ernsthaft zu ertüchtigen begann. Richtiges Training.

Für einen Mann Anfang dreißig war Harry körperlich (natürlich ging sie davon aus, dass sein Körper tatsächlich ihm gehörte und sowohl Körper als auch Geist gleich alt waren) nicht gerade in bester Verfassung. Teils mochte das an der Sorge um seine Frau und sein Kind liegen, teils auch an der langen Phase des Müßiggangs, daran, dass er so gut wie nichts gearbeitet hatte, seit er gefeuert worden war.

Wenn er aber loslegte ... nun, sie hatte ja selbst erlebt, wie er mit jener Situation in London umgegangen und mit Big Jimmy fertig geworden war (der für niemanden mehr ein Problem darstellen würde). Außerdem war er in der Lage gewesen, in ein alarmgesichertes, bewachtes Anwesen – nämlich *ihre* Wohnung – einzudringen, zu finden, wonach er suchte, und anschließend wieder zu verschwinden, ohne dass jemand etwas davon mitbekam. Dies sagte einiges über seine Fähigkeiten auf den unterschiedlichsten Gebieten aus. Und selbst B. J., die im Laufe ihres doch recht langen Lebens jede Menge Männer gekannt hatte, musste zugeben, dass er auch in anderer Hinsicht etwas zu bieten hatte. Genug, dass sie ihn aufrichtig gernhatte. So sehr zumindest, wie sie jemanden mit einer so begrenzten Zukunft zu mögen vermochte.

Der Gedanke, ihn tatsächlich hinaus in die Welt zu schicken – in Radus Welt voller grässlicher Gefahren, von denen er »überhaupt keine Vorstellung« hatte; schließlich wusste er nur das, was sie ihm darüber erzählt hatte –, bereitete ihr Sorge. Weniger um Harry (wenn er versagte und ein Drakul oder Ferenczy sich über ihn hermachte, dann sei's drum) als vielmehr um sich selbst und ihren Gebieter. Nicht dass Harry etwas über sie ausplaudern könnte ... er *wusste* ja noch nicht einmal etwas über sie, jedenfalls nicht im Wachzustand. Doch sollte sich jemand die Mühe machen, Harry Keoghs Aktivitäten der jüngsten Vergangenheit zurückzuverfolgen, würde er unweigerlich auf B. J. und in diesem Zusammenhang irgendwann womöglich auch auf Radu Lykan stoßen. Was das anging, genügte ihr der heimliche Späher (obgleich sie noch immer keine Ahnung hatte, was er eigentlich wollte). Sie brauchte keine zusätzlichen Schwierigkeiten.

Zudem war B. J. immer noch nicht ganz davon überzeugt, ob Harry wirklich nur das war, was er zu sein vorgab, oder nicht vielleicht doch ein bisschen mehr. Ihren Folgerungen gemäß war er jedenfalls nicht der Knecht eines anderen ... und falls doch, stand es nicht in ihrer Macht, dies festzustellen. Radu hingegen würde sehr bald dahinterkommen, selbst wenn es ihr entgangen sein sollte. Und sie glaubte auch nicht so recht, dass Harrys bisherige Brötchengeber schon ganz mit ihm – oder auch ihr – abgeschlossen hatten. Was, wenn diese Leute sie mittels Harry überwachten, ohne dass er darin eingewilligt hatte oder überhaupt etwas davon wusste? Dies im Hinterkopf, hatte sie ihm befohlen, keine Nachrichten auf seinem Anrufbeantworter zu löschen, auch wenn diese bislang nur dünn gesät waren, und danach alles abgehört, aber nichts gefunden, weder verschlüsselte Botschaften noch sonst irgendwelche geheimnisvollen Nachrichten.

Was nun das E-Dezernat betraf, hatte er gesagt, es handle sich um eine Organisation für Eingeweihte, einen »Geheimdienst«. Allem Anschein nach verhielt es sich tatsächlich so. Sie war nicht in der Lage gewesen, auch nur das Geringste in Erfahrung zu bringen; es gab nicht einen Hinweis auf eine derartige Behörde. Harry stand zwar völlig unter B. J.s Einfluss – mit einem Fingerschnippen respektive wenigen Worten – »mein Geliebter« – brachte sie ihn unter ihre Kontrolle; dennoch weigerte er sich, mehr preiszugeben, als er ihr bislang erzählt hatte. Sein ganzer Körper verspannte sich einfach, er fing an zu schwitzen und zu zittern und sagte kein einziges Wort mehr. Falls dieses E-Dezernat all seine Agenten einer derartigen Gehirnwäsche unterzogen hatte, war es kein Wunder, dass es so geheim war!

Andererseits verfügte der Hunde-Lord Radu durchaus über eigene Methoden, und wenn es etwas gab, was ihr Gebieter wissen wollte, würde er es auch in Erfahrung bringen!

Zunächst musste sie Harry allerdings in Radus Bau führen. Irgendwie musste sie ihn so weit bringen, mit ihr die »unerforschten« Höhen der Cairngorms zu erklimmen. Dazu musste er körperlich fit sein, darum begann jetzt sein Training ...

Eines Morgens Anfang Juli wachte Harry auf und stellte fest, dass B. J. sich nicht mehr in seinem Bett befand. Es war ein Mittwoch, und in letzter Zeit hatte B. J. die Arbeit in ihrem Weinlokal etwas schleifen lassen. Er fand ihre Notiz in der Küche, wo sie sorgsam den Frühstückstisch gedeckt hatte:

> *Harry,*
> *du bist so sehr damit beschäftigt, dein Haus wieder in Schuss zu bringen, und treibst so viel Sport, dazu noch das Fahrradfahren, dass du beinahe ein ganz neuer Mensch geworden bist. Denkst du noch an den Urlaub in den Highlands, über den wir gesprochen haben? Das habe ich ernst gemeint! Es wird etwas ganz Besonderes werden, und mir liegt wirklich sehr viel daran. Aber ich würde dieses Erlebnis gern mit dir teilen. Du kannst dir doch bestimmt ein paar Tage freinehmen, ehe du dich wieder auf deine Suche machst? Schließlich weiß ich ja nicht, ob es nicht das Aus für uns bedeutet, falls du Erfolg haben solltest?*
> *In Liebe*
> *B. J.*

Das Gespräch, das sie erwähnte, fiel ihm sofort wieder ein (obwohl er sich beim besten Willen nicht daran erinnern konnte, wann oder wo sie darüber gesprochen hatten). Ein Urlaub, ja, in den Highlands. B. J. liebte die Jagd und das Klettern und das Leben in der freien Natur, Bewegung eben, die körperlich fit hielt und einem den Kopf frei machte. Und sie hatte ihm vorgeschlagen, dass er doch mitkommen solle. Sie könnten im Freien übernachten und sich unter dem Mond und den Sternen lieben. Unter dem Mond ... oder entsprang Letzteres nur seiner eigenen Fantasie?

Jedenfalls entschied er sich dazu, den Ausflug mitzumachen. Damit war es also *seine* Entscheidung, wenn auch nur, um ihr eine Freude zu bereiten. Glaubte er zumindest.

Seit Langem schon hingen die Wamphyri dem Glauben an, dass jeder Mensch, wann immer möglich, selbst über sein Schicksal entscheiden sollte. Ganz gleich, was ein Mensch auch anfing, es sollte aus eigenem, freiem Willen geschehen. Es konnte allerdings nicht schaden, dabei hin und wieder ein bisschen nachzuhelfen ...

Als er sie später anrief, setzten sie gleich einen Termin fest: in einem Monat, also im August. Bis dahin wollten sie mindestens einmal die Woche an ein paar guten Stellen in den Trossachs, nur wenige Stunden von Edinburgh entfernt, üben. B. J. kannte eine ganze Anzahl guter Kletterfelsen, die sich ideal für einen begeisterten Anfänger eigneten. Nun, das mochte zwar durchaus sein, doch der Necroscope hatte nicht vor, als blutiger Anfänger dazustehen.

Zudem hatte sie ihn ja lediglich darum gebeten, seine Suche eine Zeit lang aufzuschieben; aus seiner Sicht schloss dies die geplante Operation, um diese Suche zu *finanzieren*, nicht ein. Außerdem würde es ja ohnehin nur ein, zwei Tage dauern, je nachdem, wie die Lage in Sizilien aussah. Da er sich nur ein- bis zweimal die Woche mit B. J. traf, konnte er dieses Projekt bequem dazwischenschieben.

Was nun seine Vorbereitungen anging, war nichts leichter als das. Ein Möbiussprung brachte den Necroscopen zu einem Waffenlager der Armee im Süden Englands. Mitten in der Nacht brach er dort ein, um sich mit verheerender Feuerkraft auszurüsten. Zwar hätte er sich ohne Weiteres an Darcy Clarke wenden können, aber er wollte das E-Dezernat aus allem heraushalten. Nicht nur, weil Darcy ihn darum gebeten hatte, sondern vor allem deshalb, weil er dem Dezernat den Rücken gekehrt hatte und niemanden um einen Gefallen bitten wollte. Bislang war es ihm noch stets gelungen, nicht in der Schuld dieser Leute zu stehen, und so sollte es auch bleiben. Selbst wenn sie Brenda für ihn ausfindig machten, würden sie damit lediglich vergelten, was er bereits für sie getan hatte.

Der Necroscope verfügte über einen ausgeprägten Gerechtigkeitssinn. Ihm war klar, dass man der Wache die Hölle heißmachen und den armen Kerlen das Wasser dann bis zum Hals stehen würde. Darum löste er, ehe er sich mit seiner Kriegsbeute aus dem Staub machte, absichtlich den Alarm aus. Sollten sich das Verteidigungsministerium und die Militärpolizei ruhig den Kopf darüber zerbrechen, wie die Diebe es angestellt hatten. Dafür wurden sie schließlich bezahlt. Zweifelsohne würden sie es der IRA in die Schuhe schieben.

Als Nächstes erstand er (was auf der Hand lag und völlig unkompliziert war) eine nagelneue Karte von Sizilien, insbesondere des Madonie-Gebirges. Daraufhin begab er sich mithilfe einer Reihe zaghafter Probesprünge über das Möbius-Kontinuum ans Mittelmeer, betrachtete sich im verschlafenen Flughafen von Catania die voraussichtlichen Ankunftszeiten und stellte seine Armbanduhr auf die Ortszeit um.

Anschließend suchte er die Toilette im Eingangsbereich auf, verriegelte seine Kabinentür von innen, merkte sich die Koordinaten und kehrte nach Hause zurück.

Und nachdem er sorgfältig seine Koffer gepackt hatte, war er so weit ...

Noch am selben Abend, nur eine Stunde später, um 21.30 Uhr, rief er B. J. an, um ihr mitzuteilen, dass er für ein, zwei Tage wegfahren würde.

»Um nach Brenda zu suchen?« Sie wirkte beunruhigt, wenn nicht misstrauisch.

»Nein, etwas anderes. Geschäftlich ...«

»Ich wusste gar nicht, dass du noch irgendwelche ›Geschäfte‹ zu erledigen hast.«

»Es geht um meine Finanzen. Ich muss meine Konten hierher verlegen und noch ein paar Dinge klären. Hier, vor Ort, habe ich noch überhaupt nichts auf die Reihe gebracht. Und gewissermaßen liegt das sogar an dir. Du nimmst meine ganze freie Zeit in Anspruch, und denken kann ich sowieso nur an dich. Ich muss meine Bankangelegenheiten regeln, das ist alles, Sachen, um die ich mich die ganze Zeit nicht gekümmert habe. Das hat nichts mit uns zu tun, außerdem wollen wir uns ja ohnehin erst am Samstag treffen.«

Es entstand eine lange Pause. Schließlich sagte B. J. leise: »Bist du dir da sicher? Dass es nichts mit uns zu tun hat?« Und noch ehe er etwas erwidern konnte, als er bereits Worte formte, um ihr eine Antwort zu geben, fuhr sie fort: »Hör zu, mein Gel...«

»Natürlich bin ich mir sicher!«, schnitt er ihr das Wort ab und stellte überrascht fest, dass er schwitzte. »B. J., wir haben Donnerstagabend, und am Freitagabend, spätestens Samstagmorgen komme ich wieder.«

Nach weiterem Schweigen: »Na gut – aber denk dran, Harry, dass wir am Wochenende klettern gehen wollen.«

»Das möchte ich mir um nichts in der Welt entgehen lassen ...«

Im Anschluss daran nahm Harry sich einen Augenblick Zeit, um zu überlegen, was er da eigentlich machte. Irgendetwas beunruhigte ihn, und er kam nicht dahinter, was es war. Schließlich fiel es ihm wie Schuppen von den Augen. Früher hätte er einfach das Möbius-Kontinuum benutzt, um sich mit einem Sprung direkt nach Palermo zu versetzen. Nun hingegen ...

... allem Anschein nach konnte er mittlerweile nicht mehr auf die kleinen Tricks und diese Geheimnistuerei verzichten, mit denen er seine übersinnlichen Fähigkeiten kaschierte. Doch das war Unsinn: *Natürlich* musste er seine Fähigkeiten geheim halten! Was er ja offensichtlich tat – aber in einem solchen Ausmaß? Es war schon merkwürdig; in seinem ganzen Leben hatte er sich noch nie so viele Sorgen darüber gemacht, dass jemand etwas von seinen Talenten mitbekommen könnte. Aber weshalb ausgerechnet jetzt (das fragte er sich unentwegt), wo er sich doch im Grunde in Sicherheit befand?

In Sicherheit? Angesichts dessen, was er vorhatte?

Wenn es eine Antwort auf diese Fragen gab, dann musste sie wohl oder übel warten. Sein Entschluss stand fest und alles war durchgeplant. Wenigstens was die nächsten paar Tage betraf.

In Edinburgh war es 9.45 Uhr, in Sizilien 10.45 Uhr.

Ein Ferngespräch verband Harry mit dem Flughafen in Catania, wo er sich nach der Ankunft des Fluges aus Athen erkundigte. Die Maschine befand sich im Landeanflug. Er gab ihr noch fünfundvierzig Minuten, bis sie am Boden war und die Passagiere auscheckten und sich auf den Weg zum Zollschalter machten. Dann begab er sich über die Möbiusroute geradewegs in die Kabine, die er sich auf der Herrentoilette reserviert hatte. Keine drei Minuten später stand er vor einer Wechselstube Schlange, um für englische Pfund italienische Lira zu erhalten. Danach trat er gemeinsam mit einer Handvoll ganz normaler Reisender aus dem Flughafengebäude hinaus in die sizilianische Nacht, nichts als ein weiterer Tourist mit einem schweren Koffer.

Schwer jedenfalls für seine Größe ...

DRITTES KAPITEL

Der Necroscope nahm ein Taxi nach Paterno, zahlte im Hotel »Adrano« für zwei Übernachtungen im Voraus, und noch ehe es 12.30 Uhr war, stand er unter der Dusche und ging dann schlafen. Draußen waren es fast fünfundzwanzig Grad. Mit ein bisschen Glück würde der Ventilator über seinem Bett dafür sorgen, dass ihm nicht zu heiß wurde ...

Heiß ... ja, es war warm in Sizilien ... mehr als siebentausend Kilometer entfernt hingegen, auf dem Dach der Welt, war es alles andere als warm. Auf dem Tingri-Plateau in Tibet war es 7.00 Uhr morgens, und die Temperatur lag gerade mal ein Grad über dem Gefrierpunkt. Dafür schien hell die Sonne, die sich als gleißender Glutball über den östlichen Horizont erhob, und Major Chang Lun fühlte sich recht behaglich in seinem Winterkampfanzug, den pelzbesetzten Stiefeln und der Kapuzenjacke.

Vor neunzig Minuten waren er und sein Fahrer, ein Unteroffizier, von der Kaserne in Xigaze aufgebrochen, weil ihnen klar war, dass sie das Kloster Drakesh binnen einer Stunde nach Sonnenaufgang erreichen mussten. Nur wenig später, und man würde sie nicht mehr einlassen. Niemand durfte das Kloster in Drakesh bei vollem Tageslicht betreten. Das Licht des Tages war der Kontemplation und dem Gebet vorbehalten; profanere Tätigkeiten, wie zum Beispiel Nahrungsaufnahme, verrichtete der in seiner Schlechtigkeit befangene Mensch bei Dunkelheit. Im Dunkeln konnte er seine Gedanken gewöhnlichen Dingen widmen und durfte auch seinem Körper – im Gegensatz zu seiner Seele – Pflege angedeihen lassen. Der Major konnte sich in der Tat glücklich schätzen, dass der Hohepriester der Sekte, der rätselhafte Daham Drakesh, ihm am helllichten Tag eine Audienz gewährte.

Ein Außenseiter hätte es wohl so gesehen. *Hah!* Nun, Major Chang Lun wusste es besser. In seinem Einflussbereich mochte dieser Pfaffe ja über ein bisschen Macht verfügen, doch was war er schon gegen die sogenannte »Volksarmee« des kommunistischen China? Aber Chang Lun hatte seine Befehle und musste gute Miene zu Drakeshs Spiel machen.

Bei dem Fahrzeug des Majors handelte es sich um eine zweisitzige Snowcat, eine Schneeraupe, die bestens für das unebene Gelände des Plateaus geeignet war. Der Fahrer parkte das Vehikel im Windschatten der Felsbrocken neben einer zu dem bedrohlich wirkenden Eingang des Klosters führenden Treppe, deckte es mit einer Plane ab und richtete sich schließlich auf und salutierte. Mit einem knappen Nicken deutete Chang Lun seine Zustimmung an. Dann wandte er sich um und verbeugte sich tief vor den geduldig wartenden, rotgewandeten Priestern, die mit überkreuzten Armen regungslos einer hinter dem anderen dastanden.

Es waren sechs; sie gaben dem Major und dem Fahrer zu verstehen, dass sie sich in der Mitte einreihen sollten. Mit drei Priestern als Vor- und dreien als Nachhut setzten sie sich mit einem den chinesischen Soldaten als peinlich anmutenden unmilitärischen Schlurfen in Bewegung und erklommen im Gänsemarsch die Stufen hinauf zu dem gähnenden steinernen Maul, das den Klostereingang darstellte. Der die Spitze bildende Priester hatte den linken Ellbogen in die Hüfte gestemmt und hielt den Unterarm starr nach vorn gestreckt, sodass die winzigen goldenen Glöckchen, die in den Saum seines weiten Ärmels genäht waren, beim Gehen unablässig klingelten.

So ging es ins Innere des Klosters Drakesh. Als sie eintraten, blickte Chang Lun zurück. In einiger Ferne brachen ein paar verirrte Sonnenstrahlen durch den Schatten der zerklüfteten Berge. In ihrem Glanz zeichnete sich hinter hohen Wehrmauern leer und verlassen eine namenlose Stadt ab. Wäre sie nicht so weit weg gewesen, würde sie einen idealen Militärstützpunkt abgeben. Doch welchen Sinn hatte es schon, in einer so öden und unwirtlichen Gegend Soldaten zu stationieren? Die Grenzstreitigkeiten im Süden, nach Nepal, Bhutan und Indien, waren längst beigelegt.

Ein Fallgatter aus massiven Holzbalken senkte sich herab und versperrte die Aussicht. Damit beendete es auch Chang Luns Gedankengang. Das Klimpern der Glöckchen verhallte, ebenso das leise Rauschen der Mönchsgewänder. Es war stockfinster und die Stille nahezu undurchdringlich. Als die Augen des Majors sich allmählich an das Dunkel gewöhnten, stellte er fest, dass er mit dem Unteroffizier allein war ... allerdings nur für einen Augenblick.

»Willkommen in Drakesh«, sagte eine Stimme, die genauso finster war wie die Umgebung. Sie sprach ein zischendes Chinesisch, allerdings ohne jeden Akzent. »Sie sind aus eigenem, freiem Willen eingetreten – oder vielmehr auf Befehl Ihrer Vorgesetzten! Nun ja, so sei es!« In der Stimme schwang unverhohlener Sarkasmus mit.

Plötzlich flammte eine Fackel auf und vertrieb die Schatten. Ihr flackernder Schein fiel auf das Gesicht und die Gestalt von Daham Drakesh.

Chang Lun war ihm bereits früher begegnet, doch Drakeshs körperliche Gegenwart, seine *Präsenz*, beeindruckte ihn immer wieder. Mit fast ein Meter dreiundsiebzig war der Major größer als die meisten Chinesen, doch in Daham Drakeshs Anwesenheit kam er sich jedes Mal wie ein Zwerg vor. Der Mann musste an die zwei Meter groß sein! Dafür war er mager bis an die Grenze der Ausgezehrtheit, und als sich im Schein der Fackel unter dem dürftigen Gewand sein dürrer Körper abzeichnete, wirkte er beinahe wie ein Gerippe. Seine Hände waren sonderbar lang und schmal und hatten spitze Finger mit kräftigen, gelben, klauenhaft gekrümmten Nägeln. Auf dem dürren Hals saß ein rasierter, hohlwangiger Schädel, der nach hinten zu immer länger wurde und einen Wulst bildete, sodass er aussah wie der Kopf eines Insekts.

Doch obwohl Daham Drakesh zerbrechlich wie eine Porzellanpuppe schien, heftete sich der Blick seiner gelben, wie geschmolzener Schwefel leuchtenden Augen auf Chang Lun und den Unteroffizier, durchdrang die beiden regelrecht, so als seien sie und nicht er die geisterhafte Erscheinung. Unter diesem Blick waren sie wie erstarrt, bis Drakeshs Lippen sich zu einem grässlichen Lächeln öffneten und er sagte:

»Kommen Sie. Im linken Auge des aus dem Fels gemeißelten Gesichts habe ich ein Zimmer für Ihren Soldaten herrichten lassen. Dort darf er sich am Tageslicht erfreuen, das mir und den Meinen verwehrt ist, etwas Tee zu sich nehmen, etwas Brot brechen und sich ausruhen – und natürlich auf Sie warten. Es müssen keine Untergebenen zugegen sein, wenn wir uns unterhalten.« Er bedachte den Major mit einem Seitenblick und lächelte freudlos auf ihn hinab. Damit glitt er lautlos vor seinen Gästen her durch das Labyrinth aus Gängen, Galerien und Tunneln, die das Kloster ausmachten. »Leider dürfen wir beide, Sie und ich, uns keine Ruhe gönnen, Herr Major!« Abermals blickte er Chang Lun mit seinem abscheulichen Lächeln an. »Für die Schuldbeladenen gibt es niemals Rast – damit will ich natürlich nur sagen, dass wir einiges zu besprechen haben.«

»Das haben wir in der Tat«, erwiderte der Major barsch, fest entschlossen, wieder die Oberhand zu gewinnen. Dieser Mann und dieser Ort jagten ihm jedes Mal aufs Neue Angst ein. »Und zwar Angelegenheiten von einiger Bedeutung, die meine Vorgesetzten dazu veranlassten, mich hierher zu entsenden!«

»Ganz recht, und Sie – beziehungsweise ihre Gebieter in Peking – wählten genau den richtigen Zeitpunkt«, entgegnete Daham Drakesh, während er, die Fackel hoch erhoben, mit seinen Besuchern durch die düsteren Felsengänge eilte. »Denn so, wie Sie Ihre Befehle haben, habe auch ich ... sagen wir: gewisse Bedürfnisse! Wer weiß, vielleicht sind hier ja höhere Mächte am Werk? Es will mir schon beinahe wie Schicksal scheinen, dass Sie ausgerechnet zu diesem Zeitpunkt hier auftauchen. Denn hätten Sie nicht um eine Audienz gebeten, hätte ich Sie mit Sicherheit hierher bestellen lassen!«

»Herbestellen lassen?«, stieß Chang Lun hervor. »Äh, Sie ...!« Er verstummte mit offenem Mund und riss seine Schlitzaugen weit auf.

Während der letzten paar Sekunden war ein vielstimmiges Stöhnen laut geworden. Der Major hatte es zunächst nur für das Rauschen des Windes gehalten, der um die Außenmauern des Klosters brauste. Doch nun konnte er dazu noch ein regelmäßig wiederkehrendes, pfeifendes, schneidendes Geräusch ausmachen. Es klang wie der durch die Luft sausende Schlag einer beziehungsweise mehrerer Peitschen. Und jetzt sah er auch, woher es stammte.

Sie waren an einer Empore tief im Innern des Berghanges angelangt. Zwar wurde sie von Fackeln erhellt, doch reichte deren Schein nicht in jeden Winkel oder bis zur Decke hinauf. Der Ort war ein Amphitheater. Steinerne Stufen führten hinab zu einer ebenen Fläche in der Mitte. Während der Rest der Halle oder Höhle beinahe im Dunkeln lag, war dieser Bereich hell erleuchtet. Von der Decke hingen an Ketten brennende Kohlenbecken herab und warfen ihren flackernden Schein auf eine Szene, wie sie sich noch nicht einmal Hieronymus Bosch in seinen Höllen-Triptychen ausgemalt hatte. Als sie auf die umlaufende Galerie hinaustraten, blieb der Major abrupt stehen. Sofort packte Drakesh ihn mit erstaunlich kräftigem Griff am Ellenbogen. »Oh, nein!«, flüsterte er. »Seien Sie bitte leise und stören Sie nicht! Die sind im Gebet befangen ...«

»Die« waren die Mönche des Klosters, die Mitglieder der Sekte, die seinem Glauben anhingen. Sie waren nackt; ihre roten Mönchsroben lagen zusammengefaltet auf den unteren Stufen, die rings um das Rund des Amphitheaters liefen. Ihre blassen, zuckenden Leiber drängten sich um das Podium in der Mitte – nein, *den langen Steintrog,* wie Chang Lun nun feststellte –, dennoch wirkten diejenigen, die auf oder in dem Trog standen, nach wie vor rot gewandet. Weil sie blutüberströmt waren!

Mit gesenkten Häuptern trotteten sie im Gänsemarsch in ihrem typischen Schlurfen vom einen Ende des Troges zum anderen, während die umstehenden »Brüder« mit langen, schwarz-roten, vorn eisenbewehrten Peitschen unentwegt auf sie einhieben. Das Blut floss nur so an ihnen herab. Mit rot verfärbten Füßen wateten sie durch die zentimeterhoch stehende Flüssigkeit, als würden sie Trauben stampfen. Nicht einem der »Brüder« entrang sich ein Schmerzensschrei, nur dieses leise Stöhnen von allen Seiten; und am meisten stöhnten diejenigen, die die Peitschen schwangen ... weil sie wussten, dass als Nächste sie an der Reihe waren.

Das im Trog befindliche Blut lief durch kreisrunde Löcher in eine Rinne ab bis zu einem Gitter, hinter dem es dampfend in der ungewissen Finsternis eines Schachtes verschwand. Die Mönche, die ihr Blut gegeben hatten, stiegen auf der gegenüberliegenden Seite aus dem Trog und taumelten schwankend einen Gang entlang, vermutlich zu einem Raum, in dem sie sich ausruhen und wieder zu Kräften kommen konnten. Unterdessen nahmen am anderen Ende Brüder, denen es bisher erspart geblieben war, ihre Plätze ein, traten in den Trog, und das blutige Martyrium begann aufs Neue. Am Rand der Umfassungsstufen waren die Letzten der Priester gerade dabei, ihre Gewänder abzulegen, und nahmen von denjenigen Mönchen, die sich nun in die Linie der schlurfenden, stöhnenden Gestalten einreihten, deren Peitschen entgegen.

»Im Gebet?«, meinte der Major entsetzt. Seinen Fahrer überlief ein Schauder, während Daham Drakesh mit ihnen um die Galerie und durch einen Torbogen hastete, der mit einem Ankh-Kreuz gekennzeichnet war – dem Symbol langen Lebens, wie Chang Lun wusste. Langes Leben – an einem derartigen Ort?

»Was geschieht mit dem ganzen Blut?« Das Gesicht des Unteroffiziers war eine Spur blasser geworden. »Wohin fließt es? So viel Blut, so viel ... Leben?« Eine Zeit lang herrschte Schweigen, die einzige Antwort war das Flackern von Drakeshs Fackel, der ihnen vorauseilte. Dann schließlich, nach einer Weile, erscholl hallend seine Stimme:

»Das Blut kehrt ... irgendwann zur Erde zurück. Es ist doch gewiss besser, es frisch zu opfern anstatt in verfaulenden Leichnamen? Der Mensch beutet die Scholle und die Flüsse aus, und was gibt er zurück? Nichts als Pisse und Scheiße, bis zuletzt. Hier hingegen befolgen wir unsere Pflicht gegenüber der Natur!«

»Ha!« Der Major konnte ein verächtliches Schnauben nicht unterdrücken. »Und, bluten Sie mit ihnen, Daham Drakesh?«

»Mit ihnen?«, fuhr Drakesh ihn in der Tür zu seiner Unterkunft an, und einen Augenblick lang hatte es den Anschein, als wüchse er noch weiter in die Höhe. Doch dann erlosch das Feuer in seinen Augen allmählich, als er entgegnete: »Nein, Chang Lun, ich blute *für* sie; denn sie sind allesamt Sünder! Jede Nacht sündigen sie. Selbst ihre Träume sind durch und durch verdorben und voll der Laster, die in jedem Menschen stecken. Sie träumen von Frauen, manche sogar von Männern. Sie vergehen sich an ihrem eigenen Fleisch und machen es so verachtenswert. Doch hier an diesem Ort sind wir alle vom Geist und nicht vom Fleisch. Darum lassen wir es von Zeit zu Zeit zu, dass ihre lasterhaften Körper gereinigt werden, und zwar nicht von irgendwelchen minderwertigen Flüssigkeiten, sondern indem wir die Essenz des Lebens selbst anzapfen. Wie Sie sehen, hat Ihr Fahrer recht: Das Blut *ist* das Leben ...«

Bei diesen Worten trat ein rot gewandeter Priester aus den Schatten, und Drakesh wandte sich dem bebenden Unteroffizier zu. »Gehen Sie mit dem Bruder hier! Er wird sich darum kümmern, dass sie es bequem haben.« Nachdem die beiden gegangen waren, trat er zur Seite und führte den Major in seine Gemächer ...

Daham Drakesh befand sich seit einhundert Jahren hier. Damals schien dies der einzige Ort der Welt zu sein, für den sich niemand interessierte. Doch heutzutage wollten die Menschen alles haben, ganz gleich wo, selbst eine so karge Einöde wie dieses Plateau.

Als er hier ankam, gab es nur die ummauerte Stadt und deren Bevölkerung, sonst nichts. Gut zwanzig Jahre später war es eine verbotene Stadt und die Menschen versklavt, und weitere zwanzig Jahre später war der Großteil von ihnen beim Bau des »Klosters« umgekommen. Drakesh fand Gefallen daran, als Kloster zu bezeichnen, was in Wirklichkeit eine Feste war. Was nun die Überlebenden jener gewaltigen Aufgabe betraf: Ihre Nachkommen waren Drakesh in seinem Horst, an einem der höchsten, abgelegensten Orte der Welt, noch immer hörig. Allerdings war er nicht abgelegen genug.

Selbst der mächtige *Quomolangma,* der Mount Everest, jener gigantische Reißzahn in zweihundert Kilometern Entfernung, war nicht abgelegen genug. Die Menschen hatten ihn bezwungen; von weit her, aus fremden Ländern, waren sie gekommen, um auf seinem Gipfel ihre Fahnen zu hissen. Für gewöhnlich stammten sie aus dem Westen; in den alten Zeiten hingegen waren sie auch aus dem Osten gekommen. Allerdings hatten diese frühen Eroberer kaum Interesse für den Everest gezeigt.

Die Geschichte wiederholt sich. Jetzt kehrten die schlitzäugigen Krieger wieder. Nicht die Hsiung-nu und auch nicht die Hunnen oder Awaren, gewiss jedoch Abkömmlinge von ihnen, die ebenso wild waren. Doch schlugen sie einst einen Bogen um die gewaltige Hochebene, hatten sie sie nun eingenommen. Nun ja, auch Daham Drakesh, Letzter seiner Blutlinie, war ein Fremder – in ihm floss *wahrhaft* fremdes Blut, aye! Es war nicht das erste Mal, dass jemand seines Schlages überrannt wurde und unter fremde Herrschaft geriet, ja eine verheerende Niederlage erlitt. Doch nie konnten die menschlichen Invasoren sie völlig vernichten. Und auch diesmal würde es ihnen nicht gelingen!

In Dakien, Eflak, der Walachei und Transsilvanien war es damals genauso gewesen (ebenso an ihrem »Ursprungs-Ort«, ganz gleich unter welchem Namen die Geschichte ihn nun verzeichnete). Das wusste Daham von seinem Ei-Vater, Egon, der all die Jahrhunderte voller Kriegswirren erlebt hatte und ein Meister im Überleben geworden war, der Älteste aller Wamphyri ... nun ja, der Zweitälteste:

Immer wieder hatten Reitervölker aus dem Osten die Vampir-Lords aus ihren angestammten Gebieten vertrieben, meist dann, wenn diese sich am sichersten gefühlt hatten. Und nun? Sollte das Gleiche jetzt wieder geschehen? Nicht wenn es nach Daham Drakesh ging.

Vor einhundert Jahren war er hierhergekommen, um Distanz zwischen sich und das Treiben seines Vaters zu legen. Der »Graf« langweilte sich in der Abgeschiedenheit seiner transsilvanischen Feste, zudem hatte er erfahren, dass einer seiner alten Erzfeinde an einem geheimen Ort irgendwo im Westen schlief. Also beschloss er, sich in die Welt hinauszuwagen und seinen Horizont zu erweitern. Schon viel zu lange hatte er im Verborgenen gelebt.

Daham Drakul (nun Drakesh), Egons »Sohn« aufgrund der Übertragung von dessen Ei, musste zurückbleiben, um in der Feste nach dem Rechten zu sehen. Damit hatte er das Sagen über eine Handvoll leibeigener Zigeuner und Knechte der Szgany Szekely. Ha! Was für eine Macht!?

Doch einem Vampir wird der Verrat bereits in die Wiege gelegt, und niemand hasst einen vampirischen Gebieter, einen Lord der Wamphyri, mehr als dessen eigen Fleisch und Blut, der eigene Ei-Sohn. Weil Daham nun über Egons Ei verfügte und der Egel in seinem Innern sich immer weiter entwickelte, war er bereits ein Wamphyri; und bald würde er auch selbst ein Lord sein. Allerdings nicht in Transsilvanien, nicht im Schloss eines anderen Lords. Deshalb musste er weg von dort, weit weg, und eine eigene Feste finden oder erbauen. Er nahm nichts weiter mit als eine Handvoll Erde von der Sternseite (die ihm rechtens seiner »Geburt« zustand) und sechs Szgany-Knechte, die er vampirisiert und zu Leutnanten gemacht hatte. Oh, und natürlich ein bisschen Geld in Form von uralten Goldbarren, die er aus der Schatzkammer seines Vaters raubte.

So gelangte er auf das Dach der Welt und schließlich hierher ...

... acht Jahre später erfuhr er von Egons Tod. Ein bloßer Mensch hatte ihn umgebracht. Doch eine Rückkehr zu der Feste in Transsilvanien kam nicht mehr infrage, denn mittlerweile war sie als Ursprung alles Bösen ausgemacht worden. Niemals würden die örtlichen Behörden es einem Drakul gestatten, sich dort niederzulassen. Am besten, der Mythos fand damit ein Ende, wenn auch nur, um andernorts wiederaufzuerstehen – wenn die Zeit dafür reif war.

So verstrichen die Jahre, Jahrzehnte. Doch was bedeutet schon Zeit für einen Lord der Wamphyri? Nichts! Überdruss hingegen macht ihm durchaus zu schaffen. Nicht anders als Egon, der irgendwann genug von alldem hatte, quälte auch seinen »Sohn« die Langeweile. Doch musste er abwarten, bis seine Zeit kam; oder vielmehr die eines anderen – bis dieser wiederauferstand!

Daham wusste über Radu Bescheid. Wusste, *wer* er war, wenn auch nicht, *wo* er sich befand! Ihm war mindestens genauso viel bekannt wie Egon, ehe dieser zu seiner unseligen Englandreise aufgebrochen war. Auch über die »Francezcis« (oder vielmehr die Ferenczys) wusste er Bescheid und hatte sie aus der Ferne im Auge behalten, während ihre Macht in der Welt wuchs. Denn nicht anders als sie verfügte auch Daham über seine Informationen. Oftmals schöpften sie sogar aus denselben Quellen! Mehr noch, in Gestalt seiner rot gewandeten Knechte hatte er seine Augen und Ohren überall. Angeblich verbreiteten sie seine »Botschaft« und predigten Liebe und Friedfertigkeit ...

In Wirklichkeit jedoch waren sie nichts als seine Handlanger, schlicht und einfach Späher und ihre Botschaft bloß ein Vorwand. Ihre Schlichtheit war Täuschung und ihre Einfältigkeit aufgesetzt. Doch sie versorgten ihn nicht nur mit Informationen, sondern spürten auch Vampire auf, ebenso gewöhnliche Vampire wie sie selbst, um diese auszuhorchen ...

... und anschließend zu vernichten!

Das war nun einmal der Lauf der Welt, und es gab eine Regel, die heute noch genauso ihre Gültigkeit hatte wie vor fünfzehnhundert Jahren – nämlich dass Unauffälligkeit und Anonymität gleichbedeutend mit einem langen Leben waren. Ein simpler Verhaltenskodex, den Egon vergessen beziehungsweise einmal zu oft missachtet hatte. Doch sein Sohn Daham hatte nicht vor, den gleichen Fehler zu begehen. Denn ihm war klar, dass die Menschen, sobald sie von Vampiren Kenntnis erhielten – vorausgesetzt, sie glaubten daran –, nicht mehr ruhen würden, bis sie auch den letzten von ihnen, Daham eingeschlossen, ausgerottet hatten. Darum kam er ihnen zuvor, indem er diese unbedeutenden Kreaturen selbst ausfindig machte und tötete.

Woher sie stammten?

Ferenczy-Brut natürlich und Abkömmlinge von Fehltritten, die Lykan *und* die Drakuls in grauer Vorzeit begangen hatten. Söhne der Söhne und Töchter der Töchter dienstbarer Szgany, die einst mit Radu Lykan, Nonari Grobhand Ferenczy ... ja, und auch mit Karl und Egon Drakul von einem fernen, außergewöhnlichen Ort gekommen waren. Sie waren keine Wamphyri, nein, beileibe nicht, dafür aber von deren Blut. Ihren Ursprung hatten sie auf der Sternseite einer Vampirwelt. Daham hatte von seinem Vater einiges darüber gehört, von Blutfehden, die so schrecklich waren, dass sie bis in alle Ewigkeit andauern würden! Mehr noch, er wusste, dass es nur eine Frage der Zeit war, bis auch *hier* eine derartige Fehde ausbrach.

Dies war ihm klar, weil seine »Jünger« im Lauf der Jahre auf Nachkommen von Radus Knechten gestoßen waren – mondsüchtige Lykanthropen, die von einer Sagengestalt berichteten, die fern im Westen in einem Berg schlief. Ebendieses Gerücht war Egon vor einhundert Jahren zu Ohren gekommen, darum hatte er sich Hals über Kopf nach England aufgemacht ... und schließlich den Tod gefunden. Wer vermochte schon zu sagen, ob dabei nicht Radu seine Hand im Spiel gehabt hatte oder zumindest diejenigen, die er zurückgelassen hatte, damit sie während seines langen Schlafes für ihn sorgten?

Radu Lykan, die Ferenczys und die Drakuls! Was für eine Fehde – und sie würde wieder aufflammen, sobald Radu erwacht war! Und dies würde bald sein, vorausgesetzt, Daham konnte seinen Quellen trauen. Und er vertraute ihnen! Schon seit Langem verfügten die Ferenczys über Knechte auch in England. Wozu, wenn nicht, um Radu in seinem Bau aufzuspüren? So, wie Dahams Leute Nachforschungen über die sogenannten »Ferenczinis«, später »Francezcis«, angestellt hatten, war auch jemand anders aktiv geworden, und zwar *von England aus!* So viel wusste Daham, schließlich hatte er seine Augen und Ohren dort; und nicht allein in der Gestalt rot gewandeter Priester. Radus Knechte schützten ihren schlafenden Gebieter noch immer und sorgten für ihn und spürten bis zu seiner Wiederkehr selbst ebenfalls seinen alten Erzfeinden nach.

Und wenn er eines Tages wiederkehrte, was dann? Wie würde es dann dem Wamphyri Daham Drakesh an diesem zwar abgelegenen, aber nicht gänzlich unzugänglichen Ort ergehen? Wie viel Zeit blieb ihm noch, ehe Radu ihn ausfindig machte? Beziehungsweise – sollten die Ferenczys Radu zuvorkommen und diesen töten – wie lange würde es wohl dauern, bis *sie* ihm, Daham, auf die Spur kamen?

... Oder (und dies wäre mit Sicherheit der schlimmstmögliche Fall) was, wenn sie ihn *bereits* aufgespürt hatten ...?

Nun, bislang gab es keinerlei Hinweis darauf, aber das konnte sich jederzeit ändern; und Daham Drakesh glaubte fest an eine weitere alte Regel: Was du heute kannst besorgen, das verschiebe nicht auf morgen!

Egon hatte ihm von einem gewaltigen Blutkrieg erzählt, der einst, in grauer Vorzeit, in der Vampirwelt getobt hatte. Lord Shaitan der Ungeborene hielt sich aus allem heraus und ließ die unbedeutenderen Lords kämpfen, bis diese allesamt ihre Kräfte erschöpft hatten und von den Anstrengungen geschwächt waren. Anschließend unterwarf er sie sich einen nach dem anderen, bis er der uneingeschränkte Herrscher war. Es war eine lehrreiche Geschichte, aus der man einiges lernen konnte.

Doch wie viel besser, um wie viel größer die Ironie, hätte Shaitan der Ungeborene jene geringeren Lords auch noch selbst aufeinandergehetzt? Wenn er alles absichtlich so eingefädelt hätte, dass sie ihm den Großteil seiner Arbeit abnahmen? Wer weiß, vielleicht hatte er ja ebendies getan? Vielleicht sollte Daham das Gleiche tun. Der vollendete *Agent provocateur,* ja.

Es gibt nichts Neues unter der Sonne ...

Diese Gedanken schossen dem Vampir-Lord durch den Kopf, während sein Besucher, Major Chang Lun von der rotchinesischen Volksarmee, sich vergebens abmühte, es sich in der kargen Höhle, die dem letzten Drakul als Wohnraum diente, bequem zu machen.

In eine der Wände war eine Nische gehauen. In den zwei Meter zehn mal sechzig Zentimeter großen Alkoven war eine lange, mit einem Deckel versehene Kiste, ähnlich einer Wäschetruhe, eingepasst. Eine Sitzbank, auf deren polierter Oberfläche Sofakissen aus einem groben, hier in der Gegend hergestellten Stoff verstreut lagen. Dort hatte Drakesh den Major Platz nehmen lassen, auf seinem eigenen Bett – das sich *in* der Kiste befand. Normalerweise würde Drakesh um diese Zeit eigentlich darin liegen. Leider war er gezwungen, unter gewissen, höchst seltenen Umständen, zum Beispiel diesem, Zugeständnisse zu machen.

Während Chang Luns »Gastgeber« aus einer angrenzenden Höhle Tee und ein paar grauenhafte tibetanische Kekse holte, setzte sich der Major und kniff seine mandelförmigen Augen zusammen, um den Blick über den schummrigen, irgendwie verraucht wirkenden Raum schweifen zu lassen. Er war keineswegs verraucht oder verqualmt, soviel war Chang Lun klar, dennoch schien dieser Ort voller wabernder Schatten, die der Szenerie ein merkwürdiges Eigenleben verliehen. Möglicherweise lag es an dem indirekten Tageslicht, das durch die schmalen, direkt in die gewaltige, gegenüberliegende Wand gehauenen Schlitze sickerte, der einzige Hinweis darauf, dass Daham Drakeshs Gemächer sich an der Außenmauer des Klosters befanden.

Chang Lun hatte sich über diese schmalen Fenster zuvor schlaugemacht. In jeder anderen Feste in jedem anderen Land hätte man sie ohne Weiteres für uralte Schießscharten halten können, in Wirklichkeit jedoch stellten sie Drakeshs Uhr dar. Das Licht durchquerte den Raum in schwachen, kaum wahrnehmbaren Streifen, die auf der Wand über der Nische, in der Chang Lun saß, Muster bildeten. Je nach Form und Helligkeit dieser Muster konnte Drakesh, jeweils abhängig von der Jahreszeit, auf zwei bis drei Minuten genau die Uhrzeit bestimmen.

»Und was tun Sie, wenn es Nacht ist?«, hatte der Major ihn einmal gefragt.

»Ich empfinde eine gewisse Verbundenheit mit der Nacht«, hatte Drakesh prompt erwidert, »und verfüge über die *instinktive* Fähigkeit zu bestimmen, welche Stunde geschlagen hat. Darauf bilde ich mir einiges ein – eine Eitelkeit, zugegeben. Aber ist der Sonnenuntergang nicht ein Wunder? Und ihr Aufgehen nicht ein noch viel größeres? Darum sollten wir unsere Aufmerksamkeit auch auf die Dunkelheit richten, die zwischen den beiden liegt.« Pseudo-mystischer Blödsinn!

... Der Major merkte, wie ihm die Augen zufielen, und richtete sich im Sitzen auf. Es war stets dasselbe, dieser Ort schien ihn aller Kraft zu berauben. Ha! »Das Blut *ist* das Leben.« In der Tat!

»Tee!«, sagte Daham, indem er wie aus dem Nichts eintrat. Die wabernden Schatten wirbelten durcheinander und bildeten neue Muster. »Und Kekse aus Somangha, falls Sie eine Erfrischung benötigen.«

»Den Tee nehme ich gerne«, meinte der Major mit einem knappen Nicken. »Aber Grassamen aus dem Himalaja in Milchteig ...«

»Jedem das Seine ...« Daham nickte verständnisvoll und stellte das Messingtablett auf einem runden Holztischchen ab. Er zog sich einen dreibeinigen Schemel heran und ließ sich gegenüber von seinem Besucher nieder. »Suppe, Käse, Kekse, Brot – Sie würden wahrscheinlich verhungern, wenn Sie sich so ernähren müssten. Aber für einen Tibeter ist das mehr als ausreichend.«

Ein Lächeln stahl sich über die Züge des Majors. »Aber Sie sind kein Tibeter.«

»Ursprünglich stamme ich aus Polen«, bekannte Drakesh freimütig. »Als meine Mutter starb, kehrte mein Vater in seine Heimat, nach Rumänien, zurück, und ich mit ihm. Dort erkannte ich meine ... Berufung? Mir wurde klar, dass ich eine Aufgabe im Leben zu erfüllen habe. Also kam ich hierher und erbaute diese *Missionsstation,* dieses Kloster. Halten Sie davon – und auch von mir –, was Sie wollen! Ich habe meine Anhänger. Einige von ihnen sahen Sie ja bei einer Stufe ihrer Andacht.«

»In der Tat!« Chang Lun verzog das Gesicht und wechselte rasch das Thema. »Sie haben also Ihr Kloster errichtet. Und dann kamen wir, und die Tempel wurden einer nach dem anderen geschlossen.«

»Aber nicht dieser hier.« Drakeshs Augen waren nur mehr schmale Schlitze. »Die Truppen, die vor Ihnen kamen – richtige Krieger und nicht bloß eine Besatzungsmacht –, die erkannten, dass ich anders war und die Mysterien der Drakesh-Sekte kein Hokuspokus. Sie meldeten es nach Chungking, und ein Offizier – ah, ein leibhaftiger *Oberst,* Chang Lun! – kam aus dem Hauptquartier auf dem Kwijiang-Boulevard, um mir einen Besuch abzustatten. Wissen Sie, was das bedeutet? Möglicherweise werden Sie es besser verstehen, wenn ich das britische E-Dezernat erwähne oder dessen russisches Gegenstück im Château Bronnitsy nahe Moskau? Ganz recht, Herr Major! Es gibt Mächte in der Welt, die gewaltiger sind als jede Kriegsmaschinerie. Und es gibt Menschen, die Ahnung davon haben, und ich, Daham Drakesh, bin einer von ihnen. Doch das ist mein Hochmut, der aus mir spricht, und Hochmut ist eine Sünde. Sogar eine Todsünde! Aber ... ich langweile Sie doch nicht etwa?«

Chang Lun schüttelte sich. Von diesem Mann ging etwas Hypnotisches aus; seine Stimme hatte etwas Einschläferndes an sich, und sein Blick drang einem bis in die Seele. Als lese er die geheimsten Gedanken des Majors, lächelte Drakesh nun sein grässliches Lächeln. »Nein«, widersprach der Major. »Sie und mich langweilen? Nicht im Geringsten! Sagen Sie, was wollte der Oberst aus Chungking von Ihnen?«

Drakesh nickte. »Mir ist bekannt, dass Sie darüber bereits im Bilde sind und mich für einen Betrüger, einen Scharlatan, halten und Oberst Tsi-Hong für einen leichtgläubigen Narren. Aber ich werde es Ihnen dennoch erzählen. Er wollte zusehen, wie ich einen Eisblock zum Schmelzen bringe – und zwar von innen heraus! Er wollte wissen, warum ich im Dunkeln, ohne die Hilfe eines Nachtsichtgerätes, zu sehen vermag. Er war fasziniert davon, dass ich dreißig Tage und Nächte lang fasten kann, ohne auch nur einen Schluck Wasser oder eine Brotkruste zu mir zu nehmen, und danach in der Lage bin, nackt noch zwanzig Kilometer durch den Schnee zu laufen, um in der Einöde zu meditieren. Und nachdem er in Lhasa gewisse Gerüchte über mich vernommen hatte, war er vor allem daran interessiert, zu erfahren, wie es kommt, dass ich so lange lebe und schon seit einhundert Jahren hier bin!«

»Metaphysik«, nickte Chang Lun und rümpfte die Nase. »Langlebigkeit. ESP. Auf dem Kwijiang-Boulevard in Chungking befassen sie sich mit derartigen Dingen. Außerdem noch mit genetischen Veränderungen und solchen Sachen. Meiner Meinung nach ist das nur ein Fimmel. Welches Gewicht kann ein Gedanke schon tragen? Und was soll es nützen, Missgeburten zu züchten? Aber wie schwer ein Panzer ist, das *wissen* wir, und ebenso, wie tödlich ein Gewehr in der Hand eines gut ausgebildeten Soldaten sein kann! Im Augenblick ... mag Oberst Tsi-Hong hoch im Kurs stehen. Eigentlich geht das ja schon seit Jahren so. Aber auch er hat Vorgesetzte, und die wollen Ergebnisse sehen. Und was die Gentechnik angeht: Die Russen haben ein Superschwein gezüchtet. Das Vieh kann nicht laufen, sein Fleisch schmeckt scheußlich und seine Scheiße stinkt fürchterlich!«

»Aber auf dem Kwijiang-Boulevard« – Drakesh senkte seine Stimme zu einem Flüstern – »züchten sie keine Schweine ...«

Zu guter Letzt konnte sich der Major ein Lächeln nun doch nicht verkneifen. »Auf dem Kwijiang-Boulevard«, sagte er und ließ dabei jedes Wort auf der Zunge zergehen, »wird überhaupt nichts mehr gezüchtet!« Damit langte er in seine Uniformjacke und zog einen dicken, »versiegelten« Umschlag aus Packpapier hervor, den er Drakesh reichte.

Ohne ein Wort zu verlieren oder auch nur die Miene zu verziehen, öffnete dieser den Umschlag mit einem gekrümmten

Fingernagel. Das »Siegel« löste sich bei der ersten Berührung, was Drakesh keineswegs überraschte. Das Wort Privatsphäre kannte Major Chang Lun nicht. Was dort stand, war ziemlich lang und sehr kompliziert; Drakeshs Blick flog mit schier unglaublicher Geschwindigkeit über die knisternden Seiten. Er nickte zustimmend und meinte dann:

»So viel habe ich ihm schon vor neun Jahren gesagt. Jetzt machen wir es also auf meine Weise!« Während er den Umschlag in seinem Gewand verstaute, verriet sein Gesicht keinerlei Regung.

Chang Lun tat noch nicht einmal so, als wisse er nicht, wovon sein Gastgeber sprach. »Die wollten Gewebeproben ... und Sie haben sich geweigert. Die wollten Blut von Ihnen ... und Sie sagten, es sei Ihr ›Leben‹ und Sie könnten sich nicht davon trennen. Die wollten *Sie!* Ein völlig fremdartiges, außergewöhnliches Exemplar. Die hätten Sie seziert wie einen Frosch, auseinandergenommen wie eine Uhr, um herauszufinden, was Sie zum Ticken bringt. Oh, körperlich wären Sie heil geblieben, keine Narbe, nicht mal ein kleines Loch wäre zurückgeblieben, trotzdem hätten die ein paar kleine Teile von Ihnen entfernt. Aber Sie zogen sich aus der Affäre, indem Sie ihnen weismachten, dass Sie eher sterben und sich mithilfe Ihrer Willenskraft selber umbringen würden. Tsi-Hong glaubte Ihnen – nun, sogar wenn er Ihnen dabei zugesehen hätte, hätte er noch etwas daraus lernen können –, doch dann boten Sie ihm etwas anderes an!«

»Meinen Samen«, nickte Daham Drakesh. »Der Gedanke, dass Teile von mir, und seien sie auch noch so klein, auf ihren ausziehbaren Objektträgern und in den Chemikalien ihrer Versuche den Tod finden sollten, war mir ein Graus. Ich wollte mich nicht auf diese Weise ... untersuchen lassen. Aber mir fiel kein vernünftiges Argument gegen die Fortsetzung des Lebens aus der scheußlichen, zuckenden, ansonsten völlig unnützen Saat meiner Lenden ein.«

»Sie ergossen sich in eine Flasche für die.« Auch Chang Lun konnte kalt und gefühllos sein. »Ihr Sperma wurde tiefgefroren und weggebracht ...«

»... nach Chungking«, flüsterte Drakesh.

»In der Tat. Das war vor neun Jahren.«

»Fünfzig Kinder entsprangen daraus!« In dem unheimlichen Licht der Höhle schienen Drakeshs Augen regelrecht zu glühen.

»Ja, aus der Blüte von Chinas Frauen. Sie begatteten sie gleich scharenweise, während loyale chinesische Eltern ihre Neugeborenen unter Tränen im Namen der Volksrepublik erdrosselten!« Chang Lun kannte keine Gnade, zumindest nach seinen Maßstäben nicht. »Und wozu, Drakesh? Was ist aus Oberst Tsi-Hongs Experimenten geworden?«

»Ich sagte ihm voraus, was geschehen würde. Auf einem Reisfeld gedeihen nun einmal keine Orchideen, und wenn, dann nur völlig missgestaltet und ungewohnt! Doch wenn ein fürsorglicher Gärtner sich darum kümmert, ihnen regelmäßig genug Wasser gibt und sie in ihrer natürlichen Umgebung, ihrer *Heimaterde,* aufzieht ...«

»Mit anderen Worten: Sie wollen sie selber ›aufziehen‹. Wie denn, hier? Und was werden Ihre Brüder dazu sagen, Daham Drakesh? Ist dies ein Kloster oder ein Harem? Ein heiliger Ort oder ein Hurenhaus?«

»Falls Sie die Absicht haben, mich zu beleidigen, verschwenden Sie Ihre Zeit«, entgegnete Drakesh. »Was sein wird, wird sein ... nicht unbedingt weil ich es möchte, sondern weil Ihre Vorgesetzten es so wünschen. Und falls ich, um zu überleben, gehorchen muss, dann werde ich eben den Befehlen Folge leisten. Mit Zwang erreichen Sie nichts bei mir, und vertreiben können Sie mich auch nicht!«

»Sie halten mich nicht zum Narren!« Chang Lun schüttelte den Kopf. »Ihre sogenannten ›Jünger‹ sind eben jetzt, in diesem Augenblick, in der Welt unterwegs. Wozu, wenn nicht, um eine neue Wohnstatt für Sie zu finden? Ich kann mir gut vorstellen, dass Sie lieber das Weite suchen, bevor Ihre Betrügereien aufgedeckt werden. Reden wir doch mal Klartext: Ich halte Sie für einen Scharlatan, ja. Aber ich halte Sie auch für ausgesprochen bösartig. Ihre ... *Brut,* die in Chungking mittels künstlicher Befruchtung herangezogen wurde, belegt dies. Früher oder später wird sogar Tsi-Hong die Wahrheit erkennen, und was geschieht dann mit Ihnen und den Ihren? Ich habe keine

Ahnung, was Sie sind, Drakesh, aber ein heiliger Mann sind Sie nicht. Und Sie führen nichts Gutes im Schilde, dessen bin ich mir sicher. Und was dieses Kloster angeht: Glauben Sie etwa, ich wüsste nicht, weshalb Sie sich diesen Ort, so nah an einer Vielzahl von Grenzen, ausgesucht haben? Sie haben sich Ihre Schlupflöcher vorbereitet für den Fall, dass man Ihnen auf die Schliche kommt!«

Drakesh berührte sein Gewand, die Stelle, die den Brief barg. Major Luns wirres Gerede kümmerte ihn nicht, ihn beschäftigten andere Dinge. Fünfzehn seiner »Kinder« missgestaltet und bei der Geburt getötet. Das war ihm natürlich bereits seit Langem bekannt. Aber fünfzehn von fünfzig? Das war nicht weiter erstaunlich: Missgeburten und albtraumhafte Missbildungen waren bei den Wamphyri der Sternseite an der Tagesordnung; dies wusste er von Egon. Und was groteske Autismen anging – Störungen des Knochenwuchses und der Hirnfunktionen, der Hang zu extremer Gewalt, Irrsinn und »widernatürliche« Begierden – dies war nur zu erwarten. Was auch sonst? Diese Kinder, diese Geschöpfe waren Vampire gewesen! Die Brut aus Dahams Blut, *seine* Kreaturen, aye ...

»Die letzten sechs entkamen«, unterbrach Chang Lun seine Gedanken. Er entschuldigte sich noch nicht einmal dafür, dass er jede noch so kleine Einzelheit des Briefes kannte. »Erst acht Jahre alt und, abgesehen von ihrem beschleunigten Wachstum, scheinbar ohne jeden Makel. Sie töteten ihre Aufseher und Lehrer und bissen nicht nur die Hand, die sie fütterte, sondern ... *fraßen* sie auf! Blutsauger, Kannibalen, mordgierige Irre! Innerhalb von nur acht Jahren wuchsen sie zu Männern und sexuell unersättlichen Frauen heran! Schließlich wurden sie alle zur Strecke gebracht. Aber es war nicht einfach ...«

Abermals warf Drakesh ein: »Ich sagte ihnen voraus, was geschehen würde. Und diesmal machen wir es auf meine Weise!« Sein Flüstern klang eher wie ein heiseres Rascheln, das aus dem dürren Hals kam. »Ja, auf meine Weise ...«

All seine »Kinder« tot – der Kern einer schier unerschöpflichen Armee, die Tsi-Hong schaffen wollte, eine einzigartige, neue Rasse, um China zu beschützen – alle tot. Doch Drakesh empfand keinen

Schmerz. Er hatte ja gewusst, was geschehen würde. Tsi-Hong hatte versucht, Menschen aus ihnen zu machen. Daham würde sie zu dem erziehen, was sie waren, und ihnen beibringen, dies zu *verbergen*, so lange, bis er bereit war!

Von Anfang an hatte er dies vorgehabt. Seit undenklichen Zeiten hielten die Drakuls es so – sie unterwanderten ihre Gegner und verzehrten diese von innen heraus. Doch war China der Gegner? Keineswegs, sein Feind war die gesamte Menschheit! China war lediglich die Brutstätte für die nächste und letzte Generation der Großen Vampire, und in der Vampirwelt von Morgen würde Daham Drakesh deren ruchloser Hohepriester sein – ihr Blutvater, aye.

Vorerst jedoch rief er dem Major ins Gedächtnis: »Sie haben mir ein paar Fragen gestellt. Falls sie nicht nur leichtfertig so dahingesagt waren, werde ich sie gerne beantworten. Ja, ich fühle mich dazu verpflichtet, damit Sie Tsi-Hong meine Antwort übermitteln können. Sie wollten wissen, ob ich das Kloster in einen Harem verwandeln will!« Drakesh schüttelte den Kopf. »Nein. Die Brüder werden die Stadt im Windschatten der Berge herrichten. Und die Lüsternen unter ihnen werden sie wiederbesiedeln. Aber der eigentliche Vater des Nachwuchses werde ich sein!«

»Ich kenne den Ort«, entgegnete Chang Lun. »Ich habe ihn mir angesehen – allerdings nur kurz –, als ich zum ersten Mal hierherkam. Auf die Türen sind immer noch die Pestzeichen gekritzelt.«

Drakesh zuckte die Achseln. »Was für eine Pest das auch immer gewesen sein mag ... nun ist sie vorüber. – Aber Sie sagten noch etwas anderes«, wechselte er das Thema, »nämlich dass ich das Weite suchen würde, wenn man mir auf die Schliche käme, und dass meine Jünger in der Welt umherzögen, um neue Wirkungsstätten für mich zu suchen. Nun, zumindest in einer Hinsicht liegen Sie richtig, in anderer hingegen vollkommen falsch ...«

»Oh?«

»Schlupflöcher – ha! Hätte ich jemals vorgehabt zu fliehen, wäre ich dann nicht längst weg?« Drakesh legte den glatt rasierten Schädel schief und lächelte. »Nach Nepal sind es keine hundert

Kilometer, und Bhutan und Sikkim sind auch nicht weiter entfernt. Was, und ich bin immer noch hier? Nein, bilden Sie sich bloß nicht ein, dass ich vor jemandem wie Ihnen weglaufen würde, Herr Major!« Ehe Chang Lun etwas darauf erwidern konnte, fuhr er fort: »Und was meine Jünger angeht, haben Sie überhaupt keine Ahnung ... Aber dafür weiß Oberst Tsi-Hong Bescheid! Die einfachste Route in ›befreundete Gebiete‹ führt über das Dach der Welt, durch den Himalaja, gewiss. Ah, allerdings nur für meine ›Jünger‹, keineswegs für mich!«

Chang Lun legte die Stirn in Falten. Zum ersten Mal wich seine Selbstsicherheit von ihm. »Fahren Sie fort«, sagte er.

»Wer wäre besser geeignet, sich in der Welt umzusehen und einen Blick nicht nur auf die religiösen, sondern auch die sozialen, politischen und wirtschaftlichen Verhältnisse zu werfen als die harmlosen Mönche eines obskuren tibetanischen Ordens? *Spione,* Chang Lun! Nicht nur für mich, sondern auch für den viel gescholtenen Oberst Tsi-Hong. Und wer schilt auf ihn? Sie! Und Sie unterstehen sich, mir zu drohen? Bitte, tun Sie sich keinen Zwang an! Aber bedenken Sie, Ihre Drohung richtet sich dann auch gegen China! Meine Jünger, ja ... Spione für China. Ah, und sie werden gebraucht, Chang Lun! Heute mehr denn je. Zweifellos haben Sie in diesem Brief gelesen, dass das Château Bronnitsy nicht mehr existiert? Vor zwei Jahren wurde es in Schutt und Asche gelegt! Aber von wem? Wie kam es dazu, und aus welchem Grund? Was, wenn als Nächstes eine vergleichbare Einrichtung auf dem Kwijiang-Boulevard in Chungking an der Reihe wäre? Metaphysik, bloß ein Fimmel? Sind Sie immer noch dieser Meinung? Nun, es gibt andere, die das weitaus ernster nehmen. Jetzt sind Sie also im Bilde! Damit gehören Sie zu den wenigen Auserwählten, die Bescheid wissen. Aber vielleicht sind Sie ja einer zu viel ... Was, wenn mir einem gewissen Oberst in Chungking gegenüber herausrutscht, was Sie so alles wissen, und vor allem, was Sie davon halten ... «

Chang Lun sprang auf! Doch langsam, ganz langsam setzte er sich wieder. »Offenbar ... habe ich Sie unterschätzt«, sagte er. »Schlimmer, anscheinend irrte ich mich – in gewissen Dingen.«

»Sie haben lediglich mit Skepsis betrachtet, was Sie nicht

begriffen«, erklärte ihm Drakesh. »Aber jetzt verstehen Sie es ... wenigstens zum Teil. Nun, es ist ja kein Schaden entstanden.« Er lächelte sein merkwürdiges Lächeln und erhob sich. »Und jetzt entschuldigen Sie mich bitte, ich muss meine Antwort verfassen. Diesmal wird das Siegel doch unversehrt bleiben ...?« Und abermals redete er, ehe der Major ihm antworten oder gar widersprechen konnte, sofern er dies überhaupt vorhatte, weiter:

»Aber Sie und ich, wir sollten keine Geheimnisse voreinander haben! In meinem Brief wird stehen, was ich so alles brauche. Er wird die Ausstattung auflisten, derer es bedarf, um Drakesh City wieder bewohnbar zu machen ... Das Militär, Ihre Einheit in Xigaze, wird die Ausrüstungsgegenstände hierher transportieren, sobald diese verfügbar sind. Außerdem benötige ich mehr Bewegungsfreiheit und die notwendigen Visa, um noch mehr meiner ›Jünger‹ hinaus in die Welt zu senden. Denn uns stehen unruhige Zeiten bevor, und ich – oder sollte ich sagen: wir – wären gut beraten, uns schon jetzt darauf einzustellen.«

Dies stimmte alles und entsprach durchaus irgendwie den Tatsachen, mehr aber auch nicht. Denn nichts davon war im Sinne Chinas.

Drakesh wandte sich ab, um zu gehen, doch dann drehte er sich noch einmal um. »Ich lasse Ihren Fahrer holen. Es ist nicht nötig, dass Sie alleine warten. Fürs Erste danke ich Ihnen für Ihr Verständnis, Chang Lun. Mögen Sie Frieden finden, wenn schon nicht mit der Welt, so doch mit sich selbst.«

Mit einem rätselhaften Lächeln vollführte er eine tiefe Verbeugung und zog sich mit wallendem rotem Gewand in sein Allerheiligstes zurück ...

Der Necroscope hatte schon seit jeher merkwürdige Träume. Im Augenblick fiel es ihm schwerer denn je, sich zu erinnern, worum es darin ging. Dieser Morgen bildete da keine Ausnahme. Als er in seinem Bett in dem Zimmer im Hotel Adrano erwachte, atmete er heftig und kämpfte voller Panik mit der Bettwäsche, und einen Moment später hatte er schon nicht mehr die geringste Ahnung, weshalb. Doch die Angst war echt gewesen, wie das Zittern seiner Glieder und sein Herzklopfen bewiesen ...

Er hatte von B. J. geträumt, irgendetwas über den Mond und von Wölfen, von einem schädelartigen Gebäude auf einem eisbedeckten Plateau ... von dunklen Mächten, die sich in den Krisengebieten dieser Welt sammelten. Eben war es noch da, und gleich wieder weg.

Von sich selbst hatte er ebenfalls geträumt, dass er eigentlich zwei Männer in einem Körper war, mit unterschiedlichen Gedankengängen! Wenn er der andere war, wusste er nicht mehr, wie ihm geschah, und wenn er er selbst war ...

... wenn er er selbst war? ... Was, zum Teufel, sollte das nun wieder?

Wenn er er selbst war!? Was denn? War er wieder an diesem Punkt angelangt? Er *war* er selbst und war auch ganz zufrieden mit sich, und damit basta!

Damit verblasste der Rest des Traumes zur Gänze und verschwand. Jetzt musste Harry nur noch herausfinden, wo er sich befand, das heißt körperlich, innerhalb der drei Dimensionen im Gegensatz zur vierten, rein mentalen Dimension seines Geistes ... im Hotel Adrano in Paterno auf Sizilien. Nachdem er das so weit geklärt hatte, fiel ihm auch der Rest wieder ein, und er wusste, was er hier wollte. Um einen Dieb zu fassen, braucht man einen Dieb. Nun ja, ganz so verhielt es sich nicht. Aber um einen beziehungsweise zwei Gauner zu bestehlen, musste man einen Dieb auf sie ansetzen ...!

Darum befand er sich, sein waches Selbst jedenfalls, hier.

Der unbewusste Harry Keogh hingegen – von dessen Existenz er noch nicht einmal eine Ahnung hatte – war aus einem anderen Grund hergekommen. Doch die beiden Zielsetzungen, ob nun körperlich oder anderweitig, widersprachen einander nicht, vielmehr ergänzten sie sich wie die beiden Seiten einer Medaille oder die beiden Hälften eines Gehirns! B. J. hätte es gar nicht besser planen können, selbst wenn sie alles gewusst hätte; doch hätte sie Bescheid gewusst, befände sich der Necroscope gar nicht erst hier und auch nicht sonst irgendwo, allenfalls in seiner letzten Ruhestätte, unter der Erde. Dort könnte er sich nach Herzenslust mit seinen Toten unterhalten, von Angesicht zu Angesicht sozusagen. Doch auch davon hatte Harry nicht die geringste Ahnung.

Er bestellte Kaffee und Frühstück, und als es endlich kam, hatte er keine Lust mehr darauf. Mittlerweile hatte er sich gewaschen, rasiert und angezogen. Dennoch aß er und überlegte sich beim Kauen, wie er weiter vorgehen sollte. Dabei arbeiteten seine beiden Hirnhälften zusammen. Seine Aufgabe bestand darin, in »Le Manse Madonie« einzubrechen und etwas von dem unrechtmäßig erworbenen Gewinn der Gebrüder Francezci zurückzustehlen. Es konnte allerdings nicht schaden, sich vorher ein bisschen umzuhören und ein paar Nachforschungen über die Francezcis anzustellen. Und zwar nicht in einer Bibliothek oder auf dem Standesamt, sondern bei den Toten persönlich. Denn wer wüsste besser über die Geschichte der Familie und ihren Stammsitz Bescheid als deren Vorfahren; oder, falls diese nicht bereit waren, ihm Auskunft zu geben, deren Bedienstete? Und wo waren Letztere zu finden? Natürlich in der Manse Madonie.

Hier jedoch ... geschah etwas Außergewöhnliches, das dem Necroscopen noch nie zuvor untergekommen war. Eigentlich gleich zwei Außergewöhnlichkeiten.

Kaum dachte er an die Manse Madonie, stiegen vor seinem geistigen Auge die Fotografien auf, die Darcy Clarke ihm in der Londoner Zentrale des E-Dezernats gezeigt hatte; mehr noch, sie überlagerten die Vision, die er aufgrund der Überreste von Alec Kyles hellseherischem Talent von dem Ort gehabt hatte. Diese Verkettung, eine Art mentaler Kartografie, bewirkte, dass er in seiner Erinnerung *genau* feststellen konnte, wo sich das Bauwerk befand! Ein flüchtiger Blick in die Zukunft hatte ihm die Koordinaten verraten. Erstaunlich!

Prompt kam ihm der Gedanke, dass er sich nur des Möbius-Kontinuums zu bedienen brauchte, um ohne viel Aufhebens augenblicklich dorthin zu gelangen. Einfacher ging es nicht. Er kannte die Koordinaten seines Zimmers. Für den Fall, dass er sich irrte oder irgendetwas schiefging, könnte er sofort wieder in das Hotel in Paterno zurückkehren oder auch an irgendeinen weiter entfernten Ort, zu früheren Koordinaten, die er kannte wie seine Westentasche. Falls er jedoch recht behielt – falls er es schaffte, mit einem einzigen Möbiussprung direkt in die Madonie zu gelangen, ohne zuvor jemals körperlich dort gewesen zu sein –, wäre dieses Experiment der unwiderlegbare Beweis dafür, dass er in der Tat einen allmählich schwindenden Rest von Alec Kyles übersinnlicher Fähigkeit geerbt hatte.

Und nach diesem Herrensitz ... nun, es gab noch *andere*, womöglich weit wichtigere Orte!

Harry konnte der Versuchung nicht widerstehen. Er stellte sein Frühstückstablett vor die Tür und schloss ab. Dann konzentrierte er sich auf seine vertrauten Möbiusgleichungen, beschwor ein Tor herauf, trat über dessen Schwelle und ...

... fand sich in den Bergen der Madonie wieder! Es funktionierte!

Er kannte zwei Positionen, eine auf einer etwas niedrigeren Anhöhe, ein gutes Stück weit weg, die andere dicht neben der Stätte. Harry materialisierte sich am ersteren Standort und wahrte so eine gesunde Distanz zum eigentlichen Gebäude. Da lag es vor ihm, genau wie er es in seiner Vision gesehen hatte:

Er legte den Kopf in den Nacken, um an den hoch vor ihm aufragenden gelben und weißen Klippen – im Glanz der Sonne wirkten sie gelb, wie er nun sah – zu einer gedrungenen Burg oder Festung mit weißen Mauern emporzublicken, die in schwindelnder Höhe über dem Abgrund thronte. Vom Standpunkt des Necroscopen aus, der an einer kurvigen Straße auf halber Strecke zwischen dem Meer und dem Himmel stand, ein Schloss an einem Berghang.

Das Meer, natürlich! Er entsann sich, wie er damals bei seiner »Stippvisite« den Geruch des Tyrrhenischen Meeres wahrgenommen hatte. Es musste hinter ihm liegen. Jetzt brauchte er sich bloß umzudrehen, um vor dem blauen Gleißen des weiß gischtenden Ozeans den Anblick der langen, geschwungenen Küste Nordsiziliens in sich aufzunehmen, die sich nach Westen hin, Richtung Palermo, in Dunstschleiern verlor und im Osten einen gewaltigen, über den fernen Horizont bis nach Messina reichenden Bogen beschrieb.

Ein Bus und mehrere Autos mühten sich ächzend die steile Straße entlang. Harry legte keinen Wert darauf aufzufallen; indem er den Fahrzeugen den Rücken kehrte, betrachtete er sich erneut Le Manse Madonie:

Jene irgendwie Unheil verkündende Feste, die hoch oben am Rand eines gut und gern zwölfhundert Meter in die Tiefe reichenden, am Grund der trümmerübersäten Schlucht in eine Geröllhalde mündenden Steilhangs errichtet war. Auf dem Hang ringsum nichts als von der Sonne gebleichte Felsen, dürre Sträucher und ein paar verkrüppelte Kiefern ... alles genau so, wie er es vorhergesehen hatte. In der Tat ein Déjà vu!

Die Autos verschwanden hinter einer Biegung, wurden von einem Vorsprung des Berges, durch den die Straße getrieben war, regelrecht aufgefressen. Der Necroscope war mutterseelenallein. Er fand einen flachen Felsen am Straßenrand und ließ sich darauf nieder. Mit ein bisschen Glück würde er schon jemanden finden, der ihm weiterhelfen könnte.

Doch noch während seine Gedanken wieder in die gewohnten Bahnen abglitten, warnte ihn etwas – sein unheimliches Talent, das es ihm gestattete, mit den Toten zu reden –, dass es besser wäre, nicht zu laut zu denken. Es lag an diesem Ort ... oder vielmehr an der Feste dort oben in schwindelnder Höhe. Oh ja, besser, man flüsterte hier, angesichts des Unbekannten. Doch ein Gebäude war schließlich nur ein Bauwerk, oder? Weshalb also schwitzte Harry? Sicher, der Tag war heiß, aber daher rührte der Schweiß nicht. Und wäre es nicht helllichter Tag gewesen ...

Im Grunde wollte der Necroscope gar nicht hier sein. Doch ihm blieb gar keine andere Wahl. Er musste dort *hineingehen,* musste diesen Ort betreten, und zwar heute Nacht ...

Darum musste er unbedingt etwas darüber in Erfahrung bringen. Und auch über die Francezcis – etwas über ihre Geschichte, ihren Hintergrund, Dinge, die Darcy ihm nicht erzählt hatte. Doch weshalb, vermochte er nicht zu sagen ... vielleicht um in Zukunft darauf zurückzugreifen.

Normalerweise vernahmen die zahllosen Toten Harrys Gedanken – auch jene Letzteren, nach innen gekehrten, bei denen er auf der Hut war. Das vermochten sie stets, es sei denn, er schirmte seine Gedanken bewusst ab oder richtete sie gezielt an einen Einzelnen. Mittlerweile hätte er eigentlich mit einer Antwort gerechnet, damit, dass irgendjemand ihn fragte, was er hier wollte. Immerhin war er der Necroscope. Doch nichts, der telepathische »Äther« blieb auf allen Leitungen tot. Keiner interessierte sich für ihn, oder falls doch, dann zeigten sie es nicht.

Dennoch wusste er, dass sie da waren, wusste es, so wie man mitbekommt, dass ein anonymer Anrufer, der sich nicht meldet, trotzdem noch am Telefon ist. In seinem unheimlichen Geist spürte Harry geradezu, wie sie den »Atem« anhielten. Harry empfand keinerlei Furcht, sie hingegen schon. Und weil sie sich fürchteten, bekam auch Harry, nachdem er ihrem Schweigen eine Zeit lang gelauscht hatte, es mit der Angst zu tun ...

... Harry?

Er zuckte zusammen! »Was? Wer ...?« All seiner Erfahrung zum Trotz fuhr der Necroscope herum; und obwohl ringsum alles im hellen, warmen, gleißenden Sonnenlicht lag und ihm der Schweiß (guter, alter, ehrlicher Schweiß, weil es so heiß war, und nur ein ganz kleines bisschen von der anderen, nicht körperlichen Sorte) in Strömen über den Rücken rann, überlief ihn ein Schauder. »Tut ... tut mir leid«, stieß er schließlich hervor. »Ich ... ich hätte wohl mit Ihnen rechnen müssen. Ich meine, ich ging ja davon aus, dass jemand da ist. Aber dieses Schweigen, diese Totenstille ist beinahe unerträglich.«

Und das war es, die zweite Ungewöhnlichkeit dieses Tages, nämlich die Tatsache, dass die Große Mehrheit sich, mit Ausnahme dieser einen Totenstimme, »totenstill« verhielt. Oh, sie waren da, keine Frage, aber niemand sagte ein Wort.

Und sie werden auch nichts sagen, erscholl die einsame Stimme in Harrys Geist. *Du darfst nicht vergessen, Harry: Was die Toten im Leben getan haben, tun sie auch im Tod weiterhin. So läuft es doch, oder?*

»Nun, ja, aber ...«

Wir befinden uns hier auf Sizilien, sagte der bislang noch Unbekannte, als sei dies Erklärung genug. *Da gehen die Uhren anders, Harry. Hier gelten andere Regeln.*

Der Necroscope begriff. *Niemand wird den Mund aufmachen?*

Ganz recht! Er spürte ein körperloses Nicken. *Daran hält sich hier jeder. Insbesondere hier!*

»Hier?« Noch während Harry die Frage stellte, wusste er bereits, wie die Antwort lauten würde.

Ja, genau hier, sagte die Totenstimme. *An diesem Ort. Im Schatten von Le Manse Madonie ...*

VIERTES KAPITEL

»Wer bist du?« Harry hätte sich gern ordentlich mit seinem Gegenüber bekannt gemacht, doch wie es schien, war das an diesem Ort nicht so einfach.

Du meinst, wer ich war?, sagte der andere offen heraus; offensichtlich hatte er genügend Zeit gehabt, sich an die Vorstellung zu gewöhnen; er war wohl nicht erst vor Kurzem verstorben, sondern zählte bereits seit Langem zur Großen Mehrheit.

Ich war J. Humphrey Jackson Junior – »Humph« für meine Freunde. Amerikaner, yeah. Und mein Job bestand darin, Tresore zu bauen.

»Tresore?«

Genau. Für Banken, reiche Leute und mitunter auch für Gauner, die Angst hatten, jemand könnte ihnen alles wieder klauen. Ich entwarf Geldschränke, Stahlkammern und Tresorräume und baute sie ein. Große stählerne Sparschweine für eine raffgierige Schweinebande.

»Hm, freut mich, dich kennenzulernen, Humph«, meinte Harry. »Insbesondere da sonst niemand hier Interesse daran hat!«

Oh, die sind schon interessiert, keine Sorge! Aber so was von maulfaul! Eine Sippschaft für sich, Harry, ein einziger Klüngel aus Cliquen, Klans, Familien. Die reden unentwegt miteinander, die ganze Zeit – oder vielmehr, sie wispern! Aber wenn du nicht dazugehörst ... vergiss es.

»Aber ... sogar im Tod? Ich hätte angenommen, das Letzte, was sie sich wünschen, wäre, den Mund zu halten.«

Nun, schnaubte Humph körperlos, *du hast keine Ahnung von der Geschichte dieser Insel, nicht wahr? Es ist ein grausamer Ort, Necroscope. Ich, ich fand es sozusagen auf die harte Tour heraus – und das könnte dir ebenfalls blühen. Deshalb habe ich den Mund aufgemacht. Siehst du, ich war allmählich schon dabei, so zu werden wie die. Ich meine, hier gibt es durchaus ein paar Leute, mit denen man reden kann, aber in letzter Zeit schweige ich mich genauso aus wie alle anderen auch! Dann tauchtest du auf; du konntest bloß der Necroscope sein, ich spürte deine Wärme und bekam mit, was du dachtest – und was dir durch den Kopf ging: die Manse Madonie.*

»Deshalb hast du mich angesprochen?«

Im Großen und Ganzen schon ... Die Gedanken des Toten wurden mit einem Mal hart, kalt. Ihm schien etwas auf der Seele zu lasten; entweder hatte er im Leben etwas unerledigt zurückgelassen, oder ihm war großes Unrecht widerfahren. Harry gab ihm Gelegenheit, sich wieder zu sammeln.

»Du klingst ziemlich nah, Humph. Gibt es hier in der Umgebung einen Friedhof? Wo befindet sich dein Grab? Ich könnte vorbeikommen und mich dort mit dir weiterunterhalten. Das wäre nur angemessen.«

Grab? Dann geh mal rüber auf die andere Straßenseite und guck runter!

Harry überquerte die schmale Straße und blieb vor einer kniehohen Leitplanke stehen. Sie war zwar aus Metall, wirkte aber nicht allzu zuverlässig.

Diese Absperrung war 1938 noch nicht da, erklärte Humph. *Die Straße war auch nicht geteert. Sie war nichts als ein Feldweg voller Schlaglöcher. Wenn man nicht aufpasste oder falls jemand der Ansicht war, dass deine Zeit gekommen sei, konnte man mit dem Wagen leicht im Jenseits landen ...*

»Du hast dich mit den falschen Leuten angelegt?« Vorsichtig setzte der Necroscope einen Fuß über die Leitplanke, nur einen, und blickte hinab. Siebzig, achtzig Meter unter ihm erstreckte sich ein geröllübersäter Hang bis zur nächsten Straßenkehre.

Mein Wagen brannte aus, sagte Humph. Da unten, auf dem Stück Straße, das man dort sieht. Zum Glück spürte ich nach dem ersten Aufprall nichts mehr. Und nein, ich habe mich nicht mit den falschen Leuten angelegt ... ich arbeitete *für sie!*

Harry ahnte, was als Nächstes kommen würde. »Für die Francezcis?«

Ganz recht! Drei Monate lang. Ich baute ihnen eine Stahlkammer ein – ich lieferte das Know-how, sie stellten die Arbeitskräfte – und so bezahlten sie mich dafür. Als ich wieder von dem Berg 'runterfuhr, hielten mich unterwegs ein paar ihrer Leute, ihrer Schläger, an; ich erhielt einen Schlag auf den Kopf, fest genug, um mich außer Gefecht zu setzen. Dann lösten sie die Bremse und schoben den Wagen über die Klippe. Ein »Unfall« selbstverständlich.

»Aber weshalb?«

Aus zwei Gründen. Harry nahm ein Achselzucken wahr. *Erstens nahmen sie mir das Geld wieder ab, das ich in bar bekommen hatte, ehe sie mich runterstürzten ... diese elenden Schweine! Und zweitens ... na, das liegt doch auf der Hand!*

»Außer dir wusste niemand etwas von der Stahlkammer?«

Genau so sehe ich das, yeah.

»Mord.« Bislang hatte Harry schon recht leise geredet, doch nun war seine Stimme kaum mehr ein Flüstern.

Und zwar ein grauenhafter, pflichtete Humph ihm bei, um einen Moment später fortzufahren: *Meine Gebeine haben sie irgendwo verscharrt, aber ich blieb dort, wo es passierte. Und wer hätte das gedacht: Über vierzig Jahre später kommt der Necroscope Harry Keogh vorbei! Es muss einen Gott geben. Die Rache ist dein, spricht der Herr!*

»Deshalb bin ich nicht hergekommen!«, entgegnete Harry.

Nach einem weiteren Augenblick des Schweigens: *Dann sollten wir vielleicht vergessen, dass ich dich angesprochen habe ...*

»Aber ich werde zusehen, was ich tun kann.« Humphs Hinweis war zu gut, um ihn sausen zu lassen. Womöglich war es genau das, wonach Harry gesucht hatte.

Versprochen?

»Hundertprozentig!«

Wie denn? Ich meine, wie willst du es anstellen, dass ich meine Rache bekomme?

Nun war es am Necroscopen, mit den Schultern zu zucken. »Sie haben dich beraubt ... jetzt habe ich vor, das Gleiche mit ihnen anzustellen.«

Die haben mich umgebracht, *Harry! Und ich halte nichts von dem Gerede, die andere Wange hinzuhalten! In den letzten paar Jahren habe ich so einiges gehört, zum Beispiel, dass du ein Verfechter des guten alten »Auge um Auge« seist?*

»Das stimmt schon«, erwiderte Harry. »Aber ich muss auch von dem überzeugt sein, was ich verfechte. Und bisher weiß ich noch nicht allzu viel über die Franzezcis. Ich bin mir ziemlich sicher, dass ich keine Schwierigkeiten haben werde, ihnen etwas wegzunehmen; aber was alles andere betrifft ... Versetz dich doch mal in meine Lage. Ich habe nicht die geringste Chance, *jedes* Unrecht wiedergutzumachen, das den Toten je angetan wurde.

Und schon gar nicht allein. Ihr seid einfach zu viele, Humph – ihr seid die Große Mehrheit – und ich, ich bin nur einer. Aber wenn ich erst einmal einen Überblick habe, dann kann ich auch sagen, was ich tun kann.«

Eine nachdenkliche Pause. *Okay, was willst du wissen?*

»Zunächst: Ist dir irgendetwas über ihre Familiengeschichte bekannt?«

Was? (Völlige Verblüffung.) *Was, zum Teufel, soll ich über Familiengeschichten wissen? Ich baue Tresore, Harry! Oder vielmehr, ich tat es.*

»Gibt es vielleicht irgendetwas, was du gesehen hast, als du dort warst?«

Scheiße noch mal, die haben mich dort nichts sehen lassen! Die gaben mir ein Zimmer, von dem aus ging ich zu meinem Arbeitsplatz, und von meinem Arbeitsplatz wieder zurück ins Zimmer. Oder auch zu dem Ort, an dem ich aß, aber immer allein. Und was das Gelände angeht: Es war ganz in Ordnung, wenn ich mal einen Spaziergang unternehmen wollte. Oh, und die Anlage? So ungefähr kann ich sie dir beschreiben. Auf jeden Fall kann ich dir sagen, wo sich die Schatzkammer befindet! Aber die Familiengeschichte?

»Na gut, beschäftigen wir uns mit der Anlage. Fürs Erste zumindest.«

Humph erzählte ihm alles, und der Necroscope lauschte gebannt, während er sich aus dem grellen Sonnenlicht in den Schatten der Böschung begab, wo die Serpentinenstraße aus dem massiven Felssporn herausgesprengt war.

Es war schon eine geraume Weile her, dass Humph sich im Innern der Manse Madonie aufgehalten hatte, doch seitdem hatte er an nichts anderes mehr gedacht. Zudem erfüllten Bilder direkt aus seinem toten Geist seine Beschreibung mit Leben, sodass Harry die Strecke, die Humph von seinem Zimmer zu der Stahlkammer zurücklegen musste, die er tief in den Eingeweiden der Stätte einbruchsicher errichtet hatte, regelrecht vor sich zu »sehen« vermochte, so als lege er selbst diesen Weg zurück. Ja, er bekam sogar ein Gespür für den Ort und merkte sich die Koordinaten.

»Ganz unten im gewachsenen Fels des Berges«, meinte er schließlich.

Nein, widersprach ihm Humph. *Tief, aber nicht ganz unten. Darunter gab es noch weitere Geschosse. Durch Zufall gelangte ich da mal hin. Ich kann gar nicht mehr sagen, ob ich mich verirrt hatte oder einfach nur neugierig war. Letzteres wahrscheinlich – nein, mit Sicherheit. Na ja, wie dem auch sein mag, dabei stieß ich auf einen Raum mit einem Stahlgitter als Tür, das an einen Generator angeschlossen war. Das Ding stand unter Strom! Oh, yeah, das muss man sich mal vorstellen. 1938, und Le Manse Madonie verfügte über seinen eigenen Saft. Auf Sizilien war das damals schon was!*

»Vielleicht handelte es sich um den alten Tresor, den deine neue Stahlkammer ersetzen sollte?«, mutmaßte Harry.

Schon möglich, aber das glaube ich nicht, entgegnete Humph düster. *Da unten gab es etwas, das keiner sehen sollte ... Wirklich niemand! Na ja, eine der Wachen erwischte mich und machte mir die Hölle heiß. Dann schleppten sie mich zu Emilio Francezci, der mir den Auftrag gegeben hatte.*

Flüchtig erblickte Harry das »Abbild« des Mannes in Humphs Geist – und fuhr zusammen.

Oh?, machte Humph. *Ist irgendwas?*

Ja, da war was, aber eindeutig. Bei dem Bild, das Harry sah, könnte es sich ohne Weiteres um eine der Fotografien handeln, die Darcy Clarke ihm vorgelegt hatte. Die Familienähnlichkeit war erstaunlich! Und nicht anders als auf den Fotos wirkte das Abbild im Geist des Toten irgendwie unscharf, verschwommen.

Ah, ich weiß, was du hast, sagte Humph. *Diese Leute waren obskure Gestalten, und zwar in vielerlei Hinsicht. Im Grunde konnte ich mich nie wirklich genau daran erinnern, wie sie eigentlich aussahen. Komisch, eh? Aber kein bisschen lustig ...*

Harry runzelte die Stirn, er wirkte etwas verwirrt. »Du sagst, dieser Emilio habe dich angestellt. Das ist die Einzahl! Aber du hast auch im Plural gesprochen: ›sie‹ und ›diese Leute‹.«

Emilios Bruder, erklärte Humph. *Er war eine große Nummer in der Manse Madonie, ging aber nicht oft nach draußen. Jedenfalls nicht dass ich es mitbekommen hätte. Aber ich sah die beiden oft zusammen. Brüder, und zwar eindeutig, Zwillinge sogar, allerdings keine eineiigen.*

Darcy hatte genau das Gleiche gesagt, allerdings über die *jetzigen* Besitzer der Manse Madonie, die gegenwärtige Generation der

Francezcis. Und diesmal war Humph derjenige, der ihre Bilder im Geist des Necroscopen sah.

Das sind sie!, entfuhr es ihm prompt.

»Unmöglich!« Harry schüttelte den Kopf. »Das sind Francesco und Toni beziehungsweise Antonio ... die leben heute. Was du siehst, stammt von einer Fotografie, die erst kürzlich aufgenommen wurde.« Er bekam mit, wie erstaunt Humph war.

Weißt du was?, sagte der Tote, sehr leise. *Emilios Bruder hieß Francesco ...*

»Nun ja, warum nicht?«, meinte Harry. »Das ist wie mit der Familienähnlichkeit. Namen werden oft über Generationen weitergegeben. Außerdem interessiere ich mich eher für die früheren Familienmitglieder als für die heutigen ... « (Allerdings wusste er beim besten Willen nicht, weshalb er das sagte.)

Darüber weiß ich nicht das Geringste, sagte Humph stur.

»Vielleicht doch! Gehen wir die Strecke von deinem Zimmer zu dem Gang, in den du die Stahltüren eingebaut hast, noch einmal durch.« Ihm war eingefallen, dass er dabei etwas gesehen hatte, und er wollte es noch einmal sehen.

Also nahm Humph ihn noch einmal mit, den ganzen Weg von seinen Gemächern im ersten Obergeschoss der Stätte eine marmorne Wendeltreppe entlang in eine riesige Halle von den Ausmaßen eines Ballsaales hinab. An den Wänden hingen – vor dem geistigen Auge des Amerikaners nur undeutlich zu erkennen – prachtvolle, gold gerahmte Portraits der ...

... *Francezcis!* Humph staunte über sich selbst. *Hey, jetzt fällt es mir wieder ein! An diesen Wänden hängt ihre ganze gottverdammte Ahnengalerie! Nur ... tut mir leid, Harry, aber ich kann mich nicht daran erinnern, wie auch nur einer von ihnen aussah.*

»Sieh ein bisschen genauer hin«, bat der Necroscope.

Humph tat ihm den Gefallen. Diese Leute waren, wie er gesagt hatte, in der Tat obskure Gestalten, und zwar in vielerlei Hinsicht. Selbst ihre düsteren Portraits schienen durch irgendetwas verdunkelt; vielleicht lag dies an Humphs Erinnerung, vielleicht auch an der Firnis des Alters oder an ... was auch immer. Doch die Familienähnlichkeit war auf jedem der Gemälde unverkennbar.

Harry lehnte sich an die felsige Wand des Einschnitts, durch den die Straße führte, und schloss die Augen, um besser mitzubekommen, was Humph sah. Und durch die Schleier von Humphs Erinnerung erblickte er ...

... eine Frau, nur undeutlich zwar, aber dennoch wunderschön. Sie hatte einen schlanken Hals und den Kopf elegant, vielleicht auch hochmütig zur Seite geneigt. Eine klassische Sizilianerin. Unter dem Bild stand, vor dem geistigen Auge des toten Amerikaners verschwommen wahrzunehmen, auf einem Messingschild ihr Name:

Constanza ...

Constanza de ...

Constanza de Petralia ...! Und diesmal fuhr Harry wirklich heftig zusammen. Humph spürte es und fragte, indem er sich dem nächsten Portrait zuwandte: *Bist du okay, Necroscope? Bekommst du alles mit?*

Harry nickte. Er wusste, dass Humph auch dies spüren würde, und spähte noch angestrengter durch dessen körperlose Augen. Neben Constanzas Portrait hing ein Gemälde, das ihren Sohn, Angelo, als Kind, und gleich daneben eines, das ihn als jungen Mann zeigte. Doch nun hatte er seinen Namen geändert: in Angelo *Ferenczini* natürlich!

Der Necroscope zog sich aus Humphs Geist zurück, so überstürzt, als seien alle Dämonen der Hölle hinter ihm her. Nun, das waren sie zwar nicht gerade, aber es gab genügend Hinweise darauf, dass sie sich hier befanden. Hier, in der Manse Madonie, nach wie vor!

Harry?, fragte Humph wie aus weiter Ferne. *Alles in Ordnung, Necroscope?*

Harry war klar, was er da gesehen hatte, doch die Erkenntnis setzte sich bereits in seinem tiefsten Innersten, seinem Unterbewusstsein fest. Und diese Information war nun mal nicht für ihn bestimmt, sondern für jemand anderen. Er war lediglich derjenige, der sie sammelte, und durfte nicht zulassen, dass irgendjemand davon Wind bekam. Dieser Teil seines Geistes war Bonnie Jean vorbehalten, sozusagen als sei er ihr Computer. Was sich darin befand, konnte nicht aktiviert werden, ehe *sie* nicht den richtigen Knopf drückte.

Als Harry ein warnendes Hupen vernahm, schlug er die Augen auf. Er war mitten hinaus auf die Straße gestolpert, und durch den Einschnitt im Fels kam ein Auto direkt auf ihn zu. Der Wagen bremste, um ihm auszuweichen, und kam zum Stehen. Der Fahrer lehnte sich aus dem Fenster und fragte irgendetwas auf Italienisch. Schwankend murmelte Harry eine Entschuldigung und machte achselzuckend den Weg frei. Der Wagen fuhr wieder an, nahm Geschwindigkeit auf und fuhr weiter den Berg hinab.

Harry?, rief J. Humphrey Jackson abermals aus, ganz leise. Er klang weit, sehr weit weg, während der Necroscope sich bemühte, ihn zur Gänze aus seinen Gedanken zu verdrängen. Harry ging es nicht gut, und er hatte keine Ahnung, weshalb. Womöglich ein Sonnenstich? Vielleicht. Mit einem Mal schien sich alles um ihn zu drehen, so als sei er betrunken. Was, zum Teufel, ging hier vor? Was geschah da *in seinem Kopf?*

Etwas Ähnliches war ihm schon einmal passiert, als dieser verrückte, telepathisch veranlagte »Wolfsmensch« in seinen Geist eingedrungen war. Doch das war in London gewesen, und dies hier war Sizilien. Versuchte jemand, an ihn heranzukommen oder Kontakt zu ihm aufzunehmen? Für gewöhnlich konnte Harry seine Gedanken abschirmen und jeden ausschließen, den er wollte. Doch anscheinend hatte irgendetwas ihn aus der Bahn geworfen, aus dem Gleichgewicht gebracht. Sein Geist stand, wenn auch nur vorübergehend, weit offen.

Und dann kamen sie ...

... *Weeer? Weer? Wer bist du? Wer? Ja, wer? Wer bist du?* Ein ganzes Dutzend, und alle redeten sie durcheinander.

Weeerrrr? Ein Knurren.

Wer? Ein leises, schüchternes, flehendes Stimmchen.

Weeeeeeeeeer? Das entsetzte Kreischen eines jungen Mädchens.

Wer? We-he-he-he-her? Ha-ha-ha-haaa!, platzte jemand laut lachend los. Das Gelächter durchdrang den Geist des Necroscopen wie eine Salve aus einem Maschinengewehr.

Und schließlich: *WER? ... WAS? ... WO ...?* Doch im Gegensatz zu den bisherigen Stimmen klang diese – obschon sie den gleichen Ursprung hatte – völlig fremdartig und nur noch bedrohlich. Erneut packte Harry der Schwindel, das reine Entsetzen davor, dass irgendetwas vollkommen Irrsinniges ihn *berührte*, sich blindlings durch seine geheimsten Hirnwindungen tastete.

Lauf!, flüsterten die leiseren Stimmen wie eine einzige Totenstimme in seinem Kopf. *Lauf, lauf! Lauf weg!*

NEIN! WARTE! Gierig streckten sich mentale »Hände« nach ihm aus, wollten ihn festhalten. Harry hielt sich die Ohren zu und rannte los!

Er stieß mit den Knien gegen die Leitplanke, drehte sich einmal um die eigene Achse und stürzte kopfüber ins Leere. Er spürte den Luftzug in seinen Kleidern, der ihm das schweißnasse Haar an den Kopf klatschte, schlug die Augen auf und – sah den Abhang und den Himmel und den fernen Ozean, die sich um ihn drehten, und das Geröll und die Felsen, die unten auf ihn warteten. Augenblicklich war er wieder bei Sinnen, und schon im nächsten Moment beschwor er ein Möbiustor herauf, direkt unter sich ... und stürzte hindurch.

Das Kontinuum! Sicherheit! Seine Koordinaten! Paterno ...

... Harry stolperte aus dem Möbius-Kontinuum geradewegs in das Zimmer, das er sich im Hotel Adrano genommen hatte, sank in die Knie und übergab sich mitten auf den prachtvollen Teppich ...

Er war wohl für ein paar Stunden weggetreten. Als er wieder zu sich kam, wusste er noch, dass er sich übergeben hatte, aber nicht mehr, weshalb. Ein Sonnenstich! Ja, das musste es gewesen sein. Er hatte die Bescherung sauber gemacht, ehe er auf sein Bett gesunken war; Gott sei Dank musste er sich nun nicht auch noch damit abgeben! Und die Klimaanlage hatte den schalen Geruch bereits vertrieben.

Als er an die Manse Madonie dachte ... fiel ihm alles wieder ein, was Humph ihm erzählt hatte, auch die Geschichte des Toten über einen verbotenen Raum mit einer unter Strom stehenden Tür tief im Grundgestein des Felsens. Doch er vermochte sich nicht daran zu erinnern, was danach passiert war. Aber das machte nichts; immerhin wusste er jetzt, wo sich die Stahlkammer befand, die Schatzkammer der Francezcis, und deshalb war er schließlich hier.

War dies wirklich der einzige Grund? Aber ja doch, gewiss. *Und weshalb bebte er dann am ganzen Körper?*

Es war schon wieder vorbei ... es kam und ging wieder ... möglicherweise, oder vielmehr wahrscheinlich, war es dasselbe, was seine Übelkeit verursacht hatte. Nun, wahrscheinlich. Erneut überlief ihn ein Schauder, und dies rief ihm etwas anderes in Erinnerung, etwas, was nichts mit seiner Übelkeit zu tun hatte. Vor seinem geistigen Auge sah er eine eisigkalte Ödnis und ein steinernes, in einen Felshang gehauenes Gesicht.

So schnell ging das also. Wie ein Computer – wenn auch wie einer, der bereits Schaden genommen hatte und von Bonnie Jeans beziehungsweise Dr. James Andersons Virus befallen war – schaltete der Geist des Necroscopen auf ein anderes Laufwerk um, ehe seine Gedanken in gefährliche Bahnen abgleiten konnten.

Harry war schwindlig, ihm drehte sich alles. Er hätte nach allem gegriffen, was ihm irgendwie Halt zu geben vermochte. Er entsann sich einer flüchtigen Idee, die ihm gekommen war, als er festgestellt hatte, dass er die Koordinaten der Manse Madonie kannte, ohne jemals körperlich dort gewesen zu sein: Wenn es dort hinhaute, dann würde es vielleicht auch bei *anderen* Orten funktionieren!

Warum nicht? Alec Kyles Talent hatte darin bestanden, in die Zukunft zu blicken, allerdings hatte er niemals genau zu sagen vermocht, was die Dinge, die er dort sah, zu bedeuten hatten. Etwas von dieser Fähigkeit war mit dem Profil von Kyles Hirn auf Harry übergegangen. Er hatte die Manse Madonie als Teil seiner Zukunft »gesehen«, dabei hatte sein eigenes merkwürdiges Talent Alecs Fähigkeiten ergänzt, und instinktiv hatte sein metaphysischer Geist die Koordinaten festgehalten!

Darüber hinaus hatte er noch weitere Visionen gehabt. Den ... Gebirgstempel? ... mit dem steinernen Gesicht beispielsweise. Und den Ort, an dem sich womöglich Brenda aufhielt:

Hohe Pässe, steil aufragende Bergspitzen und Sterne, die wie gefrorene Eissplitter an einem fremdartigen Himmel funkelten. Tief darunter eine öde Findlingsebene, die sich unter dem Wabern geisterhafter Auroren weit bis zum flirrenden Horizont erstreckte ...

Harry schüttelte sich. War es tatsächlich möglich, dass Brenda sich mit dem Kleinen dort befand? Ja, durchaus – vorausgesetzt, es handelte sich um einen Ausschnitt aus seiner Zukunft und nicht bloß um Einbildung, den Überrest eines Wunschtraumes.

Nun, den Nachweis für seine Theorie hatte er ja bereits erbracht, indem er sich zur Manse Madonie begeben hatte, aber wahrscheinlich würde er sich wesentlich sicherer fühlen, wenn er auch jene anderen Orte aufgesucht hätte. Es gab nur eine Möglichkeit, dies herauszufinden.

Als Erstes zu diesem Tempel oder Kloster oder was auch immer es sein mochte ... doch erst musste er sich etwas besser fühlen.

Er nahm zwei Alka Seltzer, schluckte sie und wartete ein paar Minuten, bis sein Magen sich wieder beruhigt hatte. Anschließend spritzte er sich am Waschbecken kaltes Wasser ins Gesicht, tupfte sich mit einem frischen Handtuch trocken und legte sich aufs Bett. Nachdem er eine halbe Stunde so, die Hände hinter dem Kopf verschränkt, dagelegen hatte und sich alles noch einmal durch den Kopf gehen ließ, war er endlich bereit.

Er stellte sich den Ort in der eisigen Ödnis vor, die Stelle, von der aus er den Tempel gesehen hatte, und versuchte sich an die Koordinaten zu erinnern. Es war kein Problem, er hatte sie in seinem Geist gespeichert. Das war es auch schon. Er erhob sich von seinem Bett, beschwor ein Möbiustor herauf und begab sich dorthin.

Und abermals funktionierte es!

In Paterno auf Sizilien war es kurz nach zwölf Uhr mittags – und auf der tibetanischen Hochebene beim Kloster Drakesh fünf Uhr am Nachmittag.

Da lag es vor ihm, genauso wie er es von seinem letzten, eigentlich ja von *diesem* Besuch her in Erinnerung hatte; denn nun hatte seine Zukunft ihn oder vielmehr er die flüchtige Vision eingeholt, die der Struktur eines Hirns entsprungen war, das sich noch nicht an seine, Harrys, Gedankenmuster angepasst hatte.

Der für die Jahreszeit ungewöhnliche Schneesturm hatte sich gelegt; frisch gefallener Schnee glitzerte im Sonnenlicht, das in diesem Augenblick durch die graue Wolkendecke brach, und dort draußen in der Einöde ... bewegte sich dort nicht etwas? In der Tat! Auf diese Distanz sahen die Gestalten aus wie Ameisen, die sich durch die Schneewüste mühten. Roboterhaft arbeiteten sie sich voran, wie Soldaten beim Strafexerzieren – links, rechts, links, rechts, links – allerdings schlurfend und in einem ziemlichen Tempo. Die drei vorderen trugen rote Kapuzengewänder, desgleichen die drei, die den Schluss bildeten. Der Mann in der Mitte hingegen war ganz in Weiß gekleidet. Und aus fast einem Kilometer Entfernung vernahm der Necroscope über den allmählich schmelzenden Schnee hinweg das Klingeln winziger goldener Glöckchen ...

Für diese Temperaturen war Harry nicht angezogen. Es war zwar »Sommer«, selbst hier, aber die Höhe machte dies mehr als wett. Das Dach der Welt, ganz recht. Zitternd, diesmal jedoch vor Kälte, beschwor er ein Tor herauf und kehrte nach Paterno zurück.

Die Hitze traf ihn beinahe wie ein Faustschlag, als er aus dem Nichts in sein Hotelzimmer trat. Ein Zimmermädchen pochte an die Tür und fragte, ob sie »sauba machen« könne.

Er öffnete, zeigte ihr den Fleck auf dem Teppich und erklärte, er habe Kaffee verschüttet. Dann ließ er sie in Ruhe, während sie darüber schimpfte und sich wie eine Wilde ans Putzen machte. Indem er in einer Ecke Platz nahm, um nicht zu stören, und ihr zusah, überlegte er, welche Bedeutung dem Kloster mit dem steinernen Gesicht auf dem eisigen Hochplateau zukam und welche Rolle es wohl in seiner Zukunft spielen mochte. Eines schien jedenfalls gewiss: Brenda befand sich nicht dort. Er hatte ihre Anwesenheit nicht »gespürt«, und dies hätte ohnehin keinen Sinn ergeben. Nicht an einem derartigen Ort.

Vor allem aber fragte er sich, was es mit dem nächsten Ort auf sich hatte ...

... einem Garten in einem fruchtbaren Tal zwischen zerklüfteten, von Wind und Wetter gezeichneten Felsvorsprüngen, wo während der langen Stunden des Tages staubflirrende Sonnenstrahlen schräg zwischen den hohen Pässen einfielen und nachts die Sterne wie mit Raureif überzogene Juwelen glänzten oder vielmehr wie im geisterhaften Wabern der Auroren vom Himmel hängende Eissplitter ...

Ob Brenda sich dort befand?

Er brauchte nur an diesen Ort zu denken, und schon erschienen merkwürdige, geradezu unheimliche Koordinaten in seinem Geist, so fremdartig, dass er sich fragte, ob sie Wirklichkeit waren oder womöglich bloß seiner Fantasie entsprangen. Sie glichen nichts, was er je zuvor gesehen hatte. War es das: Wunschdenken? Hatte er einfach zu sehr von einem unerreichbaren Wolkenkuckucksheim geträumt? Von einem Ort hinter dem Regenbogen?

Nun, der Necroscope verfügte zwar nicht über Zauberpantoffeln, dafür jedoch über das Möbius-Kontinuum.

Endlich war das Zimmermädchen fertig. Sie nickte mehrmals, lächelte und verließ, etwas Unverständliches in gebrochenem Englisch murmelnd, rückwärts den Raum. Als sie weg war, wartete Harry nicht länger. Er beschwor ein Tor herauf. In der Ur-Finsternis des Möbius-Kontinuums stellte er sich die rätselhaften Symbole vor, jene merkwürdige Gleichung, die ihm den Weg zu seinem Ziel weisen sollte, und gelangte ... nirgendwohin.

Es war wohl doch ein Wunschtraum gewesen, eine vergebliche Hoffnung. Der Versuch mit den Koordinaten war fehlgeschlagen, weil auch sie nur ein Produkt seiner Fantasie waren und rein gar nichts zu bedeuten hatten.

Darin irrte er sich natürlich; andererseits hatte er vollkommen recht damit, dass er die Koordinaten für fremdartig hielt. Denn in einer Paralleldimension jenseits des bekannten Raumes hätten sie ihn ohne Weiteres direkt an sein gewünschtes Ziel gebracht. Die Koordinaten stimmten und waren völlig in Ordnung ... sie stammten lediglich nicht von dieser Welt.

Harry hatte genug herumexperimentiert. Keine weiteren Versuche mehr, das ersparte ihm nur Enttäuschungen. Im Augenblick war er, obwohl er sich zuvor ausgeruht hatte, nur müde. Sein Gefühlsleben war völlig durcheinander, ebenso sein Zeitgefühl, und die vielen Möbiussprünge und die Widersprüche im Raum-Zeit-Gefüge taten ein Übriges. Und heute Nacht musste er seine fünf Sinne beisammen haben und für die Aufgabe, die ihn erwartete, sowohl körperlich als auch geistig in Hochform sein. Der Necroscope hatte alle Informationen über die Manse Madonie, die er brauchte. Sein neues Wissen über deren Bewohner hatte sich gesetzt und ruhte nun fest verschlossen hinter einer posthypnotischen Sperre in seinem Geist. Dort würde es auch bleiben, ohne dass er sich daran erinnern konnte, so lange, bis irgendjemand – Bonnie Jean oder auch Radu Lykan – es wieder hervorholte. Und wenn er sich trotzdem Sorgen machte, so war dies angesichts seiner Mission nur verständlich. Damit jedenfalls beruhigte er sich.

Er schlief den Schlaf der Gerechten, zum ersten Mal seit Langem ungestört vom Geflüster der Toten in ihren Gräbern. Falls sie sich miteinander unterhielten, dann wohl nur heimlich. Aber schließlich war dies Sizilien ...

Als Harry gegen sechs Uhr abends wieder zu sich kam, wusste er im ersten Moment nicht, wo er war. Es war noch immer helllichter Tag und würde es für die nächsten zwei, drei Stunden auch bleiben.

Er duschte, um die Mattigkeit loszuwerden, aß im Hotelrestaurant lustlos zu Abend – ein »Irgendwas« Genovese – und kehrte sofort wieder in sein Zimmer zurück.

Der Necroscope war so weit fertig, jetzt war es nur noch eine Frage der Zeit. Und nun wurde ihm auch klar, wie wenig er eigentlich über die Manse Madonie, ihre Bewohner und deren Beschäftigte wusste ... Er hatte zum Beispiel keine Ahnung, wie viele es waren oder welche Aufgaben sie hatten. Allerdings waren an einem derartigen Ort – im Grunde war es ja eine Festung – wohl kaum Sicherheitsvorkehrungen in Form von Wachtposten notwendig. Eine Nachtwache vielleicht, aber nur im Außenbereich. Doch selbst dann dürften in den frühen Morgenstunden nicht allzu viele Leute auf den Beinen sein.

Ach, wirklich? Angesichts der leisen, nagenden Stimme in seinem Hinterkopf legte Harry die Stirn in Falten.

Nun, und wenn schon, dann musste er dies eben mit einkalkulieren. Hatte er das Ganze erst einmal in Gang gesetzt, würde es von Wachen nur so wimmeln, allerdings draußen. Was er brauchte, war ein Ablenkungsmanöver, etwas, das sie von ihrer normalen Routine abbrachte. Oh ja, er würde sie in Aufregung versetzen.

Was die Tresortüren anging: Sie waren mit einem Kombinationsschloss gesichert. Er mochte zwar kein ausgebuffter Safeknacker sein, aber dafür war er ein Experte darin, in verschlossene Räume zu gelangen, ohne die Tür zu benutzen. Oder vielmehr, er war der Einzige, der die Zahlenkombinationen zu gewissen Türen kannte. Im Grunde kam es Harry nur zugute, dass die Türen zu Humphs Stahlkammer – es gab zwei davon – sich nur mit einiger Zeitverzögerung öffnen ließen; ehe jemand dort einzudringen vermochte, wäre er bereits über alle Berge! Wahrscheinlich würden sie ohnehin nicht versuchen, hineinzugelangen. Denn Humphs Stahltüren waren mit einer Alarmanlage versehen, und Harry hatte nicht vor, einen Alarm auszulösen – jedenfalls nicht von außen.

So langsam wurde es Zeit, dass er überprüfte, was er für sein Ablenkungsmanöver brauchte. Er hängte ein »Bitte-nicht-stören«-Schild an den Türknauf, sah noch einmal nach, ob er auch wirklich abgeschlossen hatte, holte seinen Koffer hervor und klappte ihn auf dem Bett auf. Vier T-Shirts, ein schwarzer Trainingsanzug, ein Paar weicher (schon etwas abgetragener), schwarzer Leinenschuhe, ein hellblaues Sommerjackett und ... ein Armeekoppel mit Gurten und aufgesetzten Segeltuchtaschen, ein Karton mit sechs Tränengaskartuschen, dazu neun Splittergranaten, wie mattglänzende Stahleier verpackt in eine in drei mal drei mit Stroh ausgestopfte Fächer eingeteilte Sperrholzkiste. Die meisten Menschen wären allein schon beim Anblick der beiden letztgenannten Posten äußerst nervös geworden, doch der Necroscope hatte seinerzeit mit weitaus gefährlicheren Dingen hantiert.

Er verstaute alles wieder und ging hinunter in die Bar. Dort setzte er sich etwas abseits und bestellte ein Mineralwasser, fest entschlossen, nicht groß aufzufallen. Jenseits der Fenster zur Terrasse flammte die Beleuchtung am Swimmingpool auf. Eine Gruppe britischer Touristen planschte dort johlend im Wasser. Eine hübsche, blonde junge Frau kam, ein Handtuch um die Hüfte geschlungen, herein und bestellte Getränke. Sie lächelte Harry an. »Sind Sie Engländer?«, fragte sie.

»Nix versteh'n«, entgegnete er. Damit ging er zurück auf sein Zimmer, um dort die Zeit totzuschlagen. Unterwegs hielt er kurz am Hotelkiosk und erstand eine bleistiftdünne Taschenlampe ... vielleicht konnte sie ihm in der Schatzkammer im Keller der Manse Madonie gute Dienste leisten.

Sein Zimmer verfügte über einen kleinen Balkon. Er setzte sich hinaus und zählte im Glanz der Sterne die Satelliten, die über den Himmel zogen – bis kurz nach ein Uhr morgens. Dann verließ ihn die Geduld. Es war zwar noch etwas früh, doch das musste genügen.

Er zog den Trainingsanzug an und die schwarzen Schuhe, legte das Koppel mitsamt den Gurten um, stopfte Kartuschen und Handgranaten in die Segeltuchtaschen und testete dann ihr Gewicht und seine Bewegungsfreiheit. Alles saß perfekt; dennoch fühlte er sich ... fast genauso wie damals, als er zum ersten Mal ins Château Bronnitsy eingedrungen war. Dabei konnte es doch gar nicht so schlimm sein. Damals hatte Harry einen Vernichtungsfeldzug gegen Boris Dragosani geführt, einen Vampir! Und diesmal hatte er es »bloß« mit ein paar Mafiabossen zu tun ... Oder etwa nicht?

Zudem war Dragosani auf sein Kommen vorbereitet gewesen, diese Leute hingegen hatten keine Ahnung von ihm.

Doch wie dem auch sein mochte, Harrys Entschluss stand fest; jetzt war es zu spät, es sich noch einmal anders zu überlegen; er brauchte Geld – und zwar viel Geld –, um seine Suche nach Brenda und dem Kleinen zu finanzieren. Außerdem waren die Francezcis Gauner, wie sie im Buche standen, und obendrein auch noch Mörder. Letzteres ließ sich zwar nicht vor Gericht beweisen, doch was das anging, genügte dem Necroscopen J. Humphrey Jacksons Wort. Die Toten erzählten ihm keine Lügen. Oh, es gab durchaus tote *Wesen,* die ihn belogen, aber das waren keine Menschen.

Er beschwor ein Möbiustor herauf und begab sich zur Manse Madonie, an jene Stelle unterhalb der Mauern, deren Koordinaten er von seiner zweiten Vision her in Erinnerung hatte. Ohne innezuhalten, unternahm er einen weiteren Sprung – diesmal zirka achthundert Meter weiter über das kahle, zerklüftete Gelände hinweg zu einer Stelle, an der ein paar unterschiedlich hohe Felsvorsprünge wie abgebrochene Fangzähne aus dem steinigen, vertrockneten Untergrund des Berghangs ragten. Das sollte weit genug sein.

Mithilfe seiner Taschenlampe kletterte er ein paar Meter, bis er einen guten Blick auf den dunklen, gedrungenen Umriss der Feste hatte. Aus den Fenstern in der Außenwand – den Unterkünften der Bediensteten, wie Harry annahm – drang nur vereinzelt gedämpfter Lichtschein. Der zum Innenhof führende Torbogen hingegen wurde gleich von einer ganzen Reihe von Scheinwerfern erhellt. Aber das machte nichts, schließlich hatte Harry nicht vor, den Haupteingang zu benutzen. Er verfügte über seinen eigenen Zugang.

»Humph«, flüsterte Harry ganz leise, »bist du irgendwo da draußen?«

Hey, ich habe schon auf dich gewartet, Necroscope!, antwortete der Amerikaner prompt. Doch dann ließ seine Aufregung nach, während er fragte: *Was war los, Harry? Ich meine, als wir uns das letzte Mal unterhielten? Im einen Augenblick warst du noch da, und im nächsten warst du verschwunden, einfach weg, so als hätte dich irgendetwas* verdrängt ... *aber was?*

Der Necroscope legte die Stirn in Falten und schüttelte den Kopf. »Ich ... ich weiß nicht recht. Ich erinnere mich nicht. Hin und wieder habe ich so ein Gefühl, als würde jemand in meinem Geist herumpfuschen, und wenn ich rauskriege, wer, dann ist der Teufel los! Fürs Erste allerdings ... sollte ich vielleicht zumindest *diese* Unterhaltung besser unter Kontrolle haben. Diesmal also nur du und ich, Humph!«

Wie kann ich dir helfen?

»Zeige mir noch einmal den Weg in die Stahlkammer – aber nicht von deinem Zimmer aus, bloß die Kellergeschosse, die Gänge im Felsen.«

Aber bei deinen Fähigkeiten, fragte Humph überrascht, *weshalb begibst du dich da nicht direkt in den Tresorraum?*

Das vermochte Harry nun beim besten Willen nicht zu sagen. Alles, was er wusste, war, dass er sich den unterirdischen Teil der Anlage näher ansehen musste. »Vielleicht habe ich später mal Verwendung dafür«, meinte er achselzuckend.

Es ist deine Party, Harry. Damit erwiderte Humph das Achselzucken, und ohne weitere Umstände erstrahlte in seinem toten Geist jede noch so kleine Einzelheit der labyrinthischen Gänge, die den massiven Fels unter der Manse Madonie durchzogen. Der Necroscope prägte sich die Koordinaten ein, die er brauchte – auch diejenigen des verbotenen Ganges tief in den Eingeweiden der Feste, wo Humph sich seine Zurechtweisung eingehandelt hatte.

Hast du, was du möchtest, Harry?

»Hoffen wir es«, entgegnete der Necroscope und verabschiedete sich. Er hatte zu tun.

Na dann, viel Glück, sagte Humph, während seine Totenstimme bereits verhallte.

Harry stieg wieder von dem Felsen hinab. Es wurde Zeit, dass er sein Ablenkungsmanöver startete. Er nahm drei Splittergranaten aus seinen Gürteltaschen, zog die Stifte und warf sie in hohem Bogen, so weit er konnte, jede in eine andere Richtung. Anschließend suchte er zwischen einer Felsgruppe Deckung und zählte die Sekunden.

In der Stille der warmen Mittelmeernacht, in der nur das Zirpen der Zikaden, unterbrochen vom *Hu-hu!* der Eulen, zu hören war, klang die Detonation der drei nacheinander hochgehenden Granaten wie der Ausbruch des Dritten Weltkriegs. Splitter sausten pfeifend über Harrys Kopf hinweg.

Harry wartete, bis der Widerhall von den Bergen zurückgeworfen wurde, und stand dann auf. Nach Schwefel und Kordit stinkende, graue und orangefarbene Schwaden zogen vorüber, während auf der gegenüberliegenden Seite des Plateaus eines nach dem anderen die Lichter der Manse Madonie angingen, bis die gesamte Fassade so hell erleuchtet war wie der Vorplatz des Schlosses von Edinburgh während der jährlichen Parade. In einem der Ecktürme flammte sogar der Strahl eines Suchscheinwerfers auf, der das Gelände direkt vor den Mauern abtastete. Wer auch immer jetzt wach war – mittlerweile wahrscheinlich alle –, hatte die Detonationen gehört, aber deren Ursprung noch nicht ausgemacht. Und das genügte nicht.

Harry zählte bis zehn und warf dann eine weitere Granate nach links. Es blitzte auf und gab einen Knall, und diesmal kam der

Scheinwerferstrahl direkt auf ihn zu. Harry setzte sich zwischen die Felsen und ließ ihn über sich hinweggleiten. Falls diese Leute nicht mit etwas Besonderem wie zum Beispiel Nachtsichtgeräten ausgestattet waren, konnten sie auf diese Entfernung nichts sehen.

Eine Minute verstrich, dann eine weitere. Der Suchscheinwerfer glitt hin und her. Stotternd erwachte ein Motor zum Leben, und dröhnend erschien unter dem Torbogen, der den Eingang markierte, ein Fahrzeug – aller Wahrscheinlichkeit nach ein Landrover mit Allradantrieb. Holpernd kam er mit aufgeblendeten Scheinwerfern über das unebene Terrain auf Harry zu. Irgendwo sprang ein weiterer Motor an, und mit einem immer lauter werdenden Heulen und dem unverkennbaren *Whoop whoop whoop* der Rotorblätter erhob sich hinter den Mauern der Feste ein Hubschrauber in die Luft.

Harry hatte nicht vor, so lange zu warten, bis sie da waren. Mittlerweile dürfte jeder Bewohner der Manse Madonie an irgendeinem Fenster hängen und seine Aufmerksamkeit nach außen konzentrieren. Zeit für den Necroscopen, sich ins Innere zu begeben. Er beschwor ein Möbiustor herauf und sprang ...

... an diejenige Stelle, deren Koordinaten er in J. Humphrey Jacksons Erinnerung am deutlichsten mitbekommen hatte – ein fürwahr düsterer Ort tief unter der Manse Madonie, an dem mehrere aus dem gewachsenen Fels gehauene Gänge aufeinandertrafen. Düster, weil Humph eine ausgesprochene Abneigung dagegen empfand. Dies hatte der Necroscope gespürt, als der tote Amerikaner ihn mit auf den Weg genommen hatte. Selbst im Tod hatte Humph nach all den Jahren noch gezögert, diese Stelle, und sei es auch noch so kurz, erneut aufzusuchen. Weshalb, lag auf der Hand.

Hier unten herrschte eine klaustrophobische Enge. Der Ort war seelenlos, leer ... hier gab es nichts bis auf die ineinander mündenden Gänge, und doch hatte man das Gefühl, als würde irgendetwas lauschen. Harry stellte fest, dass auch er sein Gehör anstrengte, doch da war nichts. Vielleicht lag es an dem schieren *Gewicht* des über ihm lastenden Berges, vielleicht auch daran, dass ihm mit einem Mal etwas klar wurde: Wäre die Manse Madonie ein Tier, wären diese Gänge sein Schlund; man wartete nur darauf, dass es einen verschlang. In dieser beklemmenden Atmosphäre kamen einem schon morbide Gedanken ... allerdings auch nicht morbider als in irgendeinem tiefen, finsteren, verlassenen Minenschacht. Das jedenfalls sagte Harry sich, während er sich zusammennahm und das Gefühl abschüttelte.

Die aus dem Gestein gehauene Gewölbedecke war niedrig, nicht höher als zwei Meter oder zwei Meter zehn. Ungefähr alle fünfzehn Schritte hingen nackte Glühbirnen an der Wand, deren Kabel sich hinter der Krümmung des Tunnels verlor. Das matte Licht, das sie spendeten, war bestenfalls unheimlich zu nennen, eher ein Flimmern als eine wirkliche Beleuchtung. Fünf Gänge trafen hier aufeinander. Steinerne Stufen führten nach oben in den Keller der Manse Madonie, so viel wusste Harry, und weitere hinab in anscheinend verbotene Regionen. Dort unten hatte Humph sich seinen Ärger eingehandelt. Nur weil er sich dort aufgehalten und nicht etwa, weil er irgendetwas gesehen hatte. Aber Harry musste schließlich die Augen offenhalten.

(*Was?* Er war doch hier, weil er Geld brauchte, oder? Um seine Suche zu finanzieren. Einen Augenblick lang lagen die beiden Hälften von Harrys Geist – sein Bewusstsein und sein Unterbewusstsein oder vielmehr sein posthypnotisches Bewusstsein – im Widerstreit, dann verdrängten sie das Problem mit einer wachsweichen Lösung: Der Antrieb, diesen Ort näher in Augenschein zu nehmen, entsprang der natürlichen Neugier des Necroscopen, das war alles.) Vorerst allerdings hatte er nur ein einziges Bedürfnis, nämlich in den Tresorraum der Francezcis einzudringen.

Dennoch hielt er, wenn auch nur kurz, inne, um sich die Koordinaten unauslöschlich einzuprägen. *Die von oben herabkommende Treppe und die steil nach unten, in das widerhallende Innere der Anlage führenden Stufen ... dazu drei horizontal verlaufende Gänge, die hier aufeinandertrafen ... Der Ort war ein Labyrinth, genau wie Humph gesagt hatte ...* Sie *und* die Ihren *mussten Jahrhunderte daran gearbeitet haben!*

Harry schüttelte wütend den Kopf und blinzelte heftig, beunruhigt in dem armseligen Licht. Aber die Information war angekommen und hatte sich ihm insgeheim tief ins Gedächtnis gegraben. Nun konnte er mit der Aufgabe fortfahren, die ihm bevorstand.

Es waren nur wenige Sekunden verstrichen. Oben dürfte mittlerweile eine hektische Betriebsamkeit eingesetzt haben. Hier unten hingegen herrschte Stille, nahezu wenigstens, bis auf das leise Surren der Belüftungsanlage, den steten Luftzug in den Gängen und das gedämpfte Wummern unsichtbarer Maschinen. Dazu die Tonnen von massivem Fels über ihm und das zusätzliche Gewicht der Manse Madonie. Ihm war, als würde auch dies ein Geräusch erzeugen, das lautlose und doch allgegenwärtige Ächzen der unter ungeheurem Druck stehenden Gesteinsschichten ...

Zwei der drei waagerechten Gänge waren Harry absolut unbekannt; Humph war nie in sie vorgedrungen. Dafür »kannte« er die Route nach oben in die Stätte und auch einen Teil des nach unten führenden Weges ... wo auch immer dieser enden mochte. Der dritte, horizontal verlaufende Tunnel führte geradewegs zu der Stahlkammer, zu den massiven Stahltüren, die der tote Amerikaner hier vor über vierzig Jahren eingebaut hatte. Doch Harry musste keine Zeit damit verschwenden, dem Gang zu folgen. Er konnte sich »direkt« zur äußeren Tür begeben.

Er spielte mit dem Gedanken, sich noch einmal mit Humph in Verbindung zu setzen, um die Koordinaten zu überprüfen, überlegte es sich dann jedoch anders. Nicht hier, nicht an diesem Ort. Er wollte den psychischen Äther hier nicht in Aufruhr versetzen. Damit war der Necroscope also auf sich gestellt; so einfach verhielt es sich. Über das Möbius-Kontinuum gelangte er zu der äußeren Stahltür und fand sie genauso vor, wie Humph sie ihm geschildert hatte: ein kreisrunder Verschluss aus glänzendem, rostfreiem Stahl, ein Meter achtzig im Durchmesser, eingelassen in eine Wand aus rauem, gehärtetem Stahl, deren vier Ecken tief in den Boden, die Decke und die Mauern einbetoniert waren. Die Tür, eigentlich eher ein Schott, war mit einem Zahlenschloss und einem gewaltigen Rad versehen, um die verborgenen Bolzen zu bewegen. Sie ließ sich nur öffnen, wenn man die Kombination des Schlosses kannte oder über einen Schneidbrenner mit unbegrenzter Energiequelle verfügte. Wahlweise könnte man auch eine Unzahl panzerbrechender Geschosse einsetzen. Eine andere Möglichkeit gab es nicht ...

... höchstens eine, und zwar Harrys Methode.

Für einen etwaigen Beobachter sah es so aus, als würde Harry einfach verschwinden ... und jenseits der Tür tauchte er in völliger Finsternis wieder auf. Er atmete die abgestandene Luft ein und knipste seine Taschenlampe an. Zwei Schritte brachten ihn an die innere Tür, mit einem dritten trat er durch ein weiteres, unsichtbares Tor, das er über dem undurchdringlichen Stahl heraufbeschwor ... hinein in den Tresor der Francezcis, in dem sie ihren sagenhaften, über Jahrhunderte zusammengeraubten Schatz verwahrten, das unersättliche schwarze »Herz« der Manse Madonie.

Der Necroscope ließ den dünnen Strahl seiner Bleistiftlampe durch den Raum oder vielmehr die Höhle hinter Humphs unüberwindlichen Türen schweifen. Es handelte sich in der Tat um eine Schatzkammer ...

Er hatte zwar geahnt, was ihn erwartete, aber das war nichts im Vergleich mit der Wirklichkeit. Reichtümer? Geld? Die Schwarzeinkünfte aus zwanzig, dreißig Jahren mafiöser Schiebereien, Laster und Verbrechen, von den Francezcis kontrolliert oder in Auftrag gegeben? Nun, dann hatten sie ja ziemlich viel Dreck am Stecken! Doch tief in seinem Innern – an einem Ort, zu dem ihm der Zugang verwehrt war, einem ebenso fest verschlossenem Raum wie diesem Tresor – wusste Harry, dass es sich ganz anders verhielt und mehr dahintersteckte. Weit mehr.

Dass sich *ein Teil* dieses unvorstellbaren, manch einer würde sagen: obszönen Reichtums erst seit Kurzem hier befand, war offensichtlich. Zum einen musste es sich wohl um Millionen, wenn nicht Milliarden in Banknoten nahezu jeder modernen Währung handeln, die mit Sicherheit aus kriminellen Geschäften stammten – denn auf legalem Weg konnten die Francezcis unmöglich derartige Summen erworben haben. Und falls doch, weshalb bewahrten sie sie dann hier auf? Und dabei handelte es sich lediglich um das Bargeld, es machte noch keineswegs den Schatz aus. Was nun den anging:

Ein Teil davon war im wahrsten Sinne des Wortes Jahrhunderte alt. Seit dem frühen zehnten Jahrhundert hatten im Mittelmeer Piraten ihr Unwesen getrieben. Damals plünderten Genua und Pisa die sarazenischen Handelsrouten. Später überfielen sie die Schiffe der Kreuzritter, die, schwer mit Beute beladen, träge westwärts dümpelten; und ein Teil dieser Beute befand sich hier. Statuetten aus seltenem Marmor und Gold, rohe Barren aus ebendemselben Metall, Schätze aus jeder mediterranen Epoche. Aber es gab auch Kostbarkeiten aus neuerer Zeit. Der Strahl von Harrys Taschenlampe fiel auf Kisten, die unverkennbar mit dem Hakenkreuz gekennzeichnet waren – und einige davon waren noch nicht einmal geöffnet worden! Die offenen hingegen ...

Harry wusste von einer Legende aus dem Zweiten Weltkrieg, der zufolge Rommels Truppen, als ihr Vormarsch im Mai 1943 in Tunesien ins Stocken geriet, einen gewaltigen Schatz nach Korsika geschafft hatten in der Hoffnung, damit die deutsche Rüstung anzukurbeln. Der Hort bestand aus Gold, Elfenbein, Kunstwerken und Schmuck, alles in Tunesien, Libyen und dem nördlichen Ägypten »zusammengetragen«. Doch nichts davon floss in die deutsche Kriegswirtschaft, sofern es Korsika überhaupt je erreichte. Jetzt war dem Necroscopen klar, dass es dazu nicht gekommen war – denn der Schatz befand sich hier!

Aber seine Taschenlampe reichte nicht aus und konnte ihm bei Weitem nicht alles zeigen. Harrys Mund war trocken, seine Hände zitterten, und er spürte, wie ihm der kalte Schweiß auf die Stirn trat. Noch nicht einmal der Necroscope war dagegen gefeit. Was er empfand, war Gier, Goldfieber – nicht unähnlich der unstillbaren, unvorstellbaren Begierde der Wamphyri!

Allein hier zu sein, und niemand sonst, umgeben von einem Vermögen, mit dem man ... die ganze Welt kaufen könnte! Einen Augenblick lang konnte er tatsächlich nachvollziehen, wie *Sie* sich bei all ihrer Macht, ihrer schieren Stärke und Verschwendungssucht fühlen mussten. Und der Gedanke war verführerisch.

Als der dünne Lichtstrahl über die Metallregale, Truhen und nackten Wände glitt, sah Harry, wonach er suchte: elektrische Leitungen, die sich von der Decke wanden, und Kabel, die zu Knöpfen an einer zwischen den Regalgestellen in das Mauerwerk eingelassenen Schalttafel führten. Er riss sich zusammen und bekam seine Gefühle, seine von Gier übermannten Empfindungen, wieder unter Kontrolle. Dies spaltete seine beiden Hälften, die unterschiedlichen Ziele, die er verfolgte, wieder voneinander. Während ihm einerseits bekannt war, welche Rolle die Ferenczys heutzutage spielten, wusste er nun andererseits auch Bescheid darüber, welches Grauen sie einst verbreitet hatten.

Ihm war klar, dass die hier gehorteten Schätze von dem Vater der beiden Brüder – wer oder was auch immer er sein mochte – angehäuft worden waren, und vor diesem von dessen Vorfahren, bis zurück zu Angelo Ferenczini, Blutsohn von Waldemar Ferrenzig und Constanza de' Petralia. Doch von *wie vielen* Vorfahren ... das blieb der Spekulation überlassen. Noch nicht einmal mit Harrys mathematischen Fähigkeiten ließ sich dies bestimmen. Fest stand lediglich, dass dieser gewaltige Hort nicht das Werk eines Einzelnen, sondern von Generationen war. Ganzer Generationen von Vampiren!

Das Wissen darum war da – kristallklar im Geist des Necroscopen, allerdings nur für einen Sekundenbruchteil. Dann sank es hinab in die verborgenen Regionen von B. J.s Betörung und war verschwunden. Stirnrunzelnd drückte Harry den Lichtschalter.

Im blendenden Glanz der grellen Lampen erblickte er zum ersten Mal das ganze Ausmaß des Schatzes ... und wurde seinerseits ebenfalls gesehen!

Im Wachraum eines der Türme spähte ein Posten aus einem halb offenen Fenster über die Hochebene der Madonie und sah dem Hubschrauber zu, der über der fernen Felsansammlung kreiste und wahre Staubwolken über den Rand der steilen Schlucht trieb. Als er aus dem Augenwinkel mitbekam, dass auf der Überwachungskonsole ein Monitor unerwartet zum Leben erwachte, blinzelte er müde und wandte sich um, um nachzusehen, was los war. Was er dort sah, ließ ihn erstarren, allerdings nur für einen Moment.

Es war die Stahlkammer; ihre Beleuchtungsanlage konnte nur von innen aktiviert werden, und sie *war* aktiviert worden, andernfalls wäre der Bildschirm dunkel.

Doch das war in Ordnung; wahrscheinlich hatte einer der

beiden Brüder das Licht eingeschaltet; es konnte sich nur um einen der beiden handeln, denn niemand sonst hatte Zutritt zum Tresorraum, unter gar keinen Umständen. Nur ...

... die beiden standen dort unten am Torbogen und warteten darauf, dass man ihnen Bericht über die Explosionen erstattete!

Ein Schatten – die Gestalt eines dunkel gekleideten Mannes – huschte über den Bildschirm, hielt an einem der Regale inne, hob einen kleinen Jutebeutel auf und schüttete einen Teil des Inhalts aus. Die Goldmünzen, die nach allen Seiten rollten, wirkten auf dem Schwarzweiß-Monitor silbern. Der Eindringling war offenkundig überrascht; er hob eine Handvoll der schweren Münzen auf und ließ sie, reglos dastehend, durch die Finger rieseln.

Unerklärliche Explosionen ... beide Francezcis vor seinen Augen da draußen in der Nacht ... der Tresorraum ... *ein Eindringling!*

Ungläubig zählte der Wachtposten zwei und zwei zusammen. Sein Mund, der bislang offen gestanden hatte, klappte ihm zu. Zischend unterdrückte er ein leises *»Scheiße!«* – doch dann überzog ein Grinsen sein Gesicht, als ein rotes Blinklicht auf der Konsole anzeigte, dass gemeinsam mit der Beleuchtung auch die Kameras in der Stahlkammer aktiviert worden waren. Wer auch immer sich dort unten aufhalten mochte, sie hatten ein Bild von ihm! Damit war er bereits jetzt ein toter Mann, so oder so. »Ein Eindringling!«, brüllte der Posten zu den Francezcis hinab, indem er das Fenster ganz aufschob. »In der Stahlkammer! *Ein Eindringling!*«

Zunächst hörten sie ihn nicht, vielleicht verstanden sie ihn auch nicht oder wollten es nicht wahrhaben. Wer konnte so etwas schon glauben? Doch dann begriffen sie. »Was?«, rief Antonio Francezci hinauf, während er und Francesco einander stirnrunzelnd ansahen und sich erst langsam, dann im Laufschritt in Richtung des Haupteingangs zur Manse Madonie in Bewegung setzten. »Was sagst du da? In der Kammer? In *welcher* Kammer?«

»Ich habe ihn auf dem Bildschirm!« Die Stimme des Postens war heiser vor Aufregung. »Er befindet sich im Tresorraum!«

Die Brüder wussten, was das zu bedeuten hatte. Natürlich! Es handelte sich um einen der ihren, es konnte nur einer von ihnen sein. Die Explosionen waren ein Ablenkungsmanöver gewesen. Verrat! Undenkbar, so etwas hatte es noch nie gegeben! Diese Leute standen bis zum letzten Mann allesamt unter ihrem Bann. Wie konnte überhaupt jemand davon ausgehen, jemals mit etwas Derartigem davonzukommen?

»Waffen!«, befahl Francesco mit dröhnender Stimme. Er riss sich die Sonnenbrille vom Gesicht. Seine Augen waren blutrot. »Alles in Alarmbereitschaft! Bemannt die Wälle! Wenn ihr einen Fremden seht, nehmt ihn gefangen – und wenn ihr ihn nicht lebend kriegt, erschießt ihn! Ob inner- oder außerhalb des Gebäudes!« Er deutete mit dem Finger auf den Posten im Turmfenster: »He, du – was ist mit den Kameras?«

»Alles in Ordnung, sie sind in Betrieb«, rief der Wächter zurück.

Doch da waren die Francezcis bereits in der Stätte verschwunden ...

Der Necroscope hatte die Kameras an der Decke noch nicht bemerkt. Seit das Licht angegangen war, hatte er nur noch Augen für den Schatz. Doch selbst als er ihn sah, konnte er es nicht fassen. Er begriff lediglich, dass er gewaltig war und nicht rechtmäßig erworben worden sein konnte.

Harry wusste nicht, wo er zuerst hinsehen sollte. Sein Blick wanderte von ganzen Stapeln (in der Tat Stapeln) »verlorener« alter Meister – ein, zwei davon hingen, in prächtigen Goldrahmen, doch tatsächlich an den nackten Felswänden – zu den Münzen untergegangener Reiche, von antiken Büchern und illuminierten Manuskripten zu schmuckverzierten byzantinischen Ornamenten und von geraubtem Piratengold hin zu zentimeterhoch gebündeltem modernem Papiergeld. Schließlich begriff er das ganze *Ausmaß*.

Es war weit mehr, als Darcy Clarke angedeutet hatte, denn Darcy hatte ja keine Ahnung. Der Necroscope hingegen wusste nun Bescheid, und ihm war auch klar, was er tun musste.

Der Raum war klimatisiert. Harry vernahm das leise Surren und spürte den schwachen Zug, mit dem die trockene Luft umgewälzt wurde. Und wenn er genauer hinsah, konnte er hinter den Regalen die Luftschächte ausmachen. Zweifellos hatten sie die Klimaanlage der Manse Madonie einfach bis hierher weitergeführt. Harry grinste (zum ersten Mal seit Langem, wie es ihm vorkam) und dachte: *Nun ja, warum dem Ganzen nicht noch die Krone aufsetzen? Das ist für Humph. Schließlich seid ihr ihm noch was schuldig.* Damit zog er zwei Tränengaskartuschen aus den Taschen an seinem Koppel und stellte sie auf die Regalbretter direkt vor den Luftschächten ...

... Zunächst jedoch musste er sich um seine Belange kümmern. Er zog den Reißverschluss seines Trainingsanzugs auf und stopfte sich die Jacke mit Bündeln von Dollarnoten, Pfund Sterling und Deutscher Mark voll, bis sie so ausgebeult war, dass sie beinahe aus allen Nähten platzte. Anschließend nahm er zwei kleine, dafür aber unglaublich schwere Jutebeutel und hakte sie sich an sein Koppel. Das musste genügen, mehr konnte er nicht bewältigen.

Er riss die Ringe von den Kartuschen und wich über den Betonboden zurück, während er das Gesicht abwandte und das bedrohliche Zischen vernahm, mit dem sich das unter Druck stehende Gas ausbreitete.

Harry beschwor ein Tor herauf und hielt es ruhig, löste zwei Handgranaten von seinem Gürtel, machte sie scharf und schleuderte sie zwischen die Regale. Damit zerstörte er zwar mutwillig unbezahlbare Kunstschätze, aber na und? Es bestand nicht die geringste Chance, dass die Francezcis jemals etwas davon freigeben oder sie irgendjemandem zugänglich machen, geschweige denn überhaupt zugeben würden, dass sie sich hier befanden! Das Zeug war hier, weil es ihnen gehörte; allein der Besitz zählte.

Er trat durch sein Tor und verließ das Kontinuum wieder im abgeschotteten Bereich *zwischen* Humphs Türen. Hastig machte er sich am Zahlenschloss zu schaffen, bis ein rotes Lämpchen zu blinken begann ... offensichtlich die Alarmanlage. Er vernahm das dumpfe Geräusch, mit dem die Granaten in der Stahlkammer hochgingen, und spürte den Felsen unter seinen Füßen erbeben.

Mit einem weiteren Sprung versetzte er sich in den Gang vor

dem äußeren Schott und fummelte auch dort am Kombinationsschloss herum, bis das rote Lämpchen aufblinkte ...

... Er hörte bereits Rufe. Hinter der Biegung drang der Schein starker Taschenlampen hervor, die den düsteren Gang beinahe taghell erleuchteten. Die Mühe mit den Kombinationsschlössern hatte er sich gemacht, weil er geradezu eine Manie entwickelt hatte, seine Talente geheim zu halten. Auf diese Weise sah es so aus, als sei in der Tat jemand von außen in den Tresorraum eingebrochen, und niemand käme auf die Idee, dass hier gar nicht so einfach zu erklärende magische Kräfte im Spiel waren.

Doch, um seine Talente zu schützen, musste er nun wirklich machen, dass er wegkam, bevor die Leute mit den Taschenlampen um die Kurve bogen. Außerdem gab es da noch einen Raum, den er aufsuchen wollte.

Er vermochte zwar nicht zu sagen, weshalb, aber ...

... er wollte ihn unbedingt sehen ...

FÜNFTES KAPITEL

Wieder in seinem Hotelzimmer, stellte Harry die zwar kleinen, dafür jedoch schweren Jutebeutel ab, öffnete den Reißverschluss seiner Jacke und packte ihren Inhalt in den Kleiderschrank, sodass er selbst aussah wie ein Ballon, aus dem jemand die Luft abließ. Anschließend machte er sich hastig wieder auf den Weg.

In der Manse Madonie waren nur neun oder zehn Sekunden verstrichen; die Gebrüder Francezci befanden sich noch immer vor der äußeren Stahltür, wo Toni das Kombinationsschloss fachmännisch in einer Zahlenfolge drehte, welche die Alarmanlage außer Kraft setzte. Wütend funkelte Francesco die kleine Schar der ringsum im Tunnel versammelten Knechte an: »Weshalb hat er den verdammten Raum wieder abgesperrt? Und wie ist er auf dem Weg nach draußen bloß an uns vorbeigekommen? Das geht doch gar nicht! Oder ... befindet er sich etwa immer noch hier, unter uns?«

Sie hielten seinem Blick stand. Sein verzerrtes Gesicht, die blutroten Augen und die geblähten, vielfach gewundenen Nüstern ließen keinen Zweifel daran, dass er den Betreffenden umbringen würde.

Toni hatte die äußere Tür endlich aufbekommen und machte Anstalten, den abgeschotteten Bereich zu betreten. Doch mit einem Mal ... hielt er inne, hob den Kopf und schnüffelte. Mit geweiteten Nasenlöchern sog er wie wild, ungläubig, den Atem ein und verschluckte sich schließlich. Er packte seinen Bruder am Ellenbogen.

Sie rochen es alle zugleich: Gas!

Tränengas, und zwar in der Belüftungsanlage!

Die Leutnante und Knechte reagierten sofort; hustend und würgend tappten sie, von Tränen geblendet, durch den Gang, während die aus den Belüftungsschächten strömende Luft einen leichten Gelbstich annahm. Dieser leichte Stich war genug.

Allerdings nicht für die Francezcis. Noch nicht. Als Wamphyri verfügten sie über eine weitaus größere Körperbeherrschung. Das Gas vermochte ihnen nichts anzuhaben, sofern sie es nicht einatmeten, und ihnen brannten auch nicht die Augen, solange sie diese mit transparenten Membranen verschlossen. Irgendwann würden auch die *Membranen* zu brennen beginnen, doch ihre Sicht würde dies nicht beinträchtigen, zumindest vorerst nicht.

Francesco stellte die zweite Kombination ein, während seine Männer sich anschickten, den Tunnel zu verlassen, und, einander rempelnd und stoßend, durch den üblen Geruch davonstolperten. Ihre Lampen durchdrangen den allmählich immer dichter werdenden gelblichen Dunst kaum noch. Francesco drehte das Zahlenschloss hin und her, und zu guter Letzt schwang die Tür auf und gab den Blick frei auf ... ein Inferno!

Das heiße Metall hatte Geldscheine und Jutesäcke in Brand gesetzt; verbogene Regale lagen kreuz und quer durcheinander, dazwischen inmitten dichter Qualmwolken rauchgeschwärzte, zerstörte Kunstschätze. Kabel brannten und sprühten knisternd Funken. An der rückwärtigen Wand leckten Flammen bis zur Decke empor und entließen den schmierigen, schwarzen Qualm und Übelkeit erregenden Gestank, als sie wertvolle Ölgemälde verzehrten. Eine wahre Hitzewelle schlug den Francezcis aus der Stahlkammer entgegen!

Es gab zwar ein paar Feuerlöscher, aber die meisten waren beschädigt, von den Explosionen aus ihren Halterungen an den Wänden gerissen. Es dauerte eine geraume Weile, bis die beiden zwei Feuerlöscher fanden, die noch funktionierten, und noch wesentlich länger, bis sie die Verwüstungen in der Schatzkammer wenigstens halbwegs unter Kontrolle hatten. Und natürlich mussten sie in dem gelben Nebel, der nun selbst in Vampiraugen fürchterlich brannte, alles selbst erledigen, denn bisher waren ihre Knechte ja schließlich bloß Menschen ...

Bei Humphs Koordinaten tief unter der Erde trat Harry wieder aus dem Kontinuum – in jenen breiten, gewundenen Treppenschacht, der hinauf zu der Stelle führte, an der die fünf Tunnel aufeinandertrafen – dort, wo der Amerikaner sich vor mehr als vierzig Jahren seinen Ärger eingehandelt hatte, als er die unterirdischen Gänge auf eigene Faust erkunden wollte und dabei erwischt und vor seine Auftraggeber geschleppt worden war – und hinab zu ... ja, zu was? An einen geheimen Ort, den niemand betreten durfte. Genau deshalb musste der Necroscope ihn sich ansehen!

All dies war äußerst verwirrend. Er sagte sich, es sei nur, um seine »natürliche Neugier« zu befriedigen, tatsächlich jedoch erfüllte er damit B. J.s posthypnotischen Befehl, alles über die Wamphyri herauszufinden. Oh, sie hatte ihn zwar noch nicht *offiziell* darauf angesetzt, aber er wusste, welches Ziel sie verfolgte, und hatte es zu dem seinen gemacht. Er hätte sich ohnehin darum gekümmert, ganz gleich unter welchen Umständen; gleichzeitig jedoch hatte er den Befehl bekommen, jedwede Information, die er erhielt, für sich zu behalten – vorübergehend zu »vergessen« –, bis B. J. beziehungsweise Radu sie wieder ans Tageslicht brachten.

Aus diesem Grund befand er sich jetzt hier und ging der Frage nach, wie es möglich war, dass jemand so ungeheuer lange zu leben vermochte, und stellte Nachforschungen an über einen mächtigen und esoterischen Zweig der furchtbarsten »Dynastie«, die jemals die Menschheit heimgesucht hatte – die Ferenczys. Auf dieser Ebene funktionierte er, ohne auch nur einen einzigen bewussten Gedanken daran zu verschwenden, wie das Ganze wohl ausgehen würde; seine Sicherheit allerdings vernachlässigte er keinesfalls. Er mochte zwar unter B. J.s Bann stehen, aber er war immer noch Harry Keogh ...

Hier unten war die Luft noch nicht verpestet. Hier, in den untersten Ausläufern der Manse Madonie, arbeitete die Klimaanlage nur sehr langsam, ihre Leistung war bestenfalls träge zu nennen. In den oberen Geschossen hingegen ... Harry vernahm die heiseren Rufe und Schreie der Männer, die verzweifelt ins Freie drängten. Frische Luft würden sie erst draußen, in der Nacht, finden, wenn sie das Gebäude verlassen hatten. Und das war ganz gut so, denn keiner von ihnen würde hier herunterkommen.

Andererseits wusste Harry durchaus, dass auch er seine Grenzen hatte. Ihm war klar, dass das Tränengas bald seinen Weg durch die Belüftung zu ihm finden würde. Darum musste er sich beeilen.

Er stieg die Wendeltreppe mehrere Spiralen hinab, bis er an eine aus parallelen, vertikal angeordneten Stahlstäben bestehende Tür gelangte. Ein Schild – ein stilisierter, gut sichtbar angebrachter roter Blitz – warnte davor, dass die Stäbe unter Strom standen. Jenseits der Tür verlief der Boden ziemlich waagerecht, war allerdings uneben und wies die natürliche Schichtung gewachsenen Felsens auf. Der Raum war eine Höhle am tiefsten Punkt der Manse Madonie, das unterste der zahllosen Geschosse, die die Stätte durchzogen.

Ein gutes Stück von dem Gitter entfernt, auf Harrys Seite der Tür, befanden sich an einer an die Wand geschraubten Schalttafel zwei gummiummantelte Hebel. Einer davon war mit einem Blitz-Symbol gekennzeichnet, der andere war ebenfalls mit einem Symbol versehen. Es zeigte eine Reihe horizontaler Gitterstäbe. Einfacher ging es kaum. Harry legte beide Schalter um, wartete, bis der Mechanismus summte und die Gitterstäbe in ihrem Rahmen von links nach rechts glitten. Der Strom war abgeschaltet. Die Tür stand offen.

Selbstverständlich hätte der Necroscope auch einfach die Möbiusroute in die natürliche Kaverne auf der anderen Seite der Tür nehmen können, doch er wollte wissen, wie der Mechanismus funktionierte. Offensichtlich stammte die Technik aus einer Zeit vor Humphs Stahltüren. Außerdem war *diese* Tür nie dazu bestimmt gewesen, jemanden draußen zu halten – und dies gab Harry zu denken, als er über die Schwelle in die nur dürftig erleuchtete Höhle trat.

An der Wand befand sich eine ganze Anzahl weiterer Lichtschalter; als er sie betätigte, tauchte eine Batterie starker Scheinwerfer hoch oben an der Decke die Höhle in blendendes Licht. Es dauerte eine Weile, bis Harrys Augen sich daran gewöhnt hatten. Dann stellte er fest, dass die Scheinwerfer auf die Öffnung eines gewaltigen, kreisrunden Brunnens gerichtet waren, dessen Ummauerung aus massiven Blöcken uralter, behauener Steine bestand.

Mit einem einzigen Blick nahm der Necroscope alles in sich auf – den Brunnen, das ihn abdeckende, unter Strom stehende Drahtgeflecht, die Winde mit der stählernen Plattform, deren

Schatten wie der Schatten eines Galgens über die Öffnung der ... Grube? ... fiel. Und die tieferen, scharf umrissenen Schatten, die sich bis in die im Dunkeln liegenden Ecken der Kaverne zogen. Doch der ummauerte Schacht stellte eindeutig den Brennpunkt der Höhle dar. »Brunnen« traf den Sachverhalt vielleicht eher; Harry konnte einen leichten Dunst ausmachen, der dem Schlund entströmte und verdampfte, sobald er mit der Abdeckung in Berührung kam.

Dass dieser Ort eine bestimmte Funktion hatte und noch in Gebrauch war, wenn auch nicht allzu häufig, lag auf der Hand. Die Tür, die Scheinwerfer, der Flaschenzug, dazu alles unter Strom gesetzt ... all dies sprach Bände. Nur was hatte es zu bedeuten? Wozu wurde diese Höhle gebraucht?

Noch während der Necroscope sich diese Frage stellte, warnte ihn etwas davor, sie überhaupt zu denken. Doch zu spät! Mit seiner »natürlichen Neugier« hatte Harry sich in eine missliche Lage gebracht; er hatte seine geistige *Abschirmung* fallen lassen, und die Toten vernahmen jeden seiner Gedanken, als spräche er ihn laut aus. Und in der Manse Madonie – insbesondere in jener »Grube« – wimmelte es von Toten. Sie hätten womöglich geschwiegen, doch seine Frage »Wozu wurde diese Höhle gebraucht?« erschütterte sie so sehr, dass sie in ein hektisches, geradezu groteskes Treiben verfielen. Es war ungefähr so, als hätte er den Opfern einer grässlichen Tortur, lange nachdem sie genesen waren, noch einmal die Folterwerkzeuge, mit denen ihnen einst unsägliche Qualen zugefügt wurden, gezeigt. Nur schlimmer, denn *diese* Opfer waren keineswegs genesen.

Wozu diese Höhle, die Grube, gebraucht wurde? Sie hatten es mitbekommen, waren Teil davon gewesen – waren es noch immer, ein Teil jenes Wesens unten *in* der Grube! Und während er, *es,* hin und wieder noch klare Momente hatte, waren sie völlig dem Wahnsinn verfallen – weil sie wussten, was sie einst gewesen und wozu sie geworden waren.

Dem Necroscopen klappte der Kiefer nach unten, sein Blick wurde starr und seine Nackenhaare richteten sich auf, denn noch in derselben Sekunde spürte er den Ansturm kommen. Diesmal jedoch war er – so sonderbar und unerklärlich dies auch sein mochte – gewissermaßen darauf vorbereitet. Von irgendwoher *kannte* er diese Leute ... Diese Totenstimmen hatte er schon einmal vernommen, es allerdings wieder vergessen, weil sie ein Teil von etwas waren, das zu vergessen man ihm *befohlen* hatte. Im Moment allerdings »funktionierte« er wieder genauso wie vor dem Befehl, sodass seine ins Unterbewusstsein verdrängten Erinnerungen wieder präsent waren.

Es ist Er! Das war das leise, schüchterne Stimmchen.

Der war doch schon maaal hiiiier!, knurrte jemand.

Er ist wieder da! da! da!, hallte eine weitere Stimme.

Er hat nicht auf uns gehört, ist nicht weggelaufen! Das war das entsetzte junge Mädchen. Man hörte ihr die Qualen, die sie ausgestanden hatte, immer noch an.

Er muss genauso übergeschnappt sein wie wir – har, har, haaarrrrgh! Ein irrsinniges, maschinengewehrartiges Gelächter, doch nun klang es, als zerreiße es jemandem das Herz.

Alle plapperten sie durcheinander, sodass es Harry schwerfiel, ihre Stimmen voneinander zu unterscheiden. Ihre Wut, ihre Erregung und ihr Entsetzen prasselten wie Schläge auf ihn ein. Doch ihr Entsetzen galt hauptsächlich ihm!

»Tot!«, stieß der Necroscope laut hervor. »Nur wo? Wie?« Abermals diese Frage. Und prompt erscholl die Antwort:

Hier! Alle zugleich erklärten sie ihm das Wo. *In der Grube!* Und eine weitere Stimme, die klang wie ein Hauch aus der Hölle, das Krächzen einer riesenhaften, obszönen Kröte, brachte sie alle zum Schweigen:

IN MIR ...!

Die Verbindung zu dieser Schar war durch Harrys Talent zustande gekommen; schließlich war er der Necroscope und konnte mit den Toten reden. Diese neue Stimme jedoch war anders. In ihrem Fall handelte es sich um Telepathie, was Harry sofort erkannte. Doch wie war das möglich, wo doch alle Stimmen ein und denselben Ursprung hatten? Auch darauf lieferten sie ihm prompt die Antwort:

Wir sind ein Teil von Ihm, erklärte das – vielleicht doch nicht gar so sehr – verängstigte Mädchen. Oder war sie einfach stärker, entschlossener als die Übrigen? *Die Francezcis ...*

HALT DEN MUND!

... *Sie haben uns an ihn verfüttert!*, flüsterte sie den Satz zu Ende. An ihn! An etwas in der Grube. Etwas Atmendes, dessen Ausdünstungen aus dem Schlund dieses entsetzlichen Loches aufstiegen. Aber ... lebte dieses Etwas? Offensichtlich! Kaum hatte Harry auf seine einzigartige Art und Weise zu ihnen gesprochen, erhielt er von *ihm* die Antwort:

SIE SIND TOT!, erläuterte das Ding prompt. Seine gewaltige mentale Präsenz hallte wie ein Gongschlag in Harrys Kopf wider. DOCH IHR GEIST LEBT IN MIR WEITER ...

Und da Telepathie und Totensprache oft weit mehr vermitteln als nur das, was tatsächlich gesagt wird, war Harry nun im Bilde. Zumindest glaubte er dies:

Die Gebrüder Francezci – Wamphyri und letzte Abkömmlinge der gefürchteten Dynastie der Ferenczys – hatten in dieser Grube etwas *gezüchtet*, nicht anders als Yulian Bodescu in Devon, England, in den Kellern von Harkley House. Aber Bodescus Bestie war ein hirnloses, seinem eigenen Vampirfleisch entsprossenes Monstrum gewesen, ohne Geist und Verstand. Das Geschöpf der Ferenczys hingegen verfügte über eine *ungeheure* Intelligenz! Es nahm das Wissen derjenigen, die es fraß, in sich auf und war in hohem Maß telepathisch begabt; jetzt, in diesem Moment, befand es sich in Harrys Geist und schmarotzte an seinem Verstand. Er konnte es regelrecht *spüren* – wie gierig suchende Finger – und schlug die Pforten in seinem Innern zu, um es auszusperren, ehe es zu viel erfuhr! Der Griff des Wesens lockerte sich; der Necroscope und die Gruben-Kreatur lösten sich voneinander, standen einander sozusagen »Auge in Auge« gegenüber, um sich gegenseitig einzuschätzen. Harry fühlte, wie die Furcht einflößenden Vampirsinne ihn abtasteten.

Doch Telepathie ist eine Sache, mit den Toten zu reden eine völlig andere. Das Ding in der Grube konnte Harry zwar »hören«, ebenso wie das, was von den zahllosen von ihm verzehrten Menschen geistig noch übrig war; doch es konnte wenig mehr tun, als diese hin und wieder zu überschreien oder zum Schweigen zu bringen. Aber zu mehr als bloß Drohungen war die Kreatur nicht in der Lage. Denn wie sollte sie den Toten noch wehtun? Das

Mädchen, das seine Qualen noch so frisch in Erinnerung hatte, schien dies zu begreifen:

Lauf weg!, flehte sie Harry an. *So lauf doch! Du bist so warm und lebendig ... willst du etwa, dass es dir so wie uns ergeht? Du willst doch nicht kalt und tot sein? Dann lauf endlich weg!*

»Erst muss ich noch etwas wissen«, entgegnete Harry, während er bereits einen schwachen Geruch nach Gas wahrnahm. »Was ... was *ist* das?«

Er ist ihr Seher, ihr Wahrsager, ihre Kristallkugel. Sie benutzen ihn wie eine Maschine, sie dirigieren ihn und richten ihn aus, und er bringt alles für sie in Erfahrung, selbst auf der anderen Seite der Welt! Er ist ihr Orakel! *Und mehr als das, er ...*

... ICH WAR IHR VATER!, erscholl erneut die gewaltige Stimme. Sie durchbrach Harrys Abschirmung; doch nun lag ein Seufzen, geradezu ein Schluchzen darin, eine überwältigende Trauer wie um einen unersetzlichen Verlust, den Verlust des Lebens zum Beispiel – oder vielmehr der *Kontrolle* darüber. ICH WAR ANGELO FERRENZIG, FERENCZINI, FRANCEZCI. UND ICH WAR EIN MEISTER DER WANDLUNGSKUNST – BIS SCHLIESSLICH DIE WANDLUNGSKUNST MICH BEZWANG!

Abermals schwang mehr darin mit, als bloße Worte vermitteln konnten. Weit mehr:

Den Necroscopen überlief eine Gänsehaut, als er das grauenhafte Gewimmel einer entsetzlichen Geburt mitbekam ... *es waren Zwillingsbrüder. Einer von ihnen war vom ersten Atemzug an ein Monstrum und wurde auf der Stelle getötet. Bei dem anderen handelte es sich um Angelo, Blutsohn von Waldemar. Allem Anschein nach war er normal ... Tausend Jahre lang lebte er als Vampir, bis sein Metamorphismus außer Kontrolle geriet, zur Krankheit wurde und ihn zu dem reduzierte oder vielmehr aufblähte, was er nun war.*

Jetzt brauchte Harry sich nicht mehr zu fragen, wie viele Generationen von Francezcis es gegeben hatte. Die Antwort lautete: eine! Die beiden Brüder, Zwillingssöhne von Angelo Ferenczini, und sonst niemand. Sie waren geboren worden, als Angelos Leben als ... Mensch ... sich seinem Ende entgegenneigte. Denn als die Krankheit sich in ihm ausbreitete, hatte er den Entschluss gefasst, wenigstens einen Teil seiner abscheulichen Existenz in die Zukunft hinein auszuweiten. Oder vielmehr ... vielleicht hatte er weit mehr im Sinn gehabt und befand sich darum nun hier, gefangen dort unten, der Möglichkeit beraubt, frei umherzustreifen. Harry wusste nur zu gut, wie zählebig die Wamphyri waren. Gäbe es für diese Kreatur einen Weg, ihr Leben als »gesunder Mensch« fortzusetzen, hätte sie ihn gefunden – *und würde ihn womöglich noch finden!* – vielleicht in einem ihrer Söhne, hätten diese nicht vorgesorgt und ihren Vater hier unten gefangen gesetzt.

Wie lange befand er sich nun schon hier? Zwei-, drei-, vierhundert Jahre? Und die ganze Zeit über hatten seine Söhne in der Manse Madonie gewohnt, manchmal als Einzelperson, dann wieder als Brüderpaar. Kein Wunder, dass die Familiengeschichte eine lange Reihe von Zwillingen hervorgebracht hatte – es waren ja immer ein und dieselben! Sie lebten eine Zeit lang hier (bis einer von ihnen »sterben« und vorübergehend andernorts Zuflucht nehmen musste). Dann kehrten sie den Prozess wieder um und kamen »verjüngt« als Söhne und Brüder wieder zusammen. Und stets hatte mindestens einer von ihnen über die Feste gewacht.

Ihr Vater und Faethor Ferenczy waren Geschwister beziehungsweise Halbgeschwister, schließlich stammte Angelo von einer anderen Mutter, Constanza de' Petralia. Hatte er von seinem Bruder in einem fernen Land und einer anderen Zeit gewusst? Und was war mit dem seit Langem verblichenen Faethor? Hatte *er* über Angelo Bescheid gewusst? Er hatte ihn Harry gegenüber nie erwähnt. Allerdings war Faethor für gewöhnlich ohnehin am liebsten für sich gewesen. Außer für den Krieg und seine Gebirgsregionen und den erbitterten Hass auf seinen Ei-Sohn, Thibor den Walachen, hatte er sich für kaum etwas interessiert. Vielleicht *hatten* die beiden ja auch voneinander gewusst und sich einfach voneinander ferngehalten. Und was hätte es Faethor denn schon gebracht, über diesen Angelo zu reden, mit dem er niemals zusammenkam? Und selbst wenn er über ihn gesprochen *hätte*, wäre es denn die Wahrhcit gewesen? Denn Vampire waren allesamt verlogen; sie schufen nicht nur Ungeheuer, sondern vor allem Lügen!

Harry gab es auf; die Geschichte der Wamphyri war voller Ungereimtheiten, das wusste der Necroscope doch seit Langem ...

Obgleich einem von alldem – diesen unglaublichen Enthüllungen, dazu noch das Ding in der Grube – der Kopf schwirrte, musste Harry dennoch auch das Schlimmste noch in Erfahrung bringen. Durch die ersten schwachen, gelblichen Schwaden hindurch wankte er an den Rand der Grube, achtete darauf, das Drahtgeflecht nicht zu berühren, ignorierte das Brennen in seinen Augen und blickte in den Schlund des grässlichen Schachtes hinab.

Dort unten wogte ein massiges Etwas mit schweflig glühenden Augen und blickte durch seine eigenen Ausdünstungen zu Harry hinauf ...

Mach, dass du wegkommst!, drängten ihn die vielfältigen Totenstimmen. Doch dem Necroscopen schwindelte von dem, was er da sah, von der plötzlichen Erkenntnis dessen, was sie in den Wahnsinn getrieben hatte.

HIER WEGKOMMEN?, meinte Angelo Ferenczy, nun etwas leiser. Seine »Stimme« troff vor Sarkasmus. AUS DER MANSE MADONIE? BEGREIFT IHR DENN NICHT, DASS ER AUS EIGENEM, FREIEM WILLEN HIERHERKAM – OHNE EINLADUNG. ES GIBT NUR EINEN EINZIGEN WEG NACH DRAUSSEN, UND DEN WIRD ER VERSPERRT FINDEN, DESSEN BIN ICH MIR SICHER! UND IRGENDWANN ... AH, ES WIRD MIR EINE FREUDE SEIN, MICH DAS NÄCHSTE MAL ETWAS *EINGEHENDER* MIT IHM ZU UNTERHALTEN! OH, HA HA HAAAA!

Mit einem Mal überkamen Harry Schwindel, Übelkeit und dieselbe Verwirrung, die ihn am Nachmittag zuvor befallen hatte und ihn so hilflos auf die Straße unterhalb der Manse Madonie hinausstolpern ließ! Diesmal jedoch wusste er, worum es sich handelte. Die telepathische *Kraft* des Wesens in jener stinkenden Grube – von Angelo Ferenczy beziehungsweise dem, was aus ihm geworden war – war beängstigend.

Der Necroscope hatte nur noch einen Gedanken: sich in Sicherheit zu bringen. Ihm war klar, dass die zahllosen Geister der Toten, die das Ding verschlungen hatte, recht hatten: Er sollte weglaufen und machen, dass er hier rauskam, und zwar so schnell wie möglich!

Harry wankte durch die immer dichter werdenden gelben Schwaden von der Grube zurück und beschwor ein Möbiustor herauf. Dazu bedurfte es einer ungewohnten Anstrengung ... das Gas brannte ihm in den Augen, in der Lunge. Die Toten riefen ihm etwas zu, sagten, er solle weglaufen, laufen, und der uralte, grässlich verwandelte Ferenczy riss die geistige Abschirmung des Necroscopen in Fetzen, als handle es sich um dünnes Papier.

Harry wurde von Panik übermannt. Er war völlig durcheinander. Vor seinem geistigen Auge sah er gleich ein halbes Dutzend Koordinaten, lauter Orte, an die er entfliehen konnte. Zum Beispiel in seine alte Wohnung in Hartlepool; oder besser noch, auf den dortigen Friedhof, denn die Wohnung dürfte mittlerweile wohl wieder vermietet sein ... oder (das Nächstliegende) sein Hotelzimmer in Paterno ... oder auch sein Arbeitszimmer, sein Garten oder das Schlafzimmer in seinem Haus in Bonnyrigg ... Allerdings kam ihm jedes Mal, wenn er daran dachte, B. J. Mirlu in den Sinn. Es war alles so verwirrend!

Die Bilder tauchten automatisch, instinktiv, im Geist des Necroscopen auf; ohne weitere Erklärung verrieten sie so gut wie gar nichts. Doch das Mädchen – der *Geist* der jungen Frau, die ihre Qualen noch so frisch in Erinnerung hatte – schnappte eines dieser Bilder auf und klammerte sich daran.

Bonnie Jean!, schrie sie auf. *B. J. Mirlu hat dich geschickt!*

Und da sie ja ein Teil von Angelo Ferenczy war, vernahm auch dieser, was sie sagte. MIRLU? RADU LYKANS KNECHT? DIESER KERL HIER GEHÖRT ZU ... RADU? Das nackte Entsetzen durchfuhr ihn! Seine mentalen Sonden ließen von Harry ab und wurden zurückgezogen, wanden sich von ihm weg, als sei er mit einem Mal glühend heiß. Und in gewisser Weise hatte Angelo ja auch recht: Harry *war* Radus Knecht.

Verschwinde!, schrie das Mädchen. *Mach schon! Du kannst mir nicht helfen. Keiner kann das. Also verschwinde endlich, solange du noch kannst. Und sage B.J. – sag ihr ...*

Harry sollte niemals erfahren, was er B. J. mitteilen sollte, denn in diesem Augenblick setzte Angelo seine ganze telepathische

Macht ein, um die Vielzahl der kreischenden Stimmen zum Schweigen zu bringen; und mit einem Mal herrschte im psychischen Äther ebenso tiefe Stille wie im Weltraum.

Doch auch der Necroscope befand sich mittlerweile im leeren Raum, und zwar dem des Möbius-Kontinuums, wo er für eine scheinbar endlose Zeit ziellos umhertrudelte, ehe aus den wirbelnden Tiefen seines metaphysischen Geistes eine Koordinate auftauchte, zu deren Ursprung er floh: in sein Hotelzimmer in Paterno ...

Harry erwachte aus einem Albtraum, den er sofort wieder vergaß. Sein Kopf schmerzte zum Zerplatzen, er war schweißgebadet und zitterte. Er kämpfte mit der Übelkeit und blieb reglos liegen. Im Licht der Nachttischlampe ließ er den Blick über seine Umgebung schweifen. Das Hotel, ja. Sein Zimmer im Hotel Adrano. In Paterno. Sizilien. Mit einem Mal überfiel ihn die Erinnerung, es war alles wieder da – jedenfalls fast alles: die Manse Madonie, die Schatzkammer, das Tränengas und ... *das Geld!*

Mit einem Satz war er aus dem Bett, so schnell, dass sich alles um ihn drehte und er ins Wanken geriet. Seine Kleider stanken nach Gas. Gott – kein Wunder, dass ihm schlecht war! Er hatte sein eigenes Tränengas abbekommen! Und das Geld ... war das Wirklichkeit? Nichts kam ihm wirklich vor; alles schien eher wie die Bruchstücke eines Traumes, so als fehle irgendetwas. Was war sonst noch neu? Von dem Moment an, als er an diesen verdammten Ort gelangt war, hatte er sich nicht gut gefühlt!

Doch nachdem er die Fenster zum Balkon geöffnet hatte und danach in den Kleiderschrank sah ...

Es war kein Traum, und es fehlte auch nichts, jedenfalls nicht von dem, was er erbeutet hatte. Einer der Jutebeutel sackte zur Seite, und eine Handvoll Goldmünzen rutschte heraus und kullerte über die blitzblanken Dielenbretter. Die gerändelten Münzen surrten über das lackierte Kiefernholz und schlugen dumpf auf, als sie mit dem Saum des Teppichs kollidierten.

Und im Schrank, in den er den Inhalt seiner Jacke gepackt hatte, befanden sich wahre Bündel von Banknoten! Ein ganzer Koffer voll. Englische Pfund, Deutsche Mark und Dollars in

Fünfziger- und Hunderterscheinen. Dazu Krügerrand in zwei Jutebeuteln, von denen jeder mindestens fünfzehn Kilo wog. Dreißig *Kilogramm* massives Gold!

Und das ganze Geld hier in seinem Zimmer, mitten in der Nacht, in Sizilien. Erneut brach Harry der Schweiß aus. Er war kein Dieb – doch jetzt hatte er gestohlen! Aber die Francezcis ebenfalls. Und zum Teufel, ihm war doch klar gewesen, was er da tat. Und wozu. Nur ...

... Er musste es von hier *wegschaffen!*

Er brachte das Geld in das alte Haus in Bonnyrigg. Danach kehrte er ins Hotel Adrano zurück, um sich für den Rest der Nacht unruhig in seinem Bett hin und her zu wälzen. Er fand keinen Schlaf.

***

Bei Sonnenaufgang stand Harry auf und checkte aus dem Hotel aus. Er wagte es nicht, einfach so zu verschwinden, denn dies hätte auf jeden Fall eine Untersuchung nach sich gezogen. Erst nach dem Auschecken verschwand er ...

... und tauchte zu Hause in Bonnyrigg wieder auf, wo er nun endlich in der Lage sein würde, eine ordentliche Suche in die Wege zu leiten.

In seinem Haus – das ihm unerklärlich fremd und leer vorkam, so als sei er mindestens eine Woche lang weg gewesen – versteckte Harry das Geld. Anschließend begann er, sich etwas ruhiger zu fühlen. Und dann legte er sich hin, um den Schlaf der vergangenen Nacht nachzuholen ...

... Er schlief nur eine Stunde, bis die Sonne – innerhalb von sechzig Minuten zum zweiten Mal – aufging.

Das Telefon weckte ihn, und Bonnie Jeans rauchige Stimme fragte ach-so-viel sagend: »Ist das mein Geliebter am Apparat?«

Oh ja, genau das war er. Und er war ihr verfallen, ohne jeden Zweifel: *Der Vollmond, der alles in seinen goldenen Glanz tauchte ... B. J.s sonderbare Augen, die eine merkwürdige Verwandlung durchliefen ... und der sich vor dem Rund des Mondes düster abzeichnende Umriss eines Wolfsschädels.*

Harry sagte nichts. Ihre Worte waren nämlich nicht als Frage gemeint, sie sollten lediglich etwas auslösen. Am anderen Ende der Leitung deutete B. J. sein Schweigen richtig. Lächelnd fragte sie: »Und, hast du deine Geldangelegenheiten geklärt? Du darfst ganz normal antworten, Harry.«

»Äh, ja«, entgegnete er. »Jetzt bin ich versorgt.«

»Bist du bereit für ein Kletterwochenende?«

»Aber klar doch!«

»Gut!«

Sie verabredeten sich zum Mittagessen, Punkt zwölf Uhr, in einem kleinen Pub, den B. J. bei Falkirk kannte, etwa auf halbem Weg zu dem Ort, an dem sie klettern wollten. »Wie wirst du dorthin kommen?«, wollte sie wissen.

»Mit dem Fahrrad«, erwiderte Harry. »Wie es aussieht, kriegen wir gutes Wetter, und ich habe Lust, Rad zu fahren.« Das war nicht gelogen; er hatte wirklich vor, das Rad zu nehmen – wenigstens für einen Teil der Strecke. Er merkte, wie überrascht sie war.

»Aber das sind ja – ich weiß nicht – gut an die fünfundzwanzig Kilometer?«

»Ich fahre um halb zehn los. Dann habe ich genug Zeit.«

»Ich nehme den Wagen. Ich könnte dich abholen?«

»Ich … ich glaube, die frische Luft wird mir guttun.«

Er spürte ein Achselzucken. »Na gut, solange du dich dabei nicht völlig verausgabst! Äh, wegen dem Klettern, meine ich ...«

»Keine Sorge, ich werde mit meinen Kräften haushalten.«

»In Ordnung«, lachte sie. »Ich sehe dich um die Mittagszeit. Und anschließend, wenn wir fertig sind, können wir dein Rad immer noch auf den Gepäckträger schnallen, und ich fahre dich heim ... mein Geliebter.«

Harry hatte das Gefühl, als sei die Welt für einen Augenblick stehen geblieben und er habe das Dunkel gespürt. Doch alles, woran er sich erinnern konnte, war, dass er eine Verabredung mit Bonnie Jean hatte und dass sie natürlich unschuldig war.

Aber unschuldig woran ...?

***

In der Manse Madonie war die Hölle los, und dies schon die ganze Nacht. Unablässig jammerte das uralte Ding in der Grube seit Stunden herzzerreißend vor sich hin, und die Leutnante und Knechte der Gebrüder (ihre Diener oder vielmehr »Soldaten«) hörten es nicht; selbst die beiden Brüder bekamen nichts davon mit, weil sie beschäftigt waren.

Sie führten ihre Verhöre: Einer nach dem anderen wurden die »Bediensteten« in Francescos private Gemächer gerufen, wo Francesco und Toni mit ihnen redeten, ihnen drohten und von ihnen verlangten, endlich zuzugeben, dass sie für den Schaden und den Raubüberfall der vergangenen Nacht die Verantwortung trugen. Und auch wenn sie nicht direkt verantwortlich waren, sollten sie eingestehen, dass irgendjemand von außerhalb sie dazu verleitet hatte und sie mit dem Einbrecher unter einer Decke steckten. Doch vergeblich; dies war den Brüdern von Anfang an klar gewesen, dennoch musste es eben getan werden.

Irgendwann waren sie fertig. Die Bediensteten der Stätte waren zwar zur Genüge eingeschüchtert, aber allesamt vollkommen »unschuldig« – jedenfalls so unschuldig, wie ein Vampir nur sein konnte – und gingen wieder ihren Pflichten nach. Nun konnten die Francezcis anfangen, sich Gedanken darüber zu machen, was eigentlich genau vorgefallen und wie es geschehen war. Zumindest versuchten sie, dahinterzukommen, und dies war der frustrierendste Teil der ganzen Angelegenheit. Es konnte einen zur Weißglut treiben, denn offenkundig war das Ganze schlichtweg unmöglich.

Francesco tigerte unruhig auf und ab, während Toni sich in einen Sessel fallen ließ. Er wirkte völlig erschöpft, doch der Schein trog. Immerhin war er ein Wamphyri, und ihm fiel lediglich nichts mehr ein. Allerdings war er in der Tat der »Empfindsamere« beziehungsweise »Passivere« von beiden, während Francesco die gesamte Aggression in sich vereinte.

»Wir sollten Guy Cavee noch mal herholen!«, platzte es schließlich aus Francesco heraus. Mit weit ausgreifenden Schritten trat er an die schweren Vorhänge, und einen Moment lang sah es so aus, als wolle er sie aufziehen, zur Seite reißen. Doch draußen brannte gleißend die Sonne herunter, und in der gesamten

Manse Madonie würden die Vorhänge bis Sonnenuntergang geschlossen bleiben. Die Francezcis beschäftigten eigens eine Frau, deren einzige Aufgabe darin bestand, die Vorhänge zu- oder aufzuziehen. Niemand sonst rührte sie an, noch nicht einmal die beiden Brüder.

»Den Posten? Wozu?« Toni lümmelte sich in seinen Sessel. »Er hat uns alarmiert, solange sich der Eindringling noch in der Schatzkammer befand.«

»Das wissen wir nicht!«, fuhr Francesco ihn an. »Falls Cavee lügt, könnte der Dieb schon drin – und auch wieder draußen – gewesen sein, bevor Cavee uns Bescheid gab. Wenn das ein abgekartetes Spiel ist, dann hat er etwas damit zu tun, soviel ist klar.«

»Aber wenn er gelogen hat«, entgegnete Toni mit einer lässigen Handbewegung, »dann müsste er auch seine Flucht vorbereitet haben. Eigentlich müsste er inzwischen schon über alle Berge sein oder sich für den Freitod entschieden haben. Er muss doch wissen, was ihm blüht, wenn wir die Wahrheit herausfinden ...«

»Auf jeden Fall ...« – Francesco hielt in seinem Hin- und Hertigern inne – »... müssen wir ein Exempel statuieren. Und am nächstliegenden ist, wir nehmen ihn.«

»Willst du damit sagen, wer auch immer dies getan hat – es darf nicht so aussehen, als würde er ungestraft davonkommen? Jemand muss dafür bezahlen?«

»Genau!«

»Aber das ändert doch nichts! Dann wissen wir immer noch nicht, wer es war oder wie er in unseren Tresorraum und wieder hinaus gelangte, ohne den Alarm auszulösen – und wie er die Stätte verließ, ohne dass irgendjemand etwas von ihm gesehen, gehört oder auch nur gerochen hat!« Mittlerweile gelang es selbst Toni nicht mehr, seine Verärgerung zu verbergen.

»Oh, ich konnte ihn durchaus riechen«, brüllte Francesco. »Tränengas! In der Belüftungsanlage! Und Handgranaten, in der Schatzkammer! Unzählige – im wahrsten Sinne des Wortes *ungezählte* – Milliarden in Mark, Lira, Francs und Dollars, dazu ungeheure Schätze, zerstört oder geraubt. Unter unseren Nasen. Mindestens ein Viertel von allem, was wir da unten verwahrten.

Und als wäre das nicht genug, hat er auch noch wieder abgeschlossen, ehe er sich aus dem Staub machte! Dieser unverschämte Bastard! Unglaublich!«

»Unverschämt, ja«, stimmte sein Bruder ihm stirnrunzelnd zu. »Und wir sitzen hier herum und können nichts tun.«

Francesco knirschte mit den Zähnen und meinte abermals: »Wir sollten Guy Cavee noch mal kommen lassen!«

Toni zuckte die Schultern. »Er weiß nichts. Ein Blick in sein Gesicht sagt doch alles: Er glaubt, er habe eine *Belohnung* verdient, weil er sofort reagierte!«

»Eine Belohnung!«, knurrte Francesco.

»Und die Kameras sind hin.« Toni ließ sich tiefer in seinen Sessel sinken. »Da drin war es ziemlich heiß.«

»Nicht unbedingt!«, entgegnete Francesco. »Sie glauben, dass sie eine wieder hinbekommen – oder wenigstens den Inhalt. Wir können zumindest *hoffen,* dass wir eine Aufnahme von diesem Hund haben!«

»Wir haben doch Cavees Beschreibung.«

»Ha!«, schnaubte Francesco. »Was, eine richtige Beschreibung? Wenn er mit denen unter einer Decke steckt? Und wenn nicht, was ist seine Beschreibung überhaupt wert? Gesicht und Körperbau, von schräg oben an der Decke verzerrt auf einem Schwarz-Weiß-Bildschirm wahrgenommen!?«

In Toni kam Bewegung. Er erhob sich. »Du weißt selbstverständlich, dass *Er* schon die ganze Zeit über schreit? Das Gas ist bis ganz nach unten zu ihm gelangt. Und immerhin stellt er nach wie vor unseren größten ›Schatz‹ dar. Denn wo wären wir ohne ihn?«

»Natürlich habe ich ihn gehört, ja«, grollte Francesco. »Man konnte ja gar nicht anders! Ausgerechnet jetzt muss er in einem fort toben und sich über diesen dämlichen Radu aufregen!« Dabei war ihm klar, dass es für seinen Bruder weit schlimmer gewesen sein musste, denn Antonio stand ihrem Vater näher als er. Schlagartig veränderte sich Francescos Miene. Indem er sich umwandte, um seinen Bruder anzusehen, kniff er die Augen noch enger zusammen, sodass sie nur mehr zwei rot glühende Schlitze in seinem finsteren Gesicht waren.

»Oh?«, machte Toni, fragend.

»Mit irgendjemandem müssen wir ein Exempel statuieren«, knurrte Francesco. »Wir dürfen nicht dastehen, als ... könnten wir nichts tun, wie du es ausdrücktest. Unser teurer Vater ist stets hungrig. Und sollte Guy Cavee irgendetwas darüber wissen ...«

»Er ist ein Leutnant«, gab Toni zu bedenken. »Ein nachrangiger zwar, aber ...«

»Nein, er ist unser *Exempel!*«, schnitt Francesco ihm das Wort ab. Er grinste düster. »Ein sehr wichtiges Exempel! Wir können jederzeit jemand anders zum Leutnant erheben, aber ein besseres Exempel werden wir niemals finden!«

Abermals zuckte Toni die Schultern. »Nun ja, wenigstens sitzen wir dann nicht untätig herum. Und irgendetwas müssen wir tun, das stimmt schon. Ich kann allerdings nicht sehen, dass wir damit einer Lösung irgendwie näher kommen. Aber da du nun einmal so fest entschlossen scheinst ...« Widerwillig neigte er den Kopf zu einem Nicken. »So sei es ...«

Um 11.30 saß der Necroscope auf seinem Fahrrad und fuhr durch eine herrliche, ungezähmte Landschaft irgendwo westlich von Edinburgh. Er trug seinen Trainingsanzug, der Rucksack auf seinem Rücken enthielt ein Paar anständiger Kletterschuhe und ein bisschen Kleidung zum Wechseln; ansonsten ging er davon aus, dass B. J. sich um den Rest kümmern würde. Er selbst hatte ebenfalls bereits einiges erledigt und den Rat eines Experten eingeholt oder doch zumindest dafür gesorgt, dass er jederzeit Zugang dazu haben würde.

Da er in den Bergen nicht als kompletter Idiot dastehen wollte, hatte er heute Morgen auf einem der Friedhöfe von Bonnyrigg mit den Toten gesprochen und sich ein paar Tipps geben lassen. Der Mann, nach dem er suchte, befand sich auf einem Friedhof in Dalkeith. Harry hatte sich über das Möbius-Kontinuum dorthin begeben und sich auf seine gewohnte Art vorgestellt und, nachdem die Aufregung sich etwas gelegt hatte, sein Anliegen erklärt. Nun würde er an einem Steilhang zurechtkommen; damit fühlte er sich schon wesentlich besser.

Der Tote, mit dem er sich unterhalten hatte, war einst ein Kletterer der alten Schule gewesen. Zwar kein Bergsteiger im eigentlichen Sinn, aber zu Lebzeiten hatte er sich hier in der Gegend immerhin einen Ruf als Felsenkletterer erworben, dem weit und breit niemand das Wasser reichen konnte. *Damals gab es noch keine Nylonseile, Necroscope,* erklärte er Harry. *Und ich wär lieber tot umgefallen – entschuldige den Ausdruck –, als mich mit Hammer und Haken erwischen zu lassen. Mein Gott, nein! Dieser Scheiß war für die sogenannten »Profis«. Ich war kein Profi – aber, Mann, ich bin die steilsten Felswände 'rauf wie ein Affe! Wenn ich jetzt so zurückdenke – über achtzig Jahre ist es her, ich weiß gar nicht so recht, wie lange ... Ich glaube, es war schlicht und einfach die Aussicht. Dazustehen und von hoch oben auf die Welt 'runterzugucken, und du weißt, dass vor dir noch kein Mensch dort war, nur die Adler trauten sich dort 'rauf. Ah, das war schon was!*

»Das kannst du wieder haben«, sagte Harry. Er saß auf dem Grabmal des alten Burschen im Schatten eines Baumes und nahm die kühle, beruhigende Stille des Friedhofs in sich auf. »Du kannst das alles noch mal sehen, durch meine Augen; ich kann dir allerdings nicht versprechen, dass es eine besonders aufregende Tour wird. Ich bin bloß ein Anfänger, und meine Führerin wird wohl nicht zulassen, dass ich mich in ein Abenteuer stürze.«

So so, ein Anfänger? Nun, bei mir bist du in guten Händen, glaub mir. Ich würde es mir nie verzeihen, wenn dir etwas zustößt!, versicherte ihm der Tote. *Ich bin ganz schön weit rumgekommen auf meinen Klettertouren, Harry. Ben Nevis, der Peak District, Nordwales, Derbyshire, die Dartmoor Tors, die Klippen an der Küste von Cornwall und Pembrokeshire ... es gibt keine Gegend, die ich nicht kenne! Aber ein bisschen Klettern ist immer noch besser als gar nichts! Gib mir einfach Bescheid, wenn es so weit ist, und ich werde an deiner Seite sein. Und mach dir bloß keine Sorgen ... ich lass dich schon nicht im Stich, Necroscope!*

»Gut!«, erwiderte Harry. »Weißt du, die Frau, mit der ich klettern gehe, ist ziemlich gut darin. Ich will auf keinen Fall ... na ja, eine schlechte Figur abgeben.«

Eh? Ein Mädchen, was? Aye, zu meiner Zeit gab es auch ein paar, die ganz gut waren. Ich erinnere mich an eine ... oh, ist das lange her! Sie war die Einzige, die mich jemals an einer Klippe geschlagen hat. Ich kann dir sagen ...!

Und dann war es auch schon an der Zeit zu gehen.

Erst nachdem der Necroscope weg war, fiel seinem neuen Freund der Name des Mädchens von damals ein, der »Einzigen, die ihn jemals an einer Klippe geschlagen hatte«. Er wollte dem Necroscopen noch hinterherrufen, doch da hatte Harrys Mutter bereits Kontakt zu ihm aufgenommen:

Nicht!, sagte sie. *Mein Sohn befindet sich ... in Schwierigkeiten. Aber wir haben es unter Kontrolle. Glauben wir jedenfalls. Die Sache ist die: Wir haben keine Ahnung, wie es sich auf seinen Geist auswirken würde, sollte er jetzt den Namen dieser Frau erfahren. Darum lass es fürs Erste lieber bleiben. Wenn es unbedingt sein muss, ist später immer noch Zeit genug dazu ...*

Der alte Kletterer stellte keine unnötigen Fragen. Wie die meisten Angehörigen der Großen Mehrheit hatte er bereits von Mary Keogh gehört und wusste, in welchem Ruf sie stand: Was auch immer sie für Harry tat, war nur zu seinem Besten. Aber ihre Besorgnis konnte er nun wirklich nicht nachvollziehen. Wieso auch? Das junge Mädchen, an das er sich erinnerte, diese Bonnie Jean Mirlu, musste mittlerweile doch auch schon längst unter der Erde liegen! Was auch sonst, nach all den Jahren?

Doch da es Mary Keogh war, die den Wunsch geäußert hatte, behielt er diese Gedanken für sich ...

Schon seit Langem beherrschte der Necroscope die Technik, das Möbius-Kontinuum auf dem Fahrrad zu verlassen. Es war lediglich eine Frage des Gleichgewichts beim Übergang von der Schwerelosigkeit zur Schwerkraft, vom Dunkel zum Licht, von der metaphysischen zur physischen Welt – »Kleinigkeiten« für Harry. Doch noch immer war er geradezu besessen davon, seine esoterischen Talente geheim zu halten, und machte sich Sorgen darum, dass jemand ihn in dem Augenblick, in dem er wieder in die Raum-Zeit eintrat, sehen könnte.

Diesmal allerdings (merkwürdigerweise *gerade weil* er auf einem Fahrrad saß) sorgte er sich nicht. Denn es ist eine Sache, einen Menschen ganz plötzlich aus dem Nichts auftauchen zu sehen, eine völlig andere hingegen, unvermittelt einen Radfahrer vor sich zu haben. Ein Fahrrad ist etwas so Alltägliches, dass jeder glaubt, er habe nicht richtig hingesehen oder sich getäuscht oder das Licht spiele einem einen Streich, wenn mit einem Mal ein Mann auf einem Fahrrad vor einem erscheint. Aber keiner rechnet mit etwas Unheimlichem oder Übernatürlichem.

Auf diese Weise schaffte Harry es in nur zehn Minuten von seinem Haus bei Bonnyrigg zu seinem Rendezvous mit Bonnie Jean in einem Pub an der Straße nach Falkirk, indem er immer wieder kürzere »Sprünge« über Strecken zwischen hundert Metern bis zu fast einem Kilometer einlegte. Wenn er die Straße vor sich überblicken konnte und der Weg frei war – er also mit eigenen Augen die Stelle zu sehen vermochte, an der er wieder aufzutauchen gedachte –, war dies ebenso gut, als verfüge er über die Koordinaten, und er konnte sich einfach dorthin begeben.

Schließlich kam er in Sichtweite des malerischen kleinen Pubs. Er sah ihn vom Kamm eines Hügels aus. Von dort sprang er zu einem asphaltierten Zufahrtsweg an dessen Rückseite, sodass es aussah, als tauche er aus einer Kastanienallee auf, deren hohe, in vollem Laub stehende Bäume seine »Landung« vor neugierigen Blicken schützten. Im nächsten Augenblick hatte er das Haus umrundet und das Fahrrad abgestellt. Er trat ein.

Bonnie Jean saß an einem Tisch in einer Nische am Ende der Bar. Schade, denn es war ziemlich düster. Sie hätte sich besser ans Fenster gesetzt; aber der Tag war ohnehin bewölkt. Vielleicht hatte sie ja keine Lust mehr zum Klettern. Doch so viel Glück war Harry nicht beschieden.

Er rutschte auf den Platz neben ihr, sagte »Hallo!« und fügte hinzu: »Draußen sieht es ja nicht gerade toll aus.«

»Das Wetter ist ideal!« Sie gab ihm einen Kuss auf die Wange. »Dann blendet uns wenigstens die Sonne nicht.« Er konnte nicht ahnen, dass sie sich über den Wetterbericht auf dem Laufenden hielt und ihr somit vollkommen klar war, dass die Sonne sich von Mittag an so gut wie nicht mehr zeigen würde.

Sie unterhielten sich, über nichts im Besonderen, aßen eine leichte Mahlzeit, und Harry übernahm die Rechnung. »Du musst es ja haben«, meinte B. J. nur.

»Äh, das kann man schon sagen«, entgegnete er. »Jedenfalls bin ich jetzt wieder flüssig.«

Sie verzog das Gesicht. »Ich wünschte, das könnte ich von mir auch behaupten. Mein Lokal wirft kaum etwas ab. Um die Wahrheit zu sagen, habe ich ganz schöne Schulden.« Sie biss sich auf die Lippe, denn eigentlich hatte sie ihm das gar nicht sagen wollen.

»Wie hoch?«, wollte er wissen.

»Zu hoch! Dreieinhalbtausend«, sagte sie seufzend. »Zu viel!« Sie zuckte die Achseln. »Wie es aussieht, muss ich statt eines Clubs einen Pub aufmachen.«

Das tat Harry leid. »Oh, man kann nie wissen. Vielleicht ergibt sich ja etwas.« Irgendwie kam er sich schuldig vor; immerhin hatte sie ziemlich viel Zeit, insbesondere nachts, mit ihm verbracht. Nun ja, zumindest verfügte er über ausreichende Mittel, dies in Ordnung zu bringen ...

Bis zu dem Anstieg, den B. J. ausgesucht hatte, war es weiter, als sie dachte. Es war schon eine geraume Weile her, dass sie hier heraus gefahren war, und noch nie mit dem Auto. Ihre letzte Tour in dieser Gegend lag gut und gern sechzig Jahre zurück ... dafür hatte sich die Landschaft allerdings nicht sehr verändert. Die Stelle in den ausgedehnten Ausläufern des Ben Vorlich war von dramatischer Schönheit: Unter der niedrigen, für die Jahreszeit ungewöhnlichen Wolkendecke schimmerte silbergrau Loch Lubnaig, und jenseits des Sees zeichnete sich in dunstigem Blau der Ben Ledi ab. Der Berg sah aus wie der gedrungene Stamm eines Pilzes, der eine gewaltige, schmutzig graue Kappe – den Himmel – trug.

»Schuhe«, bemerkte B. J. mit einem Blick auf Harrys Füße, während sie quer über abschüssiges Geröll dem Fuß einer gezackten Felsnase zustrebten, die beinahe lotrecht fast vierzig Meter bis zu einem Bergsattel zwischen beängstigend zerklüfteten Vorsprüngen hin anstieg. »Stiefel wären besser – ordentliche Kletterstiefel; aber wie du siehst, habe ich auch keine an. Das Wichtige ist sowieso die Sohle. Eine gute, grobe Gummisohle, die einem am Felsen Halt gibt. Stiefel schützen allerdings auch die Knöchel. Denk dran, wenn du dir den Fuß verstauchst.«

»Vielen Dank«, entgegnete Harry. »Aber das habe ich nicht vor.« Doch als sie den Felsen erreichten: »Sollen wir etwa *da* rauf?«

»Der ist für Anfänger«, grinste B. J. »Nur keine Angst – nächstes Jahr um diese Zeit kommt dir das hier wie ein Sonntagsspaziergang vor. Außerdem habe ich dich ja am Seil – dieses Mal! Weshalb setzt du dich fürs Erste nicht einfach hin und siehst mir zu, wie ich die Ausrüstung fertig mache? Ich brauche nur ein, zwei Minuten, mehr nicht.«

Sie legte ihren Rucksack ab, wandte ihm den Rücken zu und ließ sich auf ein Knie nieder.

Harry entfernte sich und wanderte um den Sockel eines Kamins herum, der sich bis zur halben Höhe hinzog. Als B. J. außer Sicht war, rief er seinen Freund auf dem Friedhof in Dalkeith. *Wie sieht's aus?*

Dieser blickte durch Harrys Augen und antwortete: *Hol mich der Teufel, aber hier bin ich schon geklettert! Ben Vorlich, stimmt's?*

Ganz recht!

Und, bist du bereit?

Vorsichtig spähte Harry um den Felssockel. B. J. kehrte ihm immer noch den Rücken und machte sich an ihrem Rucksack zu schaffen. *Ja, warum nicht?*

Na, dann los! Es ist kinderleicht. Lass einfach mich alles machen, Necroscope!

Und der Necroscope überließ alles ihm – na ja, fast alles. Er spürte, was auch der tote Kletterer spürte, jede Nuance des Anstiegs. Und natürlich lernte er einiges dabei, schließlich waren es seine Arme und Muskeln, die der Belastung standhalten mussten und ihn in dem Spalt Stück für Stück nach oben brachten. Er ließ seinen Blick schweifen und nahm jede noch so kleine Einzelheit der Strecke in sich auf, speicherte sie zur späteren Verwendung in seinem Gedächtnis. Und den ganzen Weg über dirigierte ihn der alte Knabe mit seinen Schilderungen:

Dieser Riss da – klein, aber ein guter Halt für die Hand, mindestens drei Finger. Und die Einkerbung dort gegenüber: Man könnte noch nicht mal einen Zeh reinzwängen, aber pass bloß auf, dass du dir dort nicht den Fuß verrenkst! Und dieses winzige Sims, Necroscope: Aye, dort kannst du deinen Hintern ausruhen ... aber nur einen Moment! Immer in Bewegung bleiben – immer weiter nach oben! Und atmen, Junge, atmen! Die Luft treibt dich an. Ganz ruhig durchatmen, Harry, ein und aus. Ah!

Was haben wir denn da? Einen Haken. Rühr das Ding um Himmels willen nicht an! Es ist trügerisch!

Plötzlich lag der Kamin hinter ihnen und sie befanden sich an der nackten Wand. Harry hatte den Eindruck, er würde dem über ihm liegenden Horizont, nämlich der Oberkante des Felsens, regelrecht entgegenrasen. Doch dann trat er ein Steinchen los, das klackend den Steilhang hinabpolterte, unten auf dem Geröll aufschlug, abprallte und B. J., die sich in ebendiesem Moment mit Seil, Hammer und Haken bepackt wieder aufrichtete, direkt vor die Füße hüpfte. Stirnrunzelnd wandte sie sich um und sah noch den Staub herabrieseln. Ihr Blick wanderte nach oben.

Beinahe hätte sie vor Überraschung laut aufgeschrien, hütete sich jedoch davor, um ihn nicht abzulenken. Dieser *Idiot!*

Der »Idiot« zog sich gerade über die Kante des Abhangs, blieb dort sitzen, ließ die Beine baumeln und winkte ihr auch noch zu! B. J. ließ sich ebenfalls nieder – und zwar mit einem Plumps auf das Geröll, und starrte zu Harry hinauf. Zum ersten Mal, seit sie denken konnte, war ihr schwindlig – weil sie den Kopf so weit in den Nacken legte, aber auch weil sie an Harrys Solo-Tour denken musste: Wie schnell er war!

Doch dann wich ihr Erstaunen blanker Wut. Dieser gerissene Bastard! Hatte sie doch tatsächlich in dem Glauben gelassen, er habe keine Ahnung!

Rasch verstaute sie ihre Ausrüstung wieder, griff nach ihrem Rucksack und machte sich auf, denselben Weg zurück, den sie gekommen waren. Darum bekam sie nicht mit, wie Harry jählings ins Wanken geriet und um ein Haar abgestürzt wäre, ehe er das Gleichgewicht wiedergewann. Dabei lag es nicht an ihm, sondern an seinem Führer, daran, dass der einstige Kletterer mit einem Mal ein Brett vor dem Kopf zu haben schien, sodass der Necroscope auf dem schwindelerregenden Grat quasi auf sich allein gestellt war.

... Der anschließende Abstieg dauerte um einiges länger, und Harry spürte ein Zittern im Geist seines nun gar nicht mehr so selbstsicheren Bergführers. Unten angekommen, fragte er ihn: »Was war da oben eigentlich los?«

Ein Schwindelanfall, log der andere. *Ich konnte nicht mehr weiter,*

Necroscope. Auf einmal drehte sich alles um mich. Äh, Höhenangst? Aye, das war auch das, was mir schließlich den Rest gab. Mir ist einmal zu oft schwindlig geworden ...

»Du bist abgestürzt?« Harry blieb der Mund offen stehen. Das konnte er einfach nicht glauben.

Ganz recht. Aber ich will mich nicht beklagen. So habe ich gelebt, und so bin ich auch gestorben.

Harry seufzte tief auf, schloss die Augen und dachte: *Das sagt er mir jetzt!* Doch diesen Gedanken behielt er für sich.

Auch sein Führer sprach nicht aus, was er dachte, nämlich dass er nun wusste, was Harrys Mutter gemeint hatte. Denn er hatte seinen »Anfall« just in dem Moment bekommen, als Harry zu Bonnie Jean hinunterblickte. Durch die Augen des Necroscopen hatte der alte Kletterer sie ebenfalls gesehen – dieselbe junge Frau, die ihn vor achtzig Jahren an einer Klippe geschlagen hatte!

Nun, und jetzt hatte er es ihr gezeigt ...

Als Harry am Wagen ankam, hatte B. J. ihm schon beinahe, aber noch nicht ganz verziehen. »Ich hätte nicht übel Lust, dich mit dem Rad heimfahren zu lassen«, sagte sie eisig.

»Du verstehst das alles ganz falsch«, log er. In gewisser Weise war es jedoch auch die Wahrheit. »Ich habe das vorher noch nie gemacht. Es kam mir einfach nur – ich weiß nicht recht – so natürlich vor, das ist alles. Es war rein instinktiv!«

Als B. J. ihn zu Hause absetzte, war sie schon fast überzeugt.

Sie liebten sich den ganzen Abend lang, doch als die Nacht anbrach, musste sie gehen. »Ich habe zu viele Samstagabende ausfallen lassen«, erklärte sie ihm. »Meine Gäste erwarten von mir, dass ich hinter der Bar stehe.«

Als sie ihn zum Abschied küsste und in den Wagen steigen wollte, drückte Harry ihr einen kleinen Samtbeutel in die Hand. »Oh?« Fragend blickte B. J. ihn an, überrascht darüber, wie schwer sein Geschenk war.

»Etwas Praktisches«, erklärte er. »Eine Kleinigkeit, die du sicher brauchen kannst.«

Das konnte sie fraglos. In ihrem Schlafzimmer über dem Lokal öffnete sie die Schleife und schüttete den Inhalt des Beutels auf die Tagesdecke: zwanzig goldene Krügerrand. B. J. wusste, was sie wert waren! Wie es aussah, hatte ihr geheimnisvoller Mister Keogh tatsächlich seine Finanzen in Ordnung gebracht – von den ihren ganz zu schweigen ...

In der Manse Madonie währte die »Reinigung« von Guy Cavees Körper schon den ganzen Tag. Den größten Teil der Zeit über hatten sie ihn bei vollem Bewusstsein gehalten – an sich bereits eine Folter; selbst die spanische Inquisition hätte nicht grausamer sein können. Und ganz wie bei der Inquisition gaben sie ihm bei jeder neuen Stufe des Verfahrens Gelegenheit zu gestehen. Wäre er in der Lage gewesen, den Francezcis irgendetwas zu erzählen, hätte er dies mit Sicherheit getan. Und schließlich tat er es auch: Sie brauchten nur etwas anzudeuten, und schon pflichtete er ihnen bei, sodass sie sich noch nicht einmal zum Schluss seiner Unschuld vollkommen sicher sein konnten.

Aber sie wussten, wie man auf Nummer sicher ging. In dem Augenblick, in dem Angelo ihn absorbierte, würden sie die Wahrheit erfahren. Danach würde sein Geist ... beziehungsweise was davon übrig war ... im Großen und Ganzen wieder ihm gehören. Sein Körper hingegen ... nun, einen Körper gab es dann nicht mehr. Angelos Verdauungsapparat war der Verdauungsapparat eines Wamphyri, durch seinen ungezügelten Metamorphismus allerdings ins Grenzenlose erweitert. Und es handelte sich um eine Absorption im wahrsten Sinne des Wortes. Er würde den einstigen Leutnant nicht im eigentlichen Sinn »verdauen«, sondern ihn vielmehr verflüssigen und anschließend aufsaugen wie ein Schwamm, ihn sich vollkommen einverleiben und zu der unvorstellbaren Abnormität hinzufügen, die Angelo Francezci, Ferenczini, Ferenczy war. Ein Prozess innerer und äußerer Homogenisierung zugleich: Cavee würde eins werden mit dem *lebenden* Körper, der Substanz, des Wesens in der Grube. Es war eine Vergewaltigung, die absolute Zerstörung eines Menschen und dessen Reduktion zu ... völlig andersgeartetem Protoplasma. Sein Geist dagegen, seine Gedanken und Erinnerungen wären immer noch da, nicht selbst lebendig, sondern als Teil von Angelos geistiger Ausstattung, und derart würden sie diesem

Zugang wie zu einem Computerprogramm gewähren. Körperlos und darum schmerzunempfindlich, gewiss, aber nicht ohne Gefühle oder Erinnerungen. Wie all die anderen vor ihm würde auch Guy Cavee ganz genau wissen, wozu er geworden war.

Was nun das Ding in der Grube anging: Angelo »schwieg« bereits seit Stunden. Seit der Mittagszeit hatte noch nicht einmal Toni Francezci etwas von seinem Vater gehört oder gespürt. Möglicherweise war das Tränengas des Eindringlings in den Kreislauf des Gruben-Dinges gelangt und hatte es krank oder ohnmächtig werden lassen. Doch sein Metamorphismus – mehr war es im Grunde nicht mehr, nur noch ein metamorpher Organismus – würde ohne Weiteres damit fertig werden; seine Ausdünstungen jedenfalls erhoben sich nach wie vor als leichter Nebel über der Grube.

Toni hatte versucht, mit ihm zu »sprechen«, und ihm erzählt, was vorgefallen war und was er und sein Bruder deswegen zu unternehmen gedachten. In der Hoffnung, dass sein Vater wieder zu sich käme, hatte er ihn um seinen Rat gebeten – vergebens. Doch als die beiden Brüder den mittlerweile bewusstlosen Cavee auf die Plattform an dem Flaschenzug hievten und diese über den offenen Schacht hinausschwenkten, spürte Toni ein erwartungsvolles Prickeln und eine unvorstellbare Gier im psychischen Äther. Damit wusste er, dass sein Vater aus einem bestimmten Grund schwieg.

Deshalb versuchte Toni es nochmals, bevor sie Cavee mittels einer Ampulle wieder aufweckten und in die Grube hinabließen: »Vater, wir müssen unbedingt in Erfahrung bringen, ob dieser Mann ein Verräter ist. Wir müssen herausfinden, wer ihn gezwungen und gegen uns, gegen dich aufgewiegelt hat. Ich weiß, dass du hungrig bist, aber sollte sich jemand seiner bedient haben, müssen wir seine Gedanken kennen. Wir brauchen die Namen in seinem Kopf.«

Nichts. Lediglich der Nebel verdichtete sich, während die Brüder mitsamt ihren Leutnanten und dienstälteren Knechten langsam von der Öffnung der Grube zurückwichen. Und dann trat der stets ungeduldige Francesco vor, zerbrach eine Ampulle direkt unter Cavees Nase und verdammte ihn damit zum Tod.

Die Plattform senkte sich hinab. Der Dunst wurde dichter. Cavee begann aus vollem Hals zu schreien, als er erwachte und sich seinem schlimmsten Albtraum gegenübersah. Er war gefesselt; nichts, weder Schreien noch Unschuldsbekundungen, Geständnisse oder flehentliches Bitten, vermochte ihm jetzt noch zu helfen. Dann ein ersticktes Röcheln, Würgen und Gurgeln, ein feuchtes, splitterndes Geräusch ... wie nasses, zerreißendes Leder, oder Fleisch, das vom Knochen gezerrt wird. Gleich darauf färbten sich die aus dem Brunnenschacht aufsteigenden Nebelschleier rosa.

ER IST UNSCHULDIG, erscholl im Geist der Brüder unheilvoll die Stimme ihres Vaters: NICHT HALB SO SCHULDBELADEN WIE DIEJENIGEN, DIE MICH HIER UNTEN WEINEND ZURÜCKLIESSEN, OHNE DASS ICH WUSSTE, WESHALB ODER WARUM! UND AUSGERECHNET DIESE BEIDEN BITTEN MICH NUN UM MEINE HILFE! ... *HAH!* DABEI SUCHT IHR LEDIGLICH ANTWORTEN. ICH HINGEGEN HABE SIE BEREITS ...!

Toni wartete einen Augenblick. »Vater«, sagte er schließlich, »Was uns bedroht, gefährdet auch dich. Wir müssen es wissen, sonst können wir nichts unternehmen.«

ACH, ANTONIO, MEIN ANTONIO! UND FRANCESCO; WIE ICH SEHE, BIST DU EBENFALLS DA. HABT IHR DENN NICHT GEHÖRT, WIE ICH NACH EUCH SCHRIE? WIEDER UND IMMER WIEDER. HABT IHR ETWA NICHT MITBEKOMMEN, WELCHEN NAMEN ICH RIEF?

Die beiden Brüder warfen sich einen Blick zu. »Das schon wieder!«, grunzte Francesco. »Radu, Radu, *Radu!* Der ist doch schon seit Langem unter der Erde und wird so bald, wenn überhaupt, nicht wieder auferstehen. Was hat der denn mit all dem zu tun?«

OH, DU NARR!, sagte die entsetzliche »Stimme« aus der Grube leise und doch verächtlich. DU HAST MIR SOGAR EINMAL EINE VON DEN SEINEN MITGEBRACHT – EIN MÄDCHEN –, DAMIT ICH IHR FRAGEN STELLTE. ICH ERFUHR EIN BISSCHEN ETWAS. NICHT ALLZU VIEL, DENN IM GEGENSATZ ZU *MEINEN* KNECHTEN SIND RADUS KNECHTE STARK!

JEMAND HATTE SIE BETÖRT UND HIELT IHREN GEIST UNTER VERSCHLUSS; SIE KONNTE NICHTS SAGEN. ABER SIE WAR EINE DER SEINEN ... UND *IHR* HABT SIE GERAUBT!

»Weil du uns dazu drängtest zu glauben, er würde sich auf die Suche nach uns machen, sobald er erst auferstanden sei!«, knurrte Francesco. Er zeigte deutlich, wie sehr es ihm missfiel, ein Knecht genannt zu werden. »*Du* bist doch derjenige, der diesen Bastard, diesen Hunde-Lord fürchtet, und hast deine Angst auf uns übertragen!«

Nach einem Augenblick des Schweigens: IHN FÜRCHTEN? NUN, ICH MUSS VOR *ALLEM* ANGST HABEN! ICH SITZE HIER UNTEN WIE IN EINER FALLE UND BIN SO VERLETZLICH! SELBST MEINE SÖHNE HABEN MACHT ÜBER MICH. DOCH NUN IST JEMAND AUFGETAUCHT, DER MACHT ÜBER UNS ALLE ERLANGEN KÖNNTE.

»Sein Name?«, wollte Toni angespannt wissen.

AYE, DEN SAH ICH IN SEINEM GEIST. ER LAUTET ... ER LAUTET HARRY!

»Und ist er etwa unsichtbar, dieser ›Harry‹?«, schnaubte Francesco verächtlich.

WIE ES AUSSIEHT, JA – DENN GESEHEN HAT IHN JA KEINER VON EUCH! Das Ding in der Grube hatte durchaus Sinn für Humor.

»Wer ist sein Gebieter? Für wen arbeitet er?«, fragte Toni.

WIE KÖNNT IHR NUR MEINE SÖHNE SEIN? SO DÄMLICH UND OBENDREIN AUCH NOCH BLIND!

Erneut tauschten die beiden Brüder einen Blick aus. »Willst du damit sagen ...«, begann Toni, wurde jedoch von einem enttäuschten Wutgeheul unterbrochen: ER SCHLÄGT ZURÜCK, SELBST NOCH IN SEINEM LANGEN SCHLAF! EUER EINDRINGLING WAR KEIN GEWÖHNLICHER MENSCH – WIE DENN, JEMAND, DER MIT DEN TOTEN SPRICHT! – UND ER ARBEITET FÜR KEINEN GEWÖHNLICHEN GEBIETER. IHR HABT IHM EINE DER SEINEN GENOMMEN, UND DIES WAR SEINE RACHE ... ODER *EIN TEIL* DAVON. Angelo lag zwar zumindest teilweise falsch, aber was er sagte, klang durchaus vernünftig.

»Radu?« In Tonis Stimme lag ein Zittern.

EBENDER, entgegnete sein Vater. ER LÄSST SEINE VERKÜMMERTEN MUSKELN SPIELEN UND HAT UNS AUF DIE PROBE GESTELLT, UM SEINE RÜCKKEHR VORZUBEREITEN. UND ER HAT FESTGESTELLT, WIE SCHWACH WIR SIND!

Toni ergriff Francesco am Arm. »Ich glaube, er hat recht. Jedenfalls *weiß* ich, dass er überzeugt davon ist!«

»Ich brauche einen Beweis!«, knurrte Francesco. »Oh, wir könnten auch einfach auf das Wort unseres Vaters hin losschlagen und in England oder sonst irgendwo einen Krieg vom Zaun brechen, womöglich sogar diesen Radu zu seinem Bau verfolgen und dort vernichten – aber damit würden wir uns selbst auch der Verfolgung aussetzen! Und zwar nicht durch irgendeinen alten Vampir-Lord, sondern durch die Behörden! Was, sollen Jahrhunderte der Geheimniskrämerei umsonst gewesen sein? Und wie viele unserer guten Freunde überall in der Welt, glaubst du, würden uns wohl zu Hilfe eilen? Nein, ehe ich etwas unternehme, brauche ich einen Beweis.«

Ich, ich, ich, bei Francesco hieß es immer nur »ich«, niemals »wir«. Toni kniff die Augen zusammen. Doch ehe er etwas erwidern konnte, erscholl vom Treppenschacht her ein Ruf: »Francesco, Antonio, die Herren!« Ein Mann im weißen Kittel winkte ihnen aufgeregt zu. »Die Bilder! Der Eindringling! Wir haben ihn auf Film!«

»Einen Beweis?«, sagte Toni. Seine Augen leuchteten rot wie Scheinwerfer. »Nun, vielleicht haben wir den jetzt ja!«

Als sie die Höhle verließen, dachte das uralte Ding in der Grube hinter ihnen: ES GEHT LOS! Und dann begann es wieder, in der Finsternis sinnlos vor sich hinzuplappern ...

SECHSTES KAPITEL

In der Abgeschiedenheit von Francescos Gemächern betrachteten sich die beiden Brüder die Fotografien eingehend; doch schon beim ersten flüchtigen Blick in der Kaverne mit der Grube, die ihren grässlichen Vater beherbergte, hatte Francesco hervorgestoßen »*Was zum ...?*«, ehe er die ziemlich fleckigen Bilder seinem Bruder zeigte. Tonis Reaktion war mehr oder weniger dieselbe: nicht Entsetzen, vielmehr Bestürzung darüber, dass das Ding in der Grube, der alte Angelo Ferenczy, allem Anschein nach recht hatte. Denn obwohl auf den körnigen Ausdrucken nicht viel zu erkennen war, musste er Francesco beipflichten, dass auch er schon einmal Aufnahmen dieses Mannes gesehen hatte.

Vor ein paar Monaten hatte ihr Schläfer auf den Britischen Inseln – ein zuverlässiger, altgedienter Leutnant – ihnen eine Reihe von Schnappschüssen geschickt, die er »vor dem Lokal der Frau« in Edinburgh aufgenommen hatte. Wie die jetzt vorliegenden Bilder waren auch diese Fotografien schlecht belichtete, schwarz-weiße Momentaufnahmen gewesen, die keineswegs an Studioqualität heranreichten. Aber das brauchten sie ja auch nicht, schließlich waren sie »nur zu Informationszwecken« beschafft worden, bestimmt für die Akte der beiden Brüder über eine gewisse Bonnie Jean Mirlu, die sie schon lange unter Verdacht hatten, eine Sklavin Radu Lykans zu sein.

Nun lag der Inhalt der Akte auf einem gewaltigen Schreibtisch ausgebreitet vor ihnen, zuoberst ein Foto, das Francesco voller Wut dorthin geschleudert hatte. Denn beiden war klar, dass der Mann auf der Fotografie aus Edinburgh und der Eindringling, der in ihrer Schatzkammer aufgenommen worden war, in der Tat ein und dieselbe Person waren.

»Ich bringe ihn um!«, knurrte Francesco bereits zum dritten Mal. »Ihn, diese Frau und Radu Lykan ebenfalls. Sie alle!«

»Heißt das, du stimmst mir etwa zu, dass unser Vater recht hat?«Toni unternahm noch nicht einmal den Versuch, seine Selbstgefälligkeit zu verbergen. Er war stolz darauf und genoss es, dass er so klug gewesen war, sich in dieser Angelegenheit auf Angelos Seite zu schlagen.

»Eh?«, fuhr Francesco ihn an. »Und welchen Unterschied macht es schon, wenn dieses ... dieses abscheuliche *Ding* recht hat? Ja, ja, natürlich hat er recht – aber das hat er doch immer! Darin besteht seine einzige Aufgabe: verdammt noch mal recht zu haben! Und deine wohl darin, will mir scheinen, sein verdammtes Ego noch weiter aufzublähen!«

Toni lächelte dünn. »*Wir* hatten also recht.« Und ehe sein Bruder einen weiteren Wutanfall bekommen konnte: »Wie es aussieht, bedeutet das, dass wir nun eine Fehde am Hals haben. Du, ich und die Leute, die wir kontrollieren – alle, die sich der Leitung des *Dings* in der Grube anvertraut haben – gegen diesen schwer zu fassenden Kerl auf den Fotos, seine Herrin Bonnie Jean Mirlu mitsamt ihren Leuten und den schlafenden, aber keineswegs stillen Radu Lykan.«

»Wegen jenes Mädchens, das wir geraubt haben?« Francesco rang darum, seine Beherrschung nicht zu verlieren.

»Das jedenfalls sagt Angelo«, nickte Toni.

»Dieser Radu zettelt also tatsächlich wegen einer Sklavin einen Krieg an, während er sich noch im Winterschlaf oder was auch immer befindet?«

»So sieht es aus.«

»Dann muss er seiner Sache ja verdammt sicher sein!«, platzte es aus Francesco heraus. Sein Bruder nickte erneut.

»Zumindest ist er sich seiner Knechte sicher. Womit haben wir es hier zu tun, Bruder? Oh, wir wissen jetzt zwar, wie unser Eindringling aussieht – aber wie hat er es angestellt? Woher kam er und wohin ist er verschwunden? Und auf welche Weise? Angelo sagt, er rede mit den Toten!«

»Angelo plappert viel, wenn der Tag lang ist!«

»Ja, meistens. Aber manchmal ist er auch vollkommen klar. Heute ... schien er mir bei klarem Verstand.«

»Klar *und* hinterhältig zugleich«, knurrte Angelo. »Er hat sich Guy Cavee genommen, obwohl er wusste, dass er unschuldig war. Dieser Eindringling hatte keinerlei Hilfe von innen, und unser verdammter Vater wusste es!«

»Er hatte Hunger«, meinte Toni achselzuckend. »So wie immer. Und außerdem war es ja deine Idee. Cavee war *dein* Exempel ...«

Francesco ging mit finsterer Miene auf und ab und nickte unwillig. »Jaaa«, fauchte er. »Das war er! Doch wie dem auch sein mag, immerhin haben wir jetzt ein gewisses Ergebnis. Wir haben den alten Bastard zufriedengestellt und er hat zu uns gesprochen – auch wenn er nur Unsinn von sich gab!«

»Ein bisschen vielleicht. Aber wenigstens wissen wir jetzt, wie unser Eindringling heißt. Harry! Britisch, nicht wahr?«

»Wahrscheinlich.« Francesco nahm die Fotografien aus dem Gewölbe, die in einer Ecke seines Schreibtisches lagen, in die Hand. »Jedenfalls sieht er wie ein Brite aus.«

»Sehen wir uns einfach mal an, was wir haben«, ergriff Toni die Initiative. »Dann können wir versuchen, das Puzzle zusammenzusetzen. Schon seit Jahren beobachten wir Bonnie Jean Mirlu, aber immer nur aus der Ferne. Erst seit Kurzem interessieren wir uns aufgrund von Angelos Warnungen näher für sie. Wir hätten sie schon vor langer Zeit hochnehmen können, aber das hätte nur Radus andere Knechte auf den Plan gerufen und wir hätten immer noch nicht gewusst, wo sein Bau sich befindet. Also warteten wir. Es folgten weitere Warnungen von unserem Vater in seiner Grube; schließlich sahen wir eine Gelegenheit, uns jemanden von Mirlus Leuten zu schnappen – das Mädchen. Wir bekamen zwar nicht viel aus ihr heraus, aber gewissermaßen erfuhren wir doch etwas. Zumindest zeigte sie uns, wie viel Macht Radu über seine Leute hat. Noch nicht einmal unserem Vater gelang es, in sie zu dringen ... nun ja, in gewisser Weise schon. Vielleicht wusste sie aber auch gar nichts? Jedenfalls war sie bloß eine Sklavin. Oh? Immerhin gehörte sie zu seinem Gefolge. Und offensichtlich sorgt er für die Seinen, selbst noch von seinem geheimen Bau aus. Wie sie uns nach all den Jahren auf die Spur kamen und schließlich ausfindig machten ... wer vermag das schon zu sagen? Aber es gelang ihnen. Und letzte Nacht schlug der Hunde-Lord zurück und traf uns da, wo es am meisten schmerzt. Doch wozu braucht jemand wie er schon Geld? Wie du und ich nur zu gut wissen, bedeutet Geld in dieser modernen

Welt alles! Vor allem für jemanden, der vorhat, sich seine alte Stellung zurückzuerobern, und zweifellos eine eigene Machtbasis errichten, seine eigene Armee aufbauen will. Und welch wunderbare Ironie, das Ganze mit dem Erlös aus einem Schlag gegen seine schlimmsten Erzfeinde zu finanzieren!«

»Aber wir sind *nie* seine Feinde gewesen!«, brach es aus Francesco heraus. »Wie denn? Nach zweitausend Jahren? Radus Feinde waren doch schon lange tot, ehe wir überhaupt geboren wurden!«

»Vielleicht hättest du unserem Vater besser zuhören sollen, als … als du noch Gelegenheit dazu hattest«, sagte Toni. »Denn für die Wamphyri ist das Blut das Leben. Und eine Blutfehde ist eine Blutfehde, die so lange kein Ende findet, bis ... bis sie eben zu einem Ende kommt. Dieser Radu *wird* danach streben, Rache zu nehmen, Rache für irgendwelche Verbrechen, die vergangene Generationen in einer anderen Welt, zu einer anderen Zeit gegen ihn verübt haben sollen.«

»In einer anderen Welt, zu einer anderen Zeit!«, äffte Francesco ihn nach. »Mythen und Legenden – und Lügen, natürlich. Sag mir doch, woher unser lieber Vater das wissen soll! Wie denn? Er kannte ja noch nicht einmal *seinen* Vater, Waldemar Ferrenzig! Woher also soll er über die Geschichte der Wamphyri Bescheid wissen? Was macht ihn denn zu einem solchen Experten?«

Für die offenkundige Naivität, die Dummheit und kleinliche, streitsüchtige Natur seines Bruders hatte Antonio nur ein trockenes Lächeln übrig. »Jetzt weiß ich, dass du Wortspiele spielst«, sagte er. »Oder bist du wirklich so dumm und streitest nur um des Streitens willen? Unserem ›lieben Vater‹, wie du ihn nennst, standen Jahrhunderte zur Verfügung, um etwas über seine Vorfahren in Erfahrung zu bringen. Ich werde dir jetzt etwas sagen, was du noch nicht weißt, denn damals warst du ja unterwegs in den USA, Rom und Berlin. Es war eine äußerst schwere Zeit.«

»Was, der Zweite Weltkrieg?«

»Genau. Erinnerst du dich noch an die Landung der Amerikaner?«

»Natürlich. Ich war doch dein Mittelsmann, ›Emilio‹ Francezcis Vertreter in Amerika! Wer hat denn die Verhandlungen um

Lucianos Freilassung als Ausgleich für eine nicht zu heiße Landung der amerikanischen Invasionstruppen geführt? Und außerdem noch darauf geachtet, dass in unmittelbarer Nähe der Manse Madonie keine Granaten einschlagen!?«

Toni lächelte. »Das war nicht der einzige Gegenstand deiner Verhandlungen. Unser geliebter Vater erzählte mir von einem Plan, den er ausgearbeitet hatte: Es ging um einen schweren Luftangriff auf das von den Nazis besetzte Gebiet in Rumänien nördlich von Ploiesti. Die Bomben mussten haargenau ins Ziel gehen.«

»Ich entsinne mich«, erwiderte Francesco. »Es war ein Geheimtreffen deutscher Top-Strategen angesetzt. Sie kamen zusammen, um dem Krieg, den sie bereits am Verlieren waren, eine neue Wendung zu geben. Das war eine wertvolle Information, und Angelo wollte, dass ich sie den Amerikanern übermittle. Der Ort des Treffens war das Ziel für die Bomber. Anschließend sollten sie abdrehen und die Ölfelder von Ploiesti angreifen. Was ist damit?«

»In der Nacht des 1. August 1943 befand sich nördlich von Ploiesti nicht ein einziger hoher deutscher Offizier«, sagte Toni. »Nur eine kleine Siedlung am Stadtrand, eine Ansammlung herrschaftlicher Häuser und gepflegter Gärten. Und in einem dieser Häuser ... ein Ferenczy!«

»Was?« Francesco legte die Stirn in Falten. »Was sagst du da?«

»Der Bruder unseres Vaters, ein Blutsohn Waldemars, allerdings von einer anderen Mutter – mit anderen Worten: unser *Onkel*, Francesco! – lebte dort. Und zwar seit Jahrhunderten! Er hieß Faethor und stellte eine Bedrohung dar oder hätte sich unter Umständen dazu entwickeln können. Unser Vater betrieb seine Nachforschungen *derart*, dass er von Faethor wusste, ohne dass dieser überhaupt eine Ahnung von ihm hatte! Und er ist von so bösartiger Intelligenz, dass er Faethor aus dem Weg räumen ließ, ohne dass jemals jemand auf den Gedanken kommen könnte, er beziehungsweise wir hätten irgendetwas damit zu tun gehabt. Hätte Faethor überlebt, hätte er niemals geahnt, dass die Bomben jener Nacht einzig und allein für ihn bestimmt waren! Aber wie dem auch sein mag, er überlebte ja nicht.«

»Und ich hatte nicht die geringste Ahnung davon!? Ihr habt mir nie etwas gesagt?« Die Falten auf Francescos Stirn wurden tiefer, sein Gesicht noch finsterer. Es sah so aus, als würde er gleich explodieren.

Beschwichtigend hob Toni die Hand. »Du musstest doch die Verhandlungen führen. Du warst unser Verbindungsmann zu den Amerikanern – und anderen. Hättest du Bescheid gewusst, hättest du deine Geschichte bestimmt nicht mit derselben Überzeugungskraft vorgetragen!«

»Ich habe alles für den Tod meines eigenen Onkels vorbereitet?«

»Ehe er etwas über dich herausfinden und deinen Tod arrangieren konnte, ja.«

»Ich weiß nicht, was ich davon halten soll ...«

»Nimm es so, wie es gemeint war. Angelo – er und ich – wollten dich, uns, die Francezcis schützen.«

»Ohne dass ich etwas davon wusste? Die ganzen Jahre ...«

»Du warst jahrelang *weg!* Und es war nur ein einziger, kleiner Vorfall. Ich wäre gar nicht darauf gekommen, hättest du nicht die Autorität unseres Vaters in derlei Angelegenheiten infrage gestellt. Dabei verhält es sich so, wie ich sage: Er *ist* eine Autorität, im Wesentlichen aufgrund der Nachforschungen, die er in seiner Jugend anstellte. Und was er dabei herausfand, brachte ihn zu dem Schluss, dass *sein* – *unser* Weg – der richtige war.«

»Unser Weg?«

»Macht durch Reichtum zu schaffen, durch Geheimhaltung und rituelle Verschwiegenheit, Francesco. Weshalb sind die Sizilianer so, wie sie sind? *Omerta!* Es liegt an der Mafia. Und weshalb gibt es die Mafia? Wegen der Francezcis. Und weshalb waren wir bislang – bis letzte Nacht – unantastbar? Weil wir den Mittelpunkt eines geheimen Schreckens-Imperiums darstellen. Und weshalb das alles? Wegen der Fähigkeiten von Angelo Francezci! Er weiß von allem etwas und kennt selbst die Zukunft. Und ihm war klar, dass die Blutkriege noch nicht vorüber sind!«

»Ha!«, schnaubte Francesco. »Die Sünden unserer Väter, ist es das? Aber in einer anderen Welt, einer anderen Zeit? Haben wir das auch noch geerbt?«

»Allem Anschein nach ja, genauso wie alles andere auch. Hast du es denn nicht genossen? Was? Und ist es etwa nicht wert, dafür zu kämpfen? Du meinst, wir seien keine Feinde des Hunde-Lords ... ach, wirklich? Dabei sind die Ferenczys doch seit undenklichen Zeiten, länger als deine oder meine Erinnerung zurückreicht, mit ihm verfeindet. Als wir diese junge Frau raubten, um sie eingehend zu verhören, entfachten wir den alten Hass aufs Neue und brachten das Fass zum Überlaufen. Ja, und sein Hass lodert hoch, Francesco ...«

»Wir müssen ihn finden.« Francesco wirkte bleicher denn je.

»Ihn?«

»Den Eindringling. Ihn finden, alles, was er weiß, aus ihm herausquetschen, und ihn dann umbringen!«

Toni schüttelte den Kopf. »Nein, wir müssen *sie* ausfindig machen. Sie alle miteinander. Die Lykans und die Drakuls, wir müssen herausfinden, wo ihre Festen sind, und all ihre Knechte bis zum letzten Mann aufspüren. Und wir müssen es bald tun. Dann – und nur dann – können wir gegen sie vorgehen, und zwar wiederum im Verborgenen.«

»Eine Blutfehde«, sagte Francesco nachdenklich.

Doch abermals widersprach ihm sein Bruder. »Ich würde es eher einen Blutkrieg nennen. Oh ja, denn dabei könnte es sehr heiß hergehen! Nach außen hin allerdings muss alles ganz ruhig aussehen – niemand darf etwas davon mitbekommen. Wir müssen unseren Verstand einsetzen, so wie seinerzeit Angelo. Es sollte etwas in der Art sein wie damals jener Bombenangriff auf die ›deutschen Top-Strategen‹.«

»Uns steht also definitiv ein Krieg bevor?«

»Er hat doch schon begonnen. Und es nützt auch nichts vorzugeben, man wisse nichts davon oder habe nichts damit zu tun; denn genau wie beim letzten Mal sind wir Ferenczys diejenigen, die ihn angefangen haben.«

»*Zur Hölle* noch mal!« Francesco hieb mit der Faust auf den Schreibtisch, dass die Papiere nach allen Seiten verstreut wurden.

»Ja, zur Hölle!«, pflichtete Toni ihm bei. »Oder vielleicht auch zu Ruhm und Ehre! Wir sind im Vorteil, Bruder. Radu ist noch nicht zurückgekehrt, wir dagegen sind bereits hier! Zudem verfügen wir nicht allein über die Informationen, die wir von einem gewissen – nun, ›abscheulichen Wesen?‹ – erhalten, sondern haben auch Zugang zur Mafia und zum KGB und zahllosen Kontaktleuten bei der CIA.

Und was nun diesen Harry angeht, wer auch immer er sein mag: Er dürfte Sizilien mittlerweile verlassen haben. Aber wir wissen, wo wir ihn finden können: bei Radus Leutnant, dieser Frau, Bonnie Jean Mirlu! Und wo sie zu finden ist, das wissen wir genau – und über sie finden wir auch Radu.«

»Das ist alles sehr interessant«, entgegnete Francesco. »Aber vergisst du dabei nicht etwas – zum Beispiel, wie verwundbar wir sind? Sie haben bereits einmal bei uns zugeschlagen. Was soll sie davon abhalten, es ein weiteres Mal zu tun? Ich meine, dieser ›Harry‹ muss so etwas wie ein Gespenst sein! Wir haben ja sogar das Wort unseres Vaters dafür, dass er ›mit den Toten redet‹! *Hah!*«

»Wir *waren* angreifbar, zugegeben«, erwiderte Toni. »Aber das ist nun vorbei. Von jetzt an werden Tag und Nacht Patrouillen unterwegs sein, Posten vor der Schatzkammer, und an jedem Zu- oder Abgang Männer auf den Mauern. Le Manse Madonie muss zu einer Festung werden. Und dann, wenn wir im Umkreis von einer Meile auch nur einen Fremden wittern ...« Er ließ die Drohung unausgesprochen.

Endlich war Francesco überzeugt. »Alles, was du sagst, macht irgendwie Sinn«, meinte er. »Vor allem die Sache mit der Informationsbeschaffung. Warum sollten wir unsere Kontaktleute nicht auch mal für uns einsetzen. Bisher haben wir ihnen Informationen verkauft, weshalb also nicht einmal etwas zurückkaufen? Wir selbst brauchen gar nicht in Erscheinung zu treten, jedenfalls nicht zu sehr. Die CIA und der KGB können das für uns erledigen. Unser Vater meint, dieser Harry sei kein gewöhnlicher Mann ... Ha! Als hätten wir dafür nicht schon genügend Beweise! Aber das muss doch auch heißen, dass es irgendwo etwas über ihn gibt!?«

»Gut!«, zeigte Toni sich begeistert. »Am besten, du schickst sofort Kopien dieser Fotografien los. Falls irgendjemand etwas über ihn weiß, werden wir es erfahren. Unterdessen kümmere ich mich um die Sicherheitsvorkehrungen. Wir haben ein ganzes

Netz an Kontakten, Bruder, und das sollten wir nutzen. Aber so, dass kein Mensch etwas davon merkt! Ich betone noch einmal: Die Welt darf nichts von unserem geheimen Krieg wissen oder auch nur etwas ahnen. Denn sollten sie etwas mitbekommen, würden sie uns – uns alle – mit aller Gewalt bekämpfen! Unser Vater ist der Ansicht, es dauert noch zwei, drei Jahre, bis Radu Lykan wieder erwacht. Dann wird er am schwächsten sein, in der Stunde seiner Auferstehung. Nun, zwei, drei Jahre sollten genügen, ihn ausfindig zu machen. Also noch einmal: Mit Bedacht vorgehen, heißt die Devise! Und wir sollten auf Nummer sicher gehen, dass, was auch immer unter die Räder kommt, wir nicht dazugehören ...«

Eines Morgens erwachte der Necroscope Harry Keogh in seinem Haus am Rande von Bonnyrigg und stellte fest, dass zwei Jahre verstrichen waren. Natürlich hatte er mitbekommen, wie die Zeit verging; dennoch überraschte es ihn. Von Herbst zu Herbst und wieder zu Herbst, als läge nur eine einzige Nacht dazwischen. Er sah es an den Blättern. Allmählich nahmen sie wieder dieselbe Farbe an wie damals, als er zum ersten Mal mit B. J. klettern gegangen war.

Zwei Jahre? War das schon so lange her? Vielleicht war es ja nur eins!

Verwirrt schaute er in seinem Kalender nach, obwohl er wusste, was er dort finden würde. Zwei Jahre, ganz recht!

Und abermals machte er sich Gedanken über sein nachlassendes Gedächtnis. Alzheimer? Gott, nein! *Dafür* war er doch noch viel zu jung! Ein Nachhall von Alec Kyles Talent und all seinen Problemen? Glich Harrys Gehirn die flüchtigen Blicke in die Zukunft aus, indem es dafür Bruchstücke seiner Vergangenheit einbüßte? Aber Kyles »Probleme« – insbesondere das Trinken – waren verschwunden, hatten sich der stärkeren Persönlichkeit Harrys untergeordnet oder waren mit ihr verschmolzen; und Kyles zweifelhaftes Talent hatte sich – bislang jedenfalls – auch nicht mehr gemeldet.

Aber zwei Jahre! Während Harry sich anzog, versuchte er, sich diese Zeit ins Gedächtnis zu rufen. Er war ein bisschen seiner

Suche nachgegangen – nach seiner Frau und dem Kleinen selbstverständlich. Nur mittlerweile ... vergaß er mitunter bereits, wie Brenda ausgesehen hatte; und dies lag nicht an seinem Gedächtnis. Jedenfalls nicht am Langzeitgedächtnis.

Er sah sie als junges Mädchen vor sich, in Harden an der Küste; in den Schulferien ... am Strand ... in den Wäldern ... bei langen Spaziergängen ... ihre ersten unbeholfenen Versuche, einander zu lieben. Danach nichts mehr. Es war Trauer, doch das wusste Harry nicht. Es war, als wäre Brenda gestorben und als habe sein Geist eine Möglichkeit gefunden zu vergessen. Zu vergessen, wie sie sich anfühlte, wenn sie in seinen Armen lag, wie er sich gefühlt hatte, wenn er in ihr war. Ihre Zeit als Erwachsene, das, was von Bedeutung war, war wie weggeblasen. Er hatte es verdrängt, einfach vergessen – und sei es auch nur, um nachts, wenn er allein war, Schlaf zu finden.

Und was den Kleinen betraf: nichts. Er wusste nicht einmal mehr, wie er aussah, konnte sich an keinen einzigen seiner Züge erinnern. Sahen denn, außer für die Mutter, nicht alle Babys gleich aus? Ein Baby ist ein Baby. Und, zum Teufel noch mal, Harry Junior war überhaupt kein Baby mehr (war er jemals eins gewesen?). Er war jetzt ein Kleinkind, fast vier Jahre alt – aus der Sicht seines Vaters verlorene Jahre. Harry fragte sich, ob er Harry Junior und dessen Mutter überhaupt noch erkennen würde, sollte er ihnen zufällig auf der Straße begegnen.

Aber immerhin *hatte* er seine Suche fortgesetzt – ganz persönlich und vollkommen unabhängig von den Heerscharen an Privatdetektiven, die nun an seinem Fall arbeiteten. Die englische Westküste von Maryport bis Blackpool ... der River Derwent bei Workington ... Touristen auf fünfzig verschiedenen Strandpromenaden, und allesamt trugen sie Hüte mit der Aufschrift »Küss mich« ... Blackpool in Festbeleuchtung und der futuristische Stahlturm, angestrahlt wie ein grellbunter Leuchtturm, dessen schimmerndes Licht durch die regnerische Nacht tanzte. Und natürlich auch die Ostküste noch einmal: Whitley Bay, Seaton Carew und Redcar; Marske und Saltburn-by-the-Sea; Whitby und Robin Hood's Bay. Doch es waren alles nur Klischeevorstellungen – irgendwie unwirkliche Bilder, Szenen, die an der Oberfläche seiner Erinnerung trieben, ohne dass er sie irgendwo festmachen konnte, so als sei er niemals dort gewesen! Doch das war unmöglich, denn er hatte diese Orte von seiner Liste gestrichen. Aber jedes Mal, wenn er versuchte, sich ein bestimmtes Ereignis oder einen bestimmten Ort ins Gedächtnis zu rufen, dann war da: nichts! Hin und wieder ertappte er sich sogar bei dem Gedanken: *Da pfuscht jemand in meinem Geist herum!*

Zuletzt gab er es auf. Sollten die Profis das erledigen. Allerdings schienen sie auch nicht mehr Glück zu haben als er. Nur, dass er sie bezahlen musste. Und wenn nicht der Necroscope persönlich, dann eben jemand anders.

Und er ließ so einige Leute dafür bezahlen, darunter die einflussreichsten Yakuza-»Familien« Japans, deren illegale Einkünfte so hoch waren, dass sie eine eigene Bank betrieben, mehrere potenziell gefährliche Ölpotentaten und ein tschechischer Waffenhersteller, der für seine Geschäfte mit Terroristen bekannt war. Bislang beliefen sich die Kosten auf zwanzig Millionen Pfund, beziehungsweise deren Gegenwert, und ein Ende war nicht abzusehen. Noch zwei, drei Monate, dann würde Harry seine Finanzen wieder aufbessern müssen. Und da es keinen Mangel an stinkreichen Schurken gab, sollte ihm dies nicht allzu schwerfallen ...

Doch allein der Gedanke an Schurkereien – schon das Wort, die bloße Vorstellung – rief ganz andere Gefühle in ihm wach. Zunächst einmal fühlte sich Harry selber wie ein Opfer; weshalb, vermochte er allerdings nicht zu sagen. Schlimmer, er kam sich auch noch niederträchtig vor. Und zwar nicht wegen seiner vielen Diebstähle – seine Aktivitäten zur Geldbeschaffung sah er eher als Spendensammeln an und sich selbst als eine Art modernen Robin Hood. Nein, es lag an seinem Seitensprung. Er fühlte sich schuldig.

Ganz gleich, wie oft er sich ins Gedächtnis rief, dass seine Frau, Brenda, ja ihn verlassen hatte, kam *er* sich doch wie der Übeltäter vor. Ja, als wäre er ein Tier. Bevor er B. J. begegnet war, hatte der Necroscope an Menschen niemals in der Kategorie von Tieren gedacht, nun hingegen schon. Und wenn er mit ihr zusammen war, war seine sexuelle Gier mit Sicherheit animalisch.

Und die ihre ebenfalls! Liebe? Schon möglich, dass er sie liebte und sie ihn. Aber die Wildheit, mit der sie sich liebten! Harry redete sich ein, dass er verzweifelt etwas nachholen, sich etwas zurückerobern wollte, das ihm genommen worden war, und sei es auch nur durch die Umstände. Gleichzeitig jedoch musste er sich eingestehen, dass er nie zuvor eine solche Faszination empfunden hatte. B. J. *war* zweifellos faszinierend!

Und wie sah es mit ihr aus? Was hatte sie davon? Bloße Lust? Am Anfang vielleicht, doch nun hatte Harry den Eindruck, dass es tiefer ging. Um wie viel tiefer? Was, wenn er jetzt Brenda fände? Was, wenn sie es sich anders überlegte und beschloss zurückzukehren und mit einem Mal vor ihm stehen würde? Wo würde B. J. da noch hineinpassen? Wollte er Brenda überhaupt wiederhaben?

So drehte sein Schuldkomplex – falls es denn einer war – sich im Kreis. Und verstärkte nur die Vorstellung, er sei ein brünftiges Tier, das nur die Erfüllung seiner eigenen Lust kannte. Vielleicht erklärte dies auch seine Träume ...

Harrys Träume – insbesondere seine Albträume – waren schon immer sehr vielschichtig gewesen, doch noch nie so verworren wie jetzt. Er konnte sich zwar nie so recht erinnern, worum es eigentlich ging, doch stets spielten Tiere dabei eine Rolle. Vor allem der Wolfsfetisch (zweifelsohne hervorgerufen von den Ereignissen in London vor fast drei Jahren) kam immer wieder vor.

In der Regel träumte er von B. J., für gewöhnlich, wenn er allein war; der Albtraum begann, wenn sie in seinen Armen lag und ihm in die Augen blickte. Dann erhob sich jedes Mal der Mond über dem Fenstersims und schien *ihr* direkt in die Augen – die sich daraufhin verwandelten ...

... von leicht schräg stehenden, haselnussbraunen Ovalen in tierhaft gelbe, dreieckige Schlitze, die zunächst golden schimmerten und dann die Farbe von Blut annahmen. Und schließlich ... schließlich quollen Blutstropfen daraus hervor! Das Bild verschwamm, und vor dem hellen Rund des Mundes zeichnete sich düster der Umriss ... stets ein und derselbe ... eines Wolfsschädels ab, weit in den Nacken gelegt zu einem entsetzlichen Geheul!

Allein der Gedanke an dieses Bruchstück (denn um mehr handelte es sich nicht) reichte aus, es vor seinem geistigen Auge erstehen zu lassen und dem Necroscopen einen eisigen Schauer über den Rücken zu jagen, obwohl der Morgen warm und sonnig war. Strahlender Sonnenschein fiel durch Harrys Schlafzimmerfenster und bildete helle Flecken auf den glänzenden Fußbodendielen, während Harry zitternd dasaß und dem verhallenden, an- und abschwellenden Geheul seines Traumes lauschte ...

Er schüttelte sich, streifte seine Schuhe über und versuchte es mit körperlicher anstelle von geistiger Beschäftigung. Er wusste, was er heute *gerne* tun würde: mit seiner Mutter sprechen! (Gott, noch etwas, weswegen er Schuldgefühle haben musste!) Wie lange war es jetzt her? Viel zu lange, dessen war er sich sicher. Wahrscheinlich dachte sie schon, er hätte sie vergessen. Doch wie konnte er mit ihr reden? Sie würde ihm unweigerlich Fragen stellen, die er ihr unmöglich beantworten konnte. Und wenn er seine Gedanken abschirmte, würde sie es sofort merken und annehmen, dass er etwas vor ihr verbarg. Und selbstverständlich verbarg er etwas vor ihr, nämlich B. J.!

Bonnie Jean. Diese Frau ging ihm nicht aus dem Kopf. Vor allem um diese Zeit nicht. Heute Nacht war Vollmond. Heute Abend würde er sie nicht sehen. Nach zwei Jahren wusste er, dass B. J. ... ihre Launen hatte und bei Vollmond gern allein war, weshalb auch immer. Sie war eben eine Frau, sagte sich Harry, das gehörte nun mal zu ihrem Zyklus. Und alle drei Monate machte sie sich garantiert für drei oder vier Tage allein in ihre geliebten Highlands auf. Klettern und Jagen, egal zu welcher Jahreszeit. Sie hatte versprochen, ihn demnächst einmal mitzunehmen. Und in der Tat hatten sie bereits einen Termin dafür ausgemacht: genau heute in einem Monat. Nun, wenigstens hätte er dann etwas zu tun. Dann müsste er nicht ständig nach der Post sehen, um endlose Negativberichte über den Verbleib Brendas und des Babys aus dem Briefkasten zu holen. Also freute er sich darauf ...

... und gleichzeitig auch wieder nicht. Er wusste selbst nicht, warum ...

B. J. ging es nicht anders.

Die zweijährige Probezeit war um. Sie hatte sich davon überzeugt, dass Harry keine heimlichen Hintergedanken hatte und auch nicht unter dem Einfluss von irgendjemand anderem stand. Er war geübt in ihren Klettertechniken. Nicht dass sie davon ausging, dass er ein ausgiebiges Training gebraucht hätte; aber wenigstens war dies ein Vorwand gewesen, nicht gleich die gefährlichste aller Touren mit ihm zu wagen ... bis jetzt. Denn Radu war zu dem Schluss gelangt, dass es an der Zeit sei, seinen »Mann mit den zwei Gesichtern«, diesen ach so Geheimnisvollen endlich persönlich kennenzulernen. Obwohl der Hunde-Lord wusste, dass die Zeiten nicht sicher waren, hatte er darauf bestanden, dass B. J. Harry zu seinem Bau in den Cairngorms brachte; und ihr war klar, dass er dies trotz der Gefahr befohlen hatte, weil er nun gezwungen war, die Stunde seiner Wiederauferstehung vorzuverlegen.

Gefährliche Zeiten, ja – für Radu ebenso wie für Bonnie Jean und nicht zuletzt auch für Harry.

Für Radu, weil er verwundbar war. Für B. J., weil sie wegen ihrer Unentschlossenheit und ihres sich immer mehr entwickelnden Vampirs, der ständig nur danach strebte, die Autorität ihres Gebieters infrage zu stellen und zu untergraben, unsägliche Qualen litt. Und für Harry, weil er als Katalysator diente; und dies gleich in mehrerlei Hinsicht.

Zum einen hatte Harry es B. J. angetan. Sie hatte sich mittlerweile an ihn gewöhnt und wollte ihn für sich selbst; eine Zukunft ohne ihn als Sklaven mochte sie sich einfach nicht mehr vorstellen – aber war sie nicht auch, wenigstens zum Teil, seiner Faszination erlegen? Nun, schon möglich. Zum andern war aber auch Radu von ihm fasziniert. Denn in Harry sah der Hunde-Lord seine Zukunft; die Alternative wäre ein womöglich verkrüppelter, noch immer kranker, zu nichts mehr fähiger Körper. Und schließlich ließ er auch die Francezcis nicht mehr los ...

Harrys »Späher«, sein »heimlicher Beobachter«, war wieder gesichtet worden, im Verlauf der vergangenen beiden Jahre sogar mehrmals. Sogar Bonnie Jean hatte ihn eines Nachts gesehen; durch die hauchdünnen Vorhänge ihres auf dem Dachboden gelegenen Schlafzimmers hatte sie einen flüchtigen Blick auf ihn erhascht – auf einen unheimlichen, auf der anderen Straßenseite in einem düsteren Eingang lauernden Schatten, der dort verstohlen Wache hielt. Und jemand war ihren Mädchen gefolgt, wenn sie von der Arbeit nach Hause gingen. Das Kommen und Gehen von B. J.s kleinem Rudel war bekannt.

Hin und wieder sprach eines der Mädchen davon, jemanden gesehen zu haben, ein Gesicht in der Menge in der Düsternis eines warmen Abends. Das Festival war in vollem Gang, und die Touristen strömten zu Tausenden in die Stadt. Das Schloss auf dem Felsen war so hell erleuchtet wie ein Weihnachtsbaum. Für gewöhnlich war dies eine gute Zeit für B. J. und das Rudel. Im Gewühl der Nacht konnte der ein oder andere Fremdling ohne Weiteres verschwinden. Immerhin sahen Bonnie Jeans Mädchen allesamt verteufelt gut aus. Im Moment allerdings waren sie auf der Hut wie nie zuvor. Sie fürchteten jenes Gesicht, jene Gestalt, jenen Späher; denn B. J. kannte ihn. Sie hatte ihn schon einmal gesehen vor gut ... zehn, zwanzig oder dreißig Jahren.

Wache Vogelaugen in einem verknitterten, alten Gesicht; Augen, die im einen Moment grau und im nächsten mattsilbern wirkten, wie die Augen eines Tieres bei Nacht. B. J. begriff sehr wohl, was hier los war. Es waren tierhafte Augen – die Augen eines Knechtes! Die stark geäderte, sich vorn an der Spitze verbreiternde Nase und der viel zu breite Mund, der energische Kiefer ... Insgesamt wirkte das Gesicht grau und alt. Doch nicht anders als sie veränderte auch er sich nicht und wurde nicht älter, und bisher war er sorgsam darauf bedacht gewesen, sich nicht allzu häufig zu zeigen.

Selbstverständlich hatte sie Radu wissen lassen, dass sie in letzter Zeit verstärkt überwacht wurde. Womöglich hatte dies ihn bewogen, seine Rückkehr voranzutreiben. Und nun wollte er Harry sehen, um festzustellen, ob dieser ein passendes Gefäß für seine Auferstehung abgeben würde, aber auch um herauszufinden, ob er ihn tatsächlich als Spion in die Welt hinaussenden und so eine sinnvolle Verwendung für ihn finden konnte, ehe er ... seinen *eigentlichen* Zweck erfüllte. B. J. sorgte sich zwar darum, was ihrem Geliebten alles zustoßen konnte. Der Hunde-Lord hingegen verschwendete keinen einzigen Gedanken daran. Denn wenn dieser Harry Keogh in der Tat der Schlüssel zu Radus Zukunft war ... nun, dann stand diese ohnehin bereits fest.

Falls er derjenige war, den Radu in seinen Träumen vorhergesehen hatte, dann würde er gewiss auch bei Radus Auferstehung anwesend sein. Bis dahin würde ihm schon nichts geschehen ... *bis dahin nicht.* Oh, der Hunde-Lord wusste nur zu gut, wie trügerisch die Zukunft sein konnte, doch was vorhergesehen war, war vorhergesehen und würde auch eintreten, so sicher wie der Mond seine Kreisbahn vollzog. Nichts konnte daran etwas ändern ...

Diese »Fakten« pflanzte Radu in B. J.s Bewusstsein, ganz ähnlich wie sie Harrys Geist geprägt hatte. Dies war notwendig geworden, weil der Hunde-Lord mitbekam, was in seiner Leutnantin, die schon so lange – womöglich zu lange – lebte, vorging. Während die Jahreszeiten verstrichen und die Stunde von Radus Erwachen näher und näher rückte, hatte er bei jedem ihrer vierteljährlichen Besuche ihren Widerwillen gespürt und gefühlt, wie sie sich mehr und mehr gegen seinen Bann sträubte. Es hatte den Anschein, als wolle sie sich ... ihm *entziehen.*

Natürlich wusste er bereits seit Jahren, dass sie eine Wamphyri war. Doch solange er hilflos und verwundbar hier im Harz festsaß, war er gezwungen, dies vor ihr zu verbergen. Nicht dass er an seinen eigenen Kräften zweifelte; aber er war nicht in der Lage, ihre unentwegt wachsenden Fähigkeiten einzuschätzen. Denn unter den Großen Vampiren stellte B. J. eine seltene Ausnahme dar: Ihr Aufstieg war weder durch die Übertragung eines Eis noch eines Egels geschweige denn durch das Einatmen irgendwelcher Sporen zustande gekommen; auch nicht durch den »Biss der Verwandlung« (fast völligen Verlust des Blutes, das dann durch Unmengen an metamorpher Vampiressenz ersetzt wurde; die »natürliche« Folge davon waren Untod und wahrer Vampirismus). Und auch von Geburt her stand es ihr nicht zu. (Bonnie Jeans Eltern gehörten als Mondkinder zwar zur Blutlinie, aber sie waren nur gemeine Knechte und zum Großteil noch Menschen gewesen, so wie der Alte John.)

Nein, nichts davon hatte Bonnie Jeans Aufstieg zuwege gebracht. Sie hatte es einfach durch Willenskraft geschafft. Oh, es steckte noch mehr dahinter – immerhin war ihr Blut »vorbelastet«. Mehr als vier Jahrhunderte lang hatten ihre Vorfahren als Knechte gedient. Seit weiteren zweihundert Jahren stand sie in regelmäßigem Kontakt mit einem der »ursprünglichsten« Vampire und Lykanthropen überhaupt, nämlich Radu Lykan; hinzu kam die fast endlose Verlängerung ihres Daseins auf Kosten anderer. Doch im Wesentlichen traf es schon zu – Bonnie Jeans Wille hatte es bewirkt. Daran mochte man absehen, welch eine Vampirlady aus ihr werden würde – *sofern* ihr Gebieter dies zuließ. Was er selbstverständlich nicht vorhatte ...

In der Vergangenheit – *während* der vergangenen zweihundert Jahre – hatte B. J. Radu am Leben erhalten. Ohne ihre Fürsorge wäre er jetzt nur noch ein verschrumpeltes, wahrhaft totes Ding. Vielleicht hätte in ein paar Millionen Jahren, wenn seine Gebirgshöhle längst eingestürzt war, irgendjemand seine Überreste ausgegraben und sich gefragt, was es mit diesem uralten, in Bernstein konservierten, verknöcherten Etwas, diesem hunde- oder wolfsartigen Menschen – einem einzigartigen Exemplar der Gattung *homo lupus?* – auf sich haben mochte. Doch so weit würde es niemals kommen, und dafür sollte er ihr wohl dankbar sein.

Andererseits lebte sie bereits viel zu lange, sie hatte ihre Lebensspanne um mindestens hundert Jahre überschritten und war immer noch jung; und *dies* verdankte sie ihm! Und sie war ja auch dankbar und hatte sich stets als loyal erwiesen ... nur in letzter Zeit nicht. Denn allmählich machte sich der Einfluss ihres Egels bemerkbar.

Radu hatte es in ihrem Blut geschmeckt, in ihr gespürt, wie sie hin- und hergerissen war zwischen dem Gehorsam zu ihm und dem Drang, ihren »Instinkten«, ihrem sich immer mehr entwickelnden Parasiten zu folgen. Aber mehr noch spürte er ihre Unentschlossenheit, die Furcht in ihr. Ihre Ungewissheit angesichts der Zukunft: B. J. war klar, dass dort draußen die Ferenczys und zumindest ein Drakul warteten; würde sie in der Lage sein, ohne Radu mit ihnen fertig zu werden? ... Außerdem hatte sie Angst vor ihm. Oh, er hatte ihr das Blaue vom Himmel versprochen; doch da war sie noch eine Sklavin gewesen. Nun war sie eine Lady! Und was war mit diesem Harry? Wie würde er sich machen, wenn Radu erst auferstanden war? Würde er Radu *sein?* Und wenn ja, in welcher Gestalt? Würde er den Körper und das Aussehen eines Menschen behalten ... oder so werden wie der Hunde-Lord?

Bonnie Jean war zwar eine Lady, aye, doch ihre Gedanken und aufgewühlten Emotionen waren immer noch diejenigen einer Frau, allerdings von ihrem Parasiten angestachelt. Doch ein Vampir ist nun mal ein Vampir, und ein Großer Vampir eben ein Wamphyri! Sie hegte bereits Zweifel ... was mochte in einhundert Jahren sein? Die Zeit, in der Radu sich um sie kümmern musste, würde unweigerlich kommen, soviel wusste er. Warum also nicht in der Stunde seiner Wiederauferstehung, wenn er ihrer am meisten bedurfte?

Dieser Gedanke war ihm nicht neu, derartige Überlegungen hatte er bereits früher angestellt. Doch nun handelte es sich um weit mehr als lediglich eine Vorstellung, es war eine Notwendigkeit. Was denn? Sie liebte einen Mann! Er war bloß ein Mensch! Radu hatte ihr zwar geraten, ihren Körper hinzugeben, nicht jedoch ihre Seele! Die gehörte ihm; oder wenn schon nicht ihm, dann doch demjenigen, der die Seelen einsammelte, wer auch immer dies sein mochte, wenn sie ihrem Körper entflohen ...

Nun, da es entschieden war, konnte der Hunde-Lord das wunderbare Festmahl, das ihm bevorstand, kaum noch erwarten! Oh, er hatte auch zuvor schon von Bonnie Jeans Nektar gekostet. Doch sich nun alles zu nehmen – *sie* zu nehmen, wie oft hatte er schon davon geträumt – sie einerseits ganz auszufüllen, während er sie andererseits ihres Lebenssaftes beraubte ... Allein der Gedanke daran war köstlich! Doch die größte Delikatesse, B. J.s noch unreifen Parasiten, wollte er sich bis ganz zum Schluss aufheben, um seine bereits seit Jahrhunderten währende Enthaltsamkeit zu brechen ...

So lag er also in der gelben, klebrigen Flüssigkeit seines Sarkophages und gab sich der Gier seines Egels hin. Denn selbstverständlich handelte es sich bei alldem nicht allein um die Pläne des Hunde-Lords, sondern in der Hauptsache um diejenigen seines Vampirs, ebenjener Kreatur, von der alles, was er war, herrührte. Durch das Talent seines Egels oder vielmehr dessen vampirischen Einfluss auf seine Fähigkeiten *wusste* Radu, wie die Zukunft sein würde. Denn es war ihm gegeben, sie vorherzusehen, zumindest einen kleinen Teil davon:

Der Geheimnisvolle (dieser Harry Keogh?) *mit irrem Blick und Augen voll lodernder Leidenschaft. Lag dies etwa an seinem neuen Wissen – womöglich an seinem neuen Dasein –, nachdem Radus Seele in ihn gefahren war? Und seine Sklavin, Bonnie Jean, nur noch eine bleiche, völlig ausgelaugte Hülle, ein Nichts ... Radu Lykan hingegen erstrahlte, aus dem Harz auferstanden, hell wie der Mond in all seiner Pracht! Und die Welt der Menschen erzitterte und sank taumelnd in die Knie angesichts einer Heimsuchung, gegen die der Schwarze Tod eine harmlose Kleinigkeit war ...*

Doch nicht einer von ihnen sollte wegen Radu sterben, jedenfalls nicht für lange. Sie würden alle zu *Untoten* werden!

Kein *Mensch* sollte sterben, das nicht ...

... aber wer bereits untot *war*, die Ferenczys zum Beispiel oder die Drakuls, Radus Erzfeinde aus grauer Vorzeit oder auch deren Abkömmlinge ... nun, ihnen war der Tod gewiss. Sie würden den wahren Tod erleiden.

Denn endlich war Radu zu einer Lösung gelangt, zu einer endgültigen Lösung für ein Problem, das so alt war wie die Sternseite selbst. In einer Vampirwelt nämlich, wozu diese Welt unweigerlich werden würde, gab es für einen Vampir-Lord nur ein sicheres Vorgehen: Er musste der Einzige sein! Vampire durfte es zuhauf geben, aye, aber nur einen Lord. Lord Radu Lykan – Wamphyri ...!

Die Ferenczys und der letzte Drakul hatten ihre eigenen Probleme, und eines davon teilten sie sogar: Harry Keogh! Nur, dass sie ihn nicht unter diesem Namen kannten. Beziehungsweise die Ferenczys schon, und zwar durch ihren Vater in seiner Grube; doch anscheinend hatte Angelo Francezci ihnen den *falschen* Namen genannt!

Vor zwei Jahren hatten die zahllosen Verbindungsleute der Francezcis auf eine äußerst seltene Anfrage reagiert, nachdem die beiden Brüder ihnen Fotografien ihres Eindringlings, des Diebes aus der Schatzkammer, gesandt und *um Informationen gebeten* hatten! In den darauffolgenden Monaten waren nach und nach die Antworten eingetroffen.

Von den alten »Familien« in Italien und Amerika, die schon seit Langem im Geschäft waren, ebenso wie von neueren Ablegern in Europa: nichts! Für die Cosa Nostra war der Mann auf den Fotos ein unbeschriebenes Blatt; sie hatten nichts über ihn. Von der CIA ebenfalls: nichts. Ja, ihr Mann bei der CIA ließ ihre nicht unbeträchtliche »Spende« in druckfrischen Dollarnoten zurückgehen und empfahl den Francezcis, »ihre Nachforschungen bezüglich dieses Mannes einzustellen« ... was nun erst recht ihre Neugier weckte. Und auch von ihrem altgedienten Leutnant in Edinburgh erhielten sie eine enttäuschende Antwort. Er hatte diesen Mann nur einmal gesehen, seither hatte Bonnie Jean Mirlu ihre Sicherheitsmaßnahmen verschärft. Es war nun schwieriger denn je, sie oder die Angehörigen ihres Rudels im Auge zu behalten. Und was den Mann auf den Bildern anging – er hinterließ überhaupt keine Spuren! Also befahlen die Francezcis ihrem Leutnant, seine Bemühungen zu verstärken, weshalb er die Überwachung ausweitete. Bislang hatte ihn bloß reines Pech davon abgehalten, B. J. von ihrem Weinlokal zum Wohnsitz des Necroscopen bei Bonnyrigg zu folgen. Pech und die Tatsache, dass sie nun doppelt wachsam war.

Doch gut elf Monate, nachdem die Francezcis ihre Anfrage abgesandt hatten, erhielten sie vom KGB endlich eine positive, wenn auch äußerst verwirrende Rückmeldung. Ja, ihr hochrangiger Mittelsmann beim KGB kannte den Mann auf den Fotografien, und zum Beweis fügte er einen eigenen Mikrofilm bei. Diese Bilder waren vor zwei Jahren im Château Bronnitsy, der Zentrale der sowjetischen ESPionage-Abteilung aufgenommen worden, in ebenjener Nacht, als das Château durch unbekannte Einwirkung zerstört wurde. Und was nun den Mann auf den Fotos betraf:

Es handelte sich um Alec Kyle, den Leiter des E-Dezernats, des britischen Gegenstücks zu der russischen Organisation, deren Hauptquartier das Château Bronnitsy dargestellt hatte! Infolge »extremer Verhörmethoden« war Kyle bereits hirntot gewesen (und ohne lebenserhaltende Apparaturen bedeutete dies auch so gut wie physisch tot), als die Bilder aufgenommen wurden. Später in derselben Nacht hatte er mit Sicherheit den Tod gefunden, als das Château mitsamt einem Großteil der dort Beschäftigten in Schutt und Asche gelegt wurde. *Dieses* Inferno konnte er unmöglich überlebt haben! Die Ursache der Verwüstung war zwar noch nicht endgültig nachgewiesen, aber am wahrscheinlichsten schien Sabotage.

Und in diesem Zusammenhang sagte ihm auch der Name »Harry« etwas. Ein gewisser Harry Keogh war Agent ebenjenes E-Dezernats gewesen, aber er war ebenfalls tot. Wie der Zufall es wollte, hatte auch er den Tod im Château Bronnitsy gefunden, ebenfalls in einer Krisensituation, und zwar während eines Sabotageaktes, an dem er eindeutig beteiligt war. Allerdings war dies vor der Zerstörung des Schlosses geschehen. Höchstwahrscheinlich gab es eine Verbindung zwischen beiden Ereignissen, doch falls dem so war, unterlagen diese Informationen der Geheimhaltung und Kenntnis davon war »für den Tätigkeitsbereich dieses Agenten nicht notwendig«. Kurz, er hatte keinen Zugang zu den betreffenden Akten ...

Die Gebrüder Francezci brauchten unbedingt weitere Informationen über das britische E-Dezernat. Drei Monate später traf eine Namensliste (Agenten des Dezernats und deren Verbindungsleute) in der Manse Madonie ein – verbunden mit einer Warnung: Bei dieser Organisation handle es sich um den geheimsten der britischen Geheimdienste und eindeutig auch um den effektivsten. Auf dem Gebiet der außersinnlichen beziehungsweise parapsychologischen Nachrichtenbeschaffung existiere nichts Vergleichbares mehr, seit der Komplex von Bronnitsy zerstört worden sei – was an sich wohl bereits einiges aussage. Doch wie dem auch sein möge, mit diesen Leuten lege man sich besser nicht an.

Dies gab den Brüdern zu denken. Bisher hatten sie ihre Organisation – das Netz, in dessen Mitte ihr krankhafter Vater saß – für einzigartig gehalten. Und das war es ja auch, jedenfalls auf *kriminellem* Gebiet. In der Tat stimmte sie der ganze Bericht nachdenklich. Denn sofern der Mann auf der Metallbahre im

Schloss Bronnitsy nicht einen eineiigen Zwilling hatte, handelte es sich eindeutig um den Eindringling aus der unterirdischen Schatzkammer; *und* bei dem Mann auf der Straße vor Bonnie Jean Mirlus Lokal in Edinburgh ebenfalls!

Doch falls der Bericht falsch und Alec Kyle noch am Leben war – und womöglich immer noch das E-Dezernat leitete –, was hatte er dann mit B. J. Mirlu im Sinn? Hatte der Hunde-Lord etwa bereits damit begonnen, eine Streitmacht auszuheben, um seine Wiederkehr vorzubereiten, und rekrutierte er dazu Leute wie diese britischen Spitzen-ESPer? Was, wenn die Sache in Bronnitsy nur ein ausgeklügeltes Ablenkungsmanöver gewesen war, um den *Anschein* zu erwecken, Kyle sei tot? Und wo sie gerade beim Thema Tod waren, was hatte ihr Vater damit gemeint, als er sagte, dieser »Harry« rede mit den Toten?

Auf eine weitere Anfrage bei ihrem Kontaktmann in Moskau – bezüglich jenes Harry Keogh, der im ersten Bericht erwähnt war – erhielten sie eine Antwort, die ihnen noch mehr zu denken gab. Ihrem Informanten war es »peinlich«, derart zweifelhafte Informationen weiterzugeben; allerdings war, wenn es nach ihm ging, die ganze Welt der ESPionage eine äußerst fragwürdige Angelegenheit. Die beiden Brüder konnten seinen Widerwillen nur zu gut verstehen. Als hartgesottener KGB-Doppelagent und nüchterner Geheimpolizist betrachtete er derartige Dinge zwangsläufig sehr engstirnig. Ihnen hingegen ... bereiteten seine Informationen doch einige Sorge.

Denn dieser tote Harry Keogh, einstiger Angehöriger des E-Dezernats, hatte in dem Ruf gestanden, ein Nekromant zu sein, ein Mann, mit der Gabe oder vielmehr dem Fluch belastet, mit den Toten reden zu können, um so die Geheimnisse des Grabes in Erfahrung zu bringen! Das waren zu viele Zufälle auf einmal; außerdem glaubten die Gebrüder Francezci ohnehin nicht an solche Fügungen. Was immer hier vor sich ging, sie waren darin verwickelt, desgleichen B. J. Mirlu, der Hunde-Lord Radu Lykan in seinem Höhlenversteck und offensichtlich auch gewisse Angehörige – ganz gleich ob nun tot oder lebendig – der britischen Sicherheitsdienste.

Genug! Es war an der Zeit, endlich etwas zu unternehmen.

Achtzehn Monate waren nun seit dem Vorfall in ihrer Schatzkammer vergangen. Sie mussten mehr über dieses E-Dezernat in Erfahrung bringen, über Alec Kyle und Harry Keogh.

Doch wie sollten sie Nachforschungen über das E-Dezernat anstellen, eine Organisation gut ausgebildeter ESPer, ohne diese noch weiter auf sich, auf ihre Gegenwart und ihre Absichten, aufmerksam zu machen? Wahrscheinlich wusste ihr Vater Abhilfe ... schließlich war der alte Ferenczy in seiner Grube ihr Seher, ihr Spion, ihr Orakel. Doch er war schwieriger denn je, stammelte nur noch wirres Zeug und hatte keinerlei Kontrolle mehr über sich. Und falls Angelo etwas wusste, weshalb hatte er es ihnen dann noch nicht gesagt? Sie mussten zusehen, dass sie einen besonderen Leckerbissen für ihn auftrieben, etwas, was ihn anspornte, sich mehr Mühe zu geben.

Dann war da noch die Liste mit den Agenten und Kontaktleuten des E-Dezernats. Auf dieser Liste fand sich der Name eines Mannes, der kein ESPer im eigentlichen Sinn, dafür jedoch in der Kunst des Hypnotismus bewandert war, immerhin so sehr, dass das E-Dezernat sich seiner hin und wieder bediente. Sicherlich wusste er etwas über diese Organisation. Falls ja ... nun, dann würden die Francezcis ihn schon dazu bringen, es ihnen zu sagen.

Sein Name lautete Dr. James Anderson ...

Unterdessen, auf dem Dach der Welt:

Daham Drakesh, der letzte Drakul, befand sich gegenüber den Ferenczys gewissermaßen im Vorteil. Von Anfang an hatte er über die ESPionage-Organisationen der Welt Bescheid gewusst. Ja, angeblich arbeitete er sogar für eine solche – für die von Oberst Tsi-Hong befehligte Parapsychologische Abteilung der Volksarmee in Chungking. Über Tsi-Hong hatte er als einer der ersten Außenstehenden von der Zerstörung des Château Bronnitsy erfahren. Außerdem hielt dieser ihn über das wenige, was über die Aktivitäten des britischen E-Dezernats bekannt war, auf dem Laufenden. Letzteres war äußerst wichtig für Drakesh, denn irgendwo auf den Britischen Inseln lag Radu Lykan in seinem Versteck und schlief. Drakesh musste aufpassen, dass er bei dem Versuch, Radus Höhle ausfindig zu machen, nicht dem E-Dezernat ins Gehege kam. Denn nicht anders als den Ferenczys war auch ihm klar, was geschehen würde, sollten die Menschen plötzlich auf die »Ungeheuer« mitten unter ihnen aufmerksam werden! Bisher hatte Drakesh im Verborgenen gelebt, weit unauffälliger als alle anderen und somit auch sicherer; und dabei sollte es, wenn es nach ihm ging, auch bleiben.

Vor gut zwei Jahren allerdings hatte auch Drakesh – durch einen merkwürdigen Zufall ungefähr zur selben Zeit, als die Francezcis die grobkörnigen Aufnahmen ihres Eindringlings begutachteten – eine Reihe von Bildern erhalten, Schnappschüsse, von Mitgliedern seiner »Sekte« in England aufgenommen. Und auf Anhieb hatte er gleich mehrere Gesichter erkannt: Darcy Clarke, zurzeit Chef des E-Dezernats, Trevor Jordan, einen Telepathen des Dezernats, und ...

... *Alec Kyle?* ... Aber das war doch unmöglich!

Der Vergleich mit weiteren Fotografien in einem von Drakeshs zahllosen Aktenordnern entschied die Sache. Alec Kyle war am Leben, auch wenn es einige Hinweise darauf geben mochte, dass er tot sei. Daraus zog der letzte Drakul den zwar verständlichen, aber voreiligen Schluss, dass Kyle aus Gründen, die nur dem E-Dezernat bekannt waren, nun wohl undercover arbeitete. Wahrscheinlich hatten sie ihn »sterben lassen«, um ihn von Routineaufgaben zu befreien und die Tatsache zu verschleiern, dass er sich nun mit weit wichtigeren Angelegenheiten befasste – oder sollte sein »Tod« womöglich seinem Schutz dienen? Doch wovor?

Dies war ein Rätsel, für das noch nicht einmal Tsi-Hong eine Lösung wusste; aber das britische E-Dezernat war nun mal eine rätselhafte Organisation. Da all dies nichts mit Drakesh zu tun hatte, wanderten die Fotos und der beigefügte Bericht – über ein merkwürdiges Vorkommnis auf der Londoner Oxford Street – zu den Akten ...

... bis vor Kurzem, als Drakesh sie wieder aus dem Archiv holte. Denn mit einem Mal rückte das E-Dezernat wieder in den Brennpunkt seines Interesses. Gerüchten zufolge zahlten die Ferenczys für Informationen über Alec Kyle und weitere Angehörige des

E-Dezernats und hatten ihre Kontaktleute in der ganzen Welt darauf angesetzt. Sie hatten sogar zwei ihrer Leutnante nach England entsandt, um ihre Präsenz dort auszubauen.

Drakesh brauchte nur noch zwei und zwei zusammenzuzählen. Zum einen stand die Wiederauferstehung des Hunde-Lords kurz bevor, das spürte er in seinen Vampirknochen. Zum andern mussten die Ferenczys ebenfalls Wind davon bekommen haben. Und zum Dritten war das britische E-Dezernat seit geraumer Zeit in eine ganze Reihe geheimer Aktionen verwickelt – nicht zuletzt in die Sache mit Schloss Bronnitsy. Nun hatten sie auch noch die Aufmerksamkeit der Ferenczys auf sich gelenkt, in welchem Zusammenhang vermochte Drakesh nicht zu sagen. Und, zum Abschluss, viertens: Da es sich als zu gefährlich erweisen könnte, dem E-Dezernat hinterherzuschnüffeln, behielt Drakesh von nun an besser die Leute, die die Ferenczys in England hatten, im Auge.

Für Drakeshs Abgesandte, Experten im Aufspüren von Vampiren, stellte es keinerlei Schwierigkeit dar, die zusätzlichen Knechte ausfindig zu machen, welche die Ferenczys nach England geschickt hatten. Durch sie war er dem Schläfer der Ferenczys auf die Schliche gekommen und über diesen Bonnie Jean Mirlu. Mehr noch, sie hatten sich als erfolgreich erwiesen, wo der Schläfer versagt hatte – denn über Bonnie Jean waren sie auch auf Alec Kyle gestoßen!

Also sowohl auf Radus Hüterin als auch auf den angeblich »ehemaligen« Chef des E-Dezernats! Nun ergab alles einen Sinn, und Drakesh glaubte, damit sei er im Bilde:

Das E-Dezernat wusste Bescheid über die Bedrohung inmitten der Menschheit – hatte zumindest eine Ahnung davon – von Radu und womöglich auch den Ferenczys!

Doch Radus Aufenthaltsort kannte das Dezernat nicht, noch nicht, sonst hätten sie ihn schon längst erledigt und das Versteckspiel wäre zu Ende. Alec Kyle arbeitete verdeckt für das E-Dezernat und hatte sich irgendwie das Vertrauen des weiblichen Leutnants erschlichen. Oder hatte sie Kyle etwa rekrutiert ... Falls ja, wie viele dieser verdammten ESPer standen dann *noch* unter Radus Kontrolle? Und was die Ferenczys anging: Vielleicht befanden sie sich noch gar nicht in Gefahr und behielten das Ganze lediglich wachsam im Auge, um zu sehen, wohin es sich entwickelte.

Nun, Daham Drakesh wusste, was bei alldem herauskommen würde. Anscheinend war er die einzige Unbekannte in dieser Gleichung, und dabei sollte es auch bleiben. Bereits seit einiger Zeit hatte er überlegt, wie er die Rolle des Agent provocateur einnehmen konnte, und schließlich ergab sich die Gelegenheit dazu fast von selbst.

Er hatte hier drei widerstreitende Parteien vor sich, die einander hassten bis aufs Blut und nur darauf warteten, sich gegenseitig an die Kehle zu gehen: den Hunde-Lord Radu Lykan in seinem verborgenen Bau, das rätselhafte E-Dezernat und die sogenannten »Francezcis«. Wenn es Drakesh gelang, das Ganze irgendwie auf die Spitze zu treiben und zwei der drei Parteien aufeinanderzuhetzen, könnte dabei gut und gern auch die dritte ins Kreuzfeuer geraten. Dann brauchte er nur noch abzuwarten und konnte sich die etwaigen Überlebenden einzeln vornehmen.

Seine »Jünger« befanden sich bereits dort. Er musste nur noch den rechten Ort und die rechte Zeit wählen.

Und je eher, desto besser ...

SIEBTES KAPITEL

September ... Harry und Bonnie Jean fuhren durch die Grampian Montains Richtung Norden. Ihr Ziel waren die Cairngorms. Im Kofferraum ihres Mietwagens befand sich erstaunlich wenig an Kletterausrüstung. Harry hatte sich als »Naturtalent« erwiesen, und B. J. hatte nur wenig für solche Hilfsmittel übrig. Außerdem hatte sie ohnehin vor, die leichtere Route zu Radus Bau zu nehmen und sich den Cairngorms von Badenoch her zu nähern. So könnte sie Zeit sparen und bereits unterwegs, beim Aufstieg, etwas erlegen, Nahrung für Radus allmählich erwachenden Krieger.

Im Moment war Harry völlig er selbst und stand unter keinem anderen geistigen Zwang als James Andersons und natürlich auch Bonnie Jeans tief sitzenden posthypnotischen Befehlen. Kurz, er verbarg seine Fähigkeiten weiterhin, so gut er konnte, und B. J. war nichts als eine »harmlose«, wenn auch etwas dickköpfige junge Frau. Obendrein war sie seine Geliebte und Harry viel zu treu, was es ihr leicht machte ... oder vielmehr schwer. Radu hatte zum Teil recht behalten: Es *gab* andere Möglichkeiten, sich einen Mann gefügig zu machen – aber manch eine Klinge hat nun mal zwei Schneiden.

Körperlich war der Necroscope in bester Verfassung. Was hingegen seinen Geist beziehungsweise sein Unterbewusstsein betraf ...

Er fühlte sich ständig angespannt und sorgte sich um zahllose Dinge, im Grunde ohne zu wissen, worum genau. Und obwohl er dies, soweit möglich, vor B. J. verbarg, kam er sich oftmals regelrecht ... paranoid vor. Anders vermochte er es nicht zu beschreiben: das stets gegenwärtige Gefühl, er sei das Opfer einer bösartigen Verschwörung. Sein Gedächtnis dagegen funktionierte wieder einwandfrei – insbesondere seit er es aufgegeben hatte, persönlich nach Brenda zu suchen. Wenn er schlief, suchten ihn jedoch noch immer groteske Albträume heim, an die er sich im Wachzustand nicht mehr zu erinnern vermochte. Er wusste lediglich, dass sie schlimmer waren als je zuvor.

Alles, woran er sich erinnerte, war, dass sie mit der Großen Mehrheit, den zahllosen Toten, zu tun hatten, die ihm verzweifelt eine Botschaft zu übermitteln suchten, die er aber nicht empfangen durfte; und an das Bild seiner geliebten Mutter, die, das Gesicht voller Sorge, die Arme weit ausbreitete, so als wolle sie ihn vor dem Ansturm der zahllosen Gedanken schützen. Und wenn er noch darum kämpfte, wach zu werden, sah er stets den bereits vertrauten Mond vor sich und davor den Umriss eines Wolfes, den Schädel zum Geheul weit in den Nacken gelegt.

Merkwürdigerweise quälten ihn diese Träume nicht, wenn er mit Bonnie Jean zusammen war. Ein weiteres Paradox war, dass die Toten, wenn er völlig bei sich war, anscheinend weniger Wert auf seine Gesellschaft legten, während er gleichzeitig das unbestimmte Gefühl hatte, sie warteten auf etwas. Er wusste allerdings nicht, worauf ...

»Ich wüsste zu gerne, woran du im Augenblick denkst«, riss Bonnie Jean den Necroscopen aus seinen Gedanken. Dies sagte sie hauptsächlich, um die ungewohnte Stille zwischen ihnen auszufüllen, eine Leere, die – zumindest was sie anging – beinahe körperlich wehtat. Seit Radu ihr befohlen hatte, Harry zu ihm zu bringen, wuchs dieses Gefühl immer mehr in ihr.

»An gar nichts«, log Harry. Er wollte sie nicht beunruhigen. »Ich habe mich nur zurückgelehnt und genieße das alles hier.«

»Die Fahrt? Wenn du möchtest, kannst du fahren.« (Andererseits, vielleicht doch lieber nicht. Sie fuhren Richtung Norden, und Mittag war bereits vorbei. Wenn sie ihn ans Steuer ließ, würde sie sich im warmen Sonnenschein, der durchs Beifahrerfenster fiel, unbehaglich fühlen.)

Er schüttelte den Kopf, stellte seine Rückenlehne ein bisschen höher und blickte aus dem Fenster. Beinahe unbemerkt war der Sommer dem Herbst gewichen. Die Bäume verloren bereits ihre Blätter. Rot-, Gold- und Brauntöne rauschten an ihnen vorbei und gelegentlich das glänzende Grün eines Nadelgewächses. »Wo sind wir eigentlich?«

»Ich, äh, ... habe heute eine andere Route genommen«, setzte sie zu einer Erklärung an, doch dann fiel ihr ein, dass es gar nichts zu erklären gab. Harry war ja noch nie hier draußen gewesen. Jede Gegend nördlich des Firth of Forth war Neuland für ihn.

»Ich dachte mir, das ist – ich weiß nicht – mal was anderes?« Sie machte sich an ihrer Sonnenbrille zu schaffen und rückte sie auf der Nase zurecht. Der wirkliche Grund, weshalb sie eine andere Strecke nahm, war, dass sie von ihrer Routine abweichen wollte, um einen etwaigen Verfolger – wie zum Beispiel den Späher, der ihr nun schon des Öfteren aufgefallen war – aus dem Konzept zu bringen. Zudem hatte sie tagsüber noch nie einen Beobachter bemerkt. Darum schien es ein guter Gedanke, bei Tag zu fahren.

»Mal was anderes?«, meinte Harry. »Hm, deshalb sind wir ja hier. Aber ich wollte wissen, wo wir sind.«

»Blairgowrie liegt hinter uns, als Nächstes kommt jetzt Pitlochry«, sagte sie. »Hilft dir das weiter?«

Er zuckte die Achseln. »Ich hätte nicht fragen sollen.« Und in einem seltenen Anfall von Humor fügte er hinzu: »Das klingt wie spanische Dörfer für mich!«

»Schottische Dörfer!«, korrigierte sie ihn. Doch auch ihr Lächeln schwand rasch wieder aus ihrem Gesicht. Sie fragte sich, was er wohl wirklich dachte, der Mann tief in seinem Innern. Denn tief im Innern wusste er, weshalb sie hier waren, wohin sie fuhren und auf wen er dort treffen würde. Doch er war ein Gefangener in seinem eigenen Geist, und es gab keinen Ausweg – er konnte keine eigenen Gedanken denken, es sei denn, er erhielt den Befehl dazu.

Wie Harry so neben ihr saß, kam er Bonnie Jean mit einem Mal wie ein Zombie vor, gar nicht mehr wie ein eigenständiger Mensch, eher wie eine Marionette, die nur darauf wartete, dass sie die Fäden zog. Und das gefiel ihr nicht – sie fühlte sich schuldig. Tatsache war jedoch, dass er erst dann zu einem Zombie, einer Marionette, werden würde, wenn sie es befahl. Dann würde ihm alles wieder zu Bewusstsein kommen, was sie ihm gesagt hatte ... ohne dass er in der Lage wäre, irgendetwas dagegen zu tun! Sie hatte ihn *so sehr* unter Kontrolle, dass er ihr leidtat.

Gleichzeitig allerdings ... machte sich vielleicht doch so etwas wie Verstehen in ihm breit. Jedenfalls herrschte eine ungewohnt angespannte, unnatürliche Stimmung zwischen ihnen. Und hin und wieder, wenn sie ganz plötzlich aus dem Augenwinkel zu ihm hinübersah ...

... war das etwa ein vorwurfsvoller Ausdruck auf Harrys Gesicht? Wäre sie eine untreue Ehefrau, würde sie mit eben solch einem fragenden, irgendwie zweifelnden Blick von einem Ehemann rechnen, der etwas ahnte. Oder bildete sie sich das bloß ein?

»Oh?« Harry hob eine Augenbraue. Er hatte sie dabei ertappt, wie sie ihn mit ebenjenem Blick bedachte, den sie sich gerade vorgestellt hatte!

»Ich habe nur überlegt«, sagte sie und fuhr, noch ehe er fragen konnte, was, fort: »Hinter Pitlochry dauert es keine Stunde mehr, dann sind wir wieder auf meiner üblichen Strecke und erreichen den Forest von Atholl. Dort gibt es jede Menge Stellen, an denen wir anhalten und ein Picknick machen können, wenn du möchtest? Oder wir könnten auch in einem kleinen Café im Wald Halt machen und dort Tee trinken?« Dies alles klang ziemlich schwach, ziemlich ... verräterisch? Selbst in ihren eigenen Ohren, ja. Insbesondere in ihren eigenen Ohren.

»Was immer du magst«, erwiderte er – und dies brachte sie aus irgendeinem Grund auf die Palme. Schlimm genug, dass es hieß »was immer sie mochte«, wo er ihrem Einfluss doch völlig erlegen war. Doch mittlerweile kam er ihr wie ... wie ein *Lamm* auf dem Weg zur Schlachtbank vor! Und vielleicht noch nicht im Augenblick, noch nicht, aber bald, viel zu bald würde ihm dies auch blühen.

»Vertraust du mir, zum Teufel noch mal, so sehr?«, platzte es aus ihr heraus. Wütend funkelte sie ihn an. »Ganz gleich, was ich sage?«

»Äh, ja.« Er war vollkommen überrascht. »Warum denn nicht?«

Oh, mein Geliebter!, hätte sie um ein Haar laut ausgerufen und war über sich selbst erstaunt. Wenn es doch nur einen Weg gäbe, die Ketten zu zerbrechen, die seinen Geist fesselten, und ihn freizulassen, damit er fliehen könnte, weg, nur weg, wie ein kleines, verängstigtes Vögelchen! Sie würde ... nahezu alles darum geben! Doch sofort wischte sie diesen Gedanken beiseite:

Was, und die Sache verraten, der sie zwei Jahrhunderte lang gedient hatte? Sich gegen ihren Gebieter, Radu, stellen? Und ihre einzige Chance auf Unsterblichkeit in den Wind schlagen? Damit würde sie nur ein für alle Mal und ohne jeden Zweifel beweisen, dass sie nicht das Zeug zu einer Lady, zu einer Wamphyri, hatte und stets bloß eine weinerliche ... Frau *bleiben würde!? Lächerlich!*

Ihr noch unreifer Egel wehrte sich, kämpfte um sein Leben, und zwar gegen eine Macht, die stärker war als alles, was er bisher kennengelernt hatte, und die er nicht verstand, im Grunde unmöglich verstehen konnte. Bonnie Jeans Gefühle überschlugen sich. Sie schaute zu Harry hinüber. Er hatte das Gesicht abgewandt und blickte aus dem Fenster. Verdammt noch mal, er ignorierte ihren Ausbruch einfach! Als ob sie ein Kind wäre! Wahrscheinlich weil sein Unterbewusstsein nur zu gut begriff, was hier vor sich ging.

Mit einem Mal spürte B. J., wie es sie – am helllichten Tag, noch dazu am Steuer eines Wagens – überkam, wie sie sich verwandelte, und konnte nichts dagegen tun. Es war, als stünde sie neben sich. Entsetzt sah sie zu, gelähmt von ihrem eigenen hypnotischen Talent! Sie *spürte* ihre Eckzähne aus dem Zahnfleisch wachsen, spürte sie bereits durch das Fleisch brechen, schmeckte das Blut in ihrem Mund. *Ihr* Blut. Vorerst noch ...

Harry schaute nach vorn, fuhr aus seinem Sitz hoch und brüllte: »Um Gottes willen – *die Straße ...!*«

Die Lady verschwand, und B. J. übernahm wieder die Kontrolle. Fürs Erste wenigstens.

Sie rammte den Fuß auf die Bremse, riss das Lenkrad herum, hielt es mit aller Kraft fest und steuerte den Wagen um eine scharfe Linkskurve. Harry wurde gegen sie geschleudert, und als er an sie stieß, hätte sie um ein Haar ihre Sonnenbrille verloren. Ihr war klar, dass ihre Augen blutrot waren, sie war jedoch vollauf damit beschäftigt, den Wagen zum Stehen zu bringen. Die Räder auf der Fahrerseite holperten über den Grünstreifen, die Hecke schrammte über das Seitenfenster, ihr Außenspiegel wurde umgeknickt, und der Wagen blieb stehen ...

Der Necroscope ließ das Möbiustor, das er instinktiv über dem Armaturenbrett heraufbeschworen hatte, wieder in sich zusammensinken. Das war knapp! Hätten sie einen Unfall gebaut, wären sie nach vorne geschleudert worden und ... befänden sich mittlerweile im Möbius-Kontinuum. Und diesmal hätte er Bonnie Jean nichts mehr vormachen können. Von wegen »unter Drogen gesetzt« und »Halluzinationen«!

Er wischte sich den Schweiß von der Stirn. »Habe ich irgendwas Falsches gesagt?«

B. J. hieb mit beiden Händen aufs Lenkrad, funkelte ihn wütend an und – brach in Lachen aus! Dann bemerkte sie im Rückspiegel das Blut auf ihrer Unterlippe und leckte es ab.

»Hast du dir wehgetan?«, wollte er besorgt wissen.

»Ich hab mir auf die Lippe gebissen«, log sie. »Und was ist mit dir?«

Er schüttelte den Kopf. »Was ist passiert?«

»Ich habe nicht auf die Straße geachtet«, entgegnete sie. »Ich bin wohl einfach eine miese Fahrerin.« *Zumindest eine mies gelaunte.*

»Machen wir, dass wir zum Forest von Atholl kommen«, meinte Harry. »Jetzt könnte ich eine Tasse Tee vertragen – und aufs Klo muss ich außerdem!« Darüber musste sie erneut lachen.

Als sie wenige Minuten später den nächsten Hügelkamm überquerten, sah B. J., wie sich der Rand des Vollmonds, so hell, dass er noch beinahe durchscheinend wirkte, über dem dunstverhangenen, in zartem Blau leuchtenden Horizont erhob. Vielleicht war das die Erklärung. Hoffte sie jedenfalls ...

Sie fanden eine Teestube, setzten sich ins Freie unter die Bäume und entspannten ein wenig. Wie sie so dasaßen, ergab Bonnie Jean sich mitsamt ihren Problemen seufzend in ihr Schicksal. Was sein würde, sollte nun mal sein. Wer vermochte schon zu sagen, was die Zukunft bringen mochte? Dieser Mann, dieser Harry – oh, er übte eine starke Anziehungskraft auf sie aus, er hatte große *Macht* über sie. Ihr war klar, dass man dagegenhalten konnte, dass er sich ja in ihrer Macht befand, die um einiges größer war. Dafür war sie jedoch künstlich. Nun, nicht alles. Aber wie viel davon war echt, fragte sie sich?

Sie lehnte sich in ihrem Stuhl zurück, die Augen hinter der Sonnenbrille geschlossen, und sagte: »Harry, weißt du, dass du schon lange nicht mehr von ihr gesprochen hast?«

Als er ihr keine Antwort gab, öffnete sie die Augen einen Spalt breit, um ihn kurz anzusehen. Mit gerunzelter Stirn starrte er auf einen niedrigen, langen Kombi, der gerade auf den Parkplatz gegenüber der Teestube fuhr. Sie folgte seinem Blick. »Ist irgendwas?«

Harry antwortete nicht, sondern starrte weiter hinüber. Als die Insassen ausstiegen und auf dem Weg unter den Bäumen der Teestube zustrebten, wandte er den Blick ab und heftete ihn auf Bonnie Jean.

»Die habe ich schon mal gesehen«, meinte er, als die Reihe der im Gänsemarsch hintereinander her schlurfenden, rot gewandeten Asiaten vorüber war. »Zumindest sahen sie genauso aus. Einmal in London und auch anderswo.«

»Hare-Krishna-Jünger«, entgegnete B. J. achselzuckend. »Die tun keinem was, wirklich. Stören sie dich etwa?«

Das Klimpern der winzigen goldenen Glöckchen verklang, als die Gruppe das Café betrat. In Harry kehrte wieder Leben ein. »Mich stören?«, erwiderte er. »Nein, eigentlich nicht. Sie sprechen mit niemandem und sehen einen noch nicht einmal an. Bloß kein Augenkontakt. Sie halten sich von allen anderen fern.«

Doch danach wirkte er irgendwie angespannt, und als die Rotgewandeten wieder nach draußen kamen und sich an einen der Tische setzten, wollte er weiterfahren. Als sie losfuhren, fiel B. J. sein düsteres Gesicht auf ... und dass er ständig in den Rückspiegel blickte, noch lange nachdem das Schild der Teestube hinter ihnen in der Ferne verschwunden war ...

Die Straßen waren gut, und es gab nahezu keine Ampeln, doch nach ihrem Beinahe-Unfall ließ B. J. es gemütlich angehen. Wenn eine »Abkürzung« landschaftliche Schönheit auch nur ahnen ließ, bog sie ab, und je näher sie ihrem Ziel kam, desto langsamer wurde sie. Bei jeder sich bietenden Gelegenheit machte sie Halt – wegen der Aussicht, weil sie mit den Füßen im kühlen Wasser planschen wollte oder was ihr sonst noch so einfiel. Sie fuhren sogar an den Straßenrand und legten sich, im Windschatten hoher Felsen aneinandergeschmiegt, ins Heidekraut, um ein Stündchen zu schlafen. Damit sie Schatten hatten, musste Harry eine Decke über ein paar abgestorbene Äste breiten. Er protestierte zwar, dass es doch recht kühl sei, aber B. J. hatte Angst, »einen Sonnenbrand zu bekommen«.

Als sie schließlich die letzten Kilometer nach Inverdruie zurücklegten, setzte bereits die Dämmerung ein, Nebelschwaden stiegen aus den Bächen und Flüssen auf, waberten zwischen den Bäumen. Düster zeichnete sich im Gebirge der Einschnitt eines Passes ab, durch den der sternenbesäte Himmel zu sehen war. Mit einem Mal wirkten die bewaldeten Hänge wie eine Landschaft aus grauer Vorzeit und wie Irrlichter der Schein, der aus den sich an Straßen und Kreuzungen kauernden Häusern fiel.

»Es wird Nacht«, meinte B. J., indem sie von der Straße abbog, hinter dem Häuschen des Alten John eine scharfe Kehre beschrieb und den Mietwagen im Schutz der Birken und Ebereschen abstellte.

»Da werden alte Schotten munter!«, flüsterte der Necroscope.

»Aye, und die jungen auch!«, lachte B. J., während sie aus dem Wagen stieg. (Ah, warum war ihr nur so schwer ums Herz? Und wo sie gerade dabei war: Was mochte er wohl fühlen ...)

Harry wusste nicht recht, was er vom Alten John halten sollte, aber das machte nichts, denn im Moment konnte er ohnehin mit nichts etwas anfangen. Fast die ganze Zeit über schlug ihm das Herz bis zum Hals (deshalb machte er ständig Witze) und seine Nerven waren zum Zerreißen gespannt. Er schrieb es seiner Paranoia zu, der jüngste Anfall seines lächerlichen Verfolgungswahns.

Mit dem Alten John hingegen ... B. J. hatte Harry erzählt, der Alte habe früher als Jagdgehilfe für ihren Onkel – den mit der Jagdhütte – gearbeitet und bringe ihr nicht nur großen Respekt entgegen, sondern sei auch äußerst vertrauenswürdig und zuverlässig. Und vielleicht auch ein bisschen komisch? Das war auf der ganzen Linie untertrieben, dachte Harry.

Der Alte kroch ihnen zwar nicht unbedingt in den Hintern – aber beinahe. In einer Tour katzbuckelte er und verhielt sich geradezu unterwürfig, und zwar nicht nur gegenüber Bonnie Jean, sondern auch gegenüber dem Necroscopen – fast wie ein Hund, der um jeden Preis gestreichelt werden möchte, aber

Angst hat, einen Tritt zu kassieren. Aber er war grundanständig, soviel stand außer Frage.

Als B. J. sich in ihr winziges Schlafzimmer in der Mansarde zurückzog, blieb der Alte noch unten bei Harry sitzen. In B. J.s Abwesenheit sprach er von ihr nur als »der kleinen Mistress: eine *gaaanz* besondere Lady!« Nun, wahrscheinlich war sie dies einst auch tatsächlich gewesen, dachte Harry, früher, als sie ihren Onkel in dessen Jagdhütte besuchte ...

Nach einer Weile rief B. J. den Alten John nach oben, und ungefähr zehn Minuten lang hörte Harry die beiden miteinander reden, allerdings ohne zu verstehen, was sie sagten. Dann kam der Alte John wieder herunter und bot ihm einen Schlummertrunk an – »Nur ein kleiner Schluck, und du schläfst wie ein Toter, aye! Eine ordentliche Mütze Schlaf hat noch keinem geschadet!« Wahrscheinlich nicht, dennoch lehnte der Necroscope ab. Wenn er morgen klettern gehen wollte, brauchte er einen klaren Kopf.

Als der Alte John Harry nach oben führte, zeigte er ihm umständlich die Toilette, direkt gegenüber dem winzigen Zimmerchen des Necroscopen. »Nur damit Se sich nich verlaufen ... alles klar?« Ja, Harry war alles klar. Das Zimmer der kleinen Mistress lag am anderen Ende des Ganges, ein langer Weg voller knarrender Fußbodendielen. Ganz gleich, wo im Haus John sich aufhielt, das Knarren der Dielen würde er hören.

Aber sie knarrten nicht ein einziges Mal. B. J. war um einiges leichtfüßiger als Harry. Und es war schon erstaunlich, wie gut sie sich in einem fremden Haus im Dunkeln zurechtfand ...

... dachte der Necroscope. Tief im Innern hingegen überraschte es ihn nicht im Geringsten. Dennoch war er froh, dass sie zu ihm kam, zumal in dieser Nacht. Es schien um weit mehr zu gehen als nur um Sex, musste es wohl auch, denn anstatt Liebe zu machen, begnügten sie sich damit, einander einfach in den Armen zu liegen ...

Der Morgen war grau und bedeckt. B. J. schien zufrieden und recht guter Dinge. Der Necroscope vermochte nicht zu sagen, wie er sich fühlte – »merkwürdig« traf es vielleicht noch am ehesten. Sie frühstückten, nahmen den Wagen des Alten John –

B. J. sagte nicht, weshalb – und fuhren los. Sie nahmen eine Straße Richtung Südwesten, die parallel zum Spei zur Rechten und den Cairngorms zur Linken verlief. Es war noch früh am Tag und im gesamten Tal niemand unterwegs.

»Wie weit noch?«, wollte Harry wissen, als sie auf die Hauptverkehrsstraße einbogen. Seine Stimme klang gedrückt.

»Nur noch fünf, sechs Kilometer«, erklärte sie ihm ... und wechselte abrupt das Thema. Sie hatte nämlich über einiges nachgedacht heute Nacht und außerdem ihren Träumen gelauscht.

»Harry, sag mir, was du über das Leben denkst!?«

»Über das Leben?« Er schaute schon wieder in seinen Rückspiegel.

»Die Geburt, das Leben, den Tod – die ganze Sache. Ich meine, was hältst du davon? Du ... *wir* sind zwar noch jung, aber wir werden älter, und irgendwann sterben wir. Dann ist alles vorbei!«

Harry wusste alles darüber – und auch, wie sehr sie sich irrte, dass der Tod nicht das Ende bedeutete und eben nicht »alles vorbei« war. Doch darüber durfte er nicht reden. Im Moment allerdings konnte er durchaus lügen, denn solange er sich nicht bewusst Gedanken darüber machte, war *er* Herr seiner selbst. Aber vielleicht brauchte er ja gar nicht zu lügen. »Das ist ein bisschen morbide, findest du nicht?«, meinte er. »Wie kommst du denn darauf?«

»Oh, ich weiß nicht«, erwiderte sie, bemüht, es ihm zu erklären. »Aber es ist doch so, dass wir beim Älterwerden so viel hinter uns lassen. Unsere Familie, Freunde, die Menschen, die wir lieben – insbesondere die. Ein Partner ist älter beziehungsweise altert schneller und stirbt früher. Dann bleibt der andere zurück. Das ist unfair und macht es doch sinnlos, überhaupt jemanden zu lieben, oder nicht?«

»Ist es das, was dir Sorge bereitet? Machst du dir Gedanken um die Zukunft?«

Sie seufzte. »Ich stelle dir eine Frage, und du antwortest mit einer Gegenfrage!« Natürlich könnte sie ihn ohne Weiteres hypnotisieren, um in Erfahrung zu bringen, was er dachte. Doch in der jetzigen Situation wäre dies nicht ... fair? Und was, wenn ihr nicht *gefiel*, was er dachte?

»Na gut«, sagte er, »wenn es so wichtig für dich ist. So wie ich die Sache sehe, ist das Leben eine Art Lernprozess. Wir werden geboren und wissen nur eines: dass wir Hunger haben. Dann werden wir älter und fangen an zu lernen. Irgendwann sind wir dann ›gebildet‹ und glauben, wir wüssten alles! Aber so einfach ist das Leben nicht. Je älter wir werden, desto mehr gilt es zu verstehen, nur haben wir immer weniger Zeit dazu. Und wenn wir eines Tages schließlich sterben –« (damit kannte er sich aus) – »fangen wir so langsam an zu begreifen, dass wir im Grunde genommen von nichts eine Ahnung haben!« *Dann werden uns wirklich die Augen geöffnet – nur dass es dann zu spät ist! Denn dann können wir keinem mehr sagen, wie schlau wir sind ...*

»Aber was, wenn wir nicht altern würden?«, sagte B. J. »Ich meine, was, wenn wir nicht alt werden müssten, wenn es eine Möglichkeit gäbe, das zu vermeiden?« Ihr war klar, dass sie sich auf äußerst dünnem Eis bewegte. Sie musste darauf achten, dass sie nicht die Lücke zwischen Harrys Bewusstsein und seinem Unterbewusstsein schloss. Es ging nicht an, dass beides sich allmählich wieder miteinander verband.

Aber deswegen brauchte sie sich keine Sorgen zu machen, denn Harry hörte ihr überhaupt nicht zu.

Mit einem Mal wurden seine Knöchel weiß, als seine Finger die Armlehne packten, und er starrte wie gebannt in den Außenspiegel.

B. J. warf einen Blick in den Rückspiegel ... und fuhr zusammen! »Was zum ...«

Der Kombi vom Vortag raste mit ungeheurer Geschwindigkeit hinter ihnen her und holte immer weiter auf. Mindestens zwei Männer in roten Gewändern saßen darin. Und so, wie er auf sie zuschoss, schien er *direkt* auf ihren Wagen, auf sie zuzuhalten! Unvermittelt flammte ein Gedanke in Harrys Geist auf:

Ist es das? Ich habe ihr Kloster gesehen. Es war Kyles Talent, das mich vor der Zukunft warnte. Werden mir diese Leute ein Ende bereiten? Ein Haufen durchgeknallter Mönche, die uns von der Straße abdrängen wollen? Verhält es sich so einfach? War es das, was mich die ganze Zeit über quälte, die Gewissheit, dass mir irgendetwas bevorsteht?

Der Wagen hinter ihnen zog auf die andere Spur, es sah aus, als setze er zum Überholen an. »Ist das alles?«, stieß B. J. hervor. »Bloß Rowdys? Welcher Idiot hat diesem Wahnsinnigen nur den Führerschein gegeben!« Sie wollte ihn vorbeilassen und trat auf die Bremse ... Dies rettete ihnen wahrscheinlich das Leben.

Als der Kombi vorbeiraste und sie überholte, riss der Fahrer plötzlich das Lenkrad nach links, um sie zu schneiden. Der Zusammenprall mit dem Heck des Kombis schleuderte den Wagen des Alten John nach links. Auf dieser Seite verlief die Straße parallel zu einem grasbewachsenen, unkrautüberwucherten Graben, doch an genau dieser Stelle zweigte eine klapprige Holzbrücke in einen Waldweg ab. Wie B. J. es schaffte, den Wagen unter Kontrolle zu halten und auf die Brücke einzubiegen, vermochte Harry nicht zu sagen; wahrscheinlich lag es eher an der Wucht des Aufpralls, der die Schnauze des Wagens einfach nach links geschoben hatte. Im nächsten Augenblick ratterten die Räder über die schwankenden Bohlen, und dann befanden sie sich auch schon zwischen den Bäumen und wurden langsamer.

»Ich und eine schlechte Fahrerin?«, stieß B. J. hervor. »Ich kann Auto fahren. Das war verdammt noch mal *Absicht!*«

Harry schaute nach vorn. »Der Weg führt in einer Kurve nach rechts, aller Wahrscheinlichkeit nach zurück zur Straße. Halte bloß nicht an, fahr einfach weiter in den Wald. Wenn das Absicht war, warten sie womöglich auf uns.«

»Und wozu soll das gut sein?«

Er presste die Zähne aufeinander. »Dann werden wir wenigstens wissen, ob es wirklich Absicht war, und können uns schützen – und vielleicht auch wehren.«

»Uns wehren?« Sie latschte auf die Bremse, hielt an und stieß ihre Tür auf. »Wie denn? Wir sind hier mitten im Nirgendwo, Harry, und haben noch nicht mal eine Waffe. Hm, das heißt, eine haben wir schon!« Ihre Armbrust! Sie holte sie aus dem Kofferraum des betagten Wagens, kehrte wieder auf den Fahrersitz zurück und reichte Harry die Waffe.

Er besah sich die Armbrust und musste sein »Was?« beinahe brüllen, weil das Getriebe der alten Karre auf einmal nicht mehr wollte und B. J. den Motor im Leerlauf hochjagte.

»Du willst dich doch wehren, oder?«, rief sie. (Zu guter Letzt hatte sie begriffen, dass sie dies vielleicht wirklich tun mussten. Seit sie denken konnte, hatte sie mit etwas Derartigem gerechnet und gewusst, dass es irgendwann passieren würde. Aber auf diese Weise?)

»Bonnie Jean«, knirschte Harry zwischen zusammengebissenen Zähnen. »Was, zum Teufel, geht hier eigentlich vor?« (Hatte es etwas mit ihm zu tun – mit Alec Kyles Talent – oder mit ihr? Und wenn mit ihr, dann weshalb? Sie war doch vollkommen unschuldig, oder etwa nicht? Und abermals fragte er sich: unschuldig woran?)

»Ach, lade das verdammte Ding endlich!«, fuhr sie ihn an.

Doch als er Anstalten dazu machte, erscholl hinter ihnen eine Hupe: *Honk! Hoooonk!*

Sie drehten sich um, und da war er, ein langer, schwarzer, tiefergelegter, nun düster wirkender Kombi. Er stand vielleicht, zehn, fünfzehn Schritte hinter ihnen, halb verborgen vom herabhängenden Laub, die beiden Vordertüren geöffnet, Fahrer und Beifahrer an die Türen gelehnt. Noch während Harry und B. J. hinschauten, langte der Fahrer in den Wagen und hupte erneut. Anschließend legte er den Kopf zur Seite und lächelte.

Harry blickte in ihre Gesichter – Augenkontakt – und von diesem Moment an war ihm klar, dass es ernst war. Diese Kerle hatten es auf ihr Leben abgesehen. Im Halbschatten unter den Bäumen wirkten ihre Augen tierhaft, erfüllt von einem gelben Flackern. Sie grinsten ausdruckslos, wie Krokodile oder Hyänen ... voller Bosheit!

Nahezu unbemerkt hatte B. J. ihm die Armbrust aus der Hand genommen. Er sah, wie das Grinsen aus den Gesichtern der Männer in den roten Gewändern schwand, während sie sich hinter ihre Türen duckten, sah, wie sie ihre Schlitzaugen zusammenkniffen, und vernahm das vibrierende, spannungsgeladene Surren der Sehne. Im nächsten Augenblick schlug B. J.s Bolzen in der Verkleidung der Fahrertür ein.

Der Fahrer befand sich schon wieder hinter dem Lenkrad. Indem er sich aufrichtete, rief er seinem Beifahrer etwas zu. Der langte in den Wagen und brachte ... eine Maschinenpistole zum

Vorschein. Beinahe wie von selbst erschienen vor dem geistigen Auge des Necroscopen die Möbiusgleichungen. Doch noch ehe er ein Tor heraufbeschwören konnte ...

... hatte B. J. den Gang eingelegt, die Hinterräder drehten durch, wirbelten Staub auf, und der Wagen schoss schleudernd los. Dann bogen sie auch schon um eine Kurve, holperten zwischen Birken und Ebereschen hindurch und über eine Brücke, die sich in einem noch schlechteren Zustand befand als diejenige von vorhin! Zu guter Letzt erreichten sie wieder die Straße. Als B. J. den Fuß vom Gas nahm, griff Harry, ohne ein Wort zu sagen, nach der Armbrust und legte einen neuen Bolzen ein. Doch als er sie langsam, vorsichtig wieder hinlegte, meinte er: »Ich dachte, die hätten vielleicht etwas gegen mich, aber jetzt bin ich mir da nicht mehr so sicher. *Du* hingegen musst dir ja wohl absolut sicher gewesen sein! Wer ›unschuldig‹ ist, schießt nämlich nicht einfach auf Leute, nur weil sie nicht Auto fahren können! Also, was ist hier los, B. J.? Was haben diese Kerle gegen dich?«

Anstatt zu antworten, schaute sie in den Rückspiegel – und sah auf den ersten Blick, dass es an der Zeit war, den posthypnotischen Befehl zu aktivieren. Ohne jeden Zweifel, denn der schwarze Kombi holte abermals auf, und B. J. war klar, dass sie damit nicht allein fertig wurde.

»Harry, mein Geliebter!«, brüllte sie, während die Heckscheibe in die Brüche ging und sich ein Regen aus Glassplittern ins Wageninnere ergoss. »Hörst du? Verstehst du mich? Du kannst ganz normal sprechen!«

»Ja, ich höre dich«, murmelte er benommen, während das Rund des Mondes und der Wolfsschädel verblassten und sein tiefstes Innerstes zum Vorschein kam. »Aber verstehen: nein.« Seine Stimme klang wie die eines Kindes – unsicher, ängstlich.

»Ich sagte dir doch, dass ich dich eines Tages in die Welt hinaussenden würde, damit du dich auf die Suche nach den Ferenczys begibst und ...«

»... und den Drakuls«, schnitt er ihr das Wort ab.

»Nun, jetzt sind sie hinter uns her!«

»Vampire!«, sagte Harry. Mit einem Mal klang seine Stimme

ganz anders. Dies war der Mann, dem sie zum ersten Mal in jener dunklen Werkstatt in London begegnet war – jener Mann aus der Seitenstraße, der sie vor weiteren Schwierigkeiten bewahrt, der Mann, der sich in B. J.s Lokal Big Jimmy entgegengestellt hatte. Zum ersten Mal seit Langem dachte sie wieder daran, wer er mutmaßlich sein sollte: der Geheimnisvolle, den Radu prophezeit hatte! Nun, vielleicht war er das ja auch! Also brauchte es sie nicht zu wundern, dass *dieser* Harry hart und eiskalt war.

Vor ihnen verengte sich die Straße. Die rechte Spur war auf einer Länge von zirka zwölf oder fünfzehn Metern mit Pylonen abgetrennt, weil die Fahrbahndecke von Schlaglöchern übersät war; aber es war Sonntag und niemand arbeitete dort. Die rechte Straßenseite wurde von einem hölzernen Zaun begrenzt. Dahinter ging es steil abwärts bis hinunter zum Fluss. Wenn ein Wagen diese Absperrung durchbrach, würde nichts ihn mehr aufhalten, bis er auf dem Wasser aufschlug.

In dem Augenblick, als B. J. die Fahrbahnverengung erreichte, streckte Harry den Fuß hinüber und rammte ihn auf die Bremse. Der Wagen hinter ihnen hatte sie fast eingeholt. Erst schlitterte er nach rechts, dann scharf nach links, und zuletzt rutschten die Räder auf der Beifahrerseite in den Graben, der an dieser Stelle recht flach war. Mit der Schnauze voran landete der Kombi in einer Gruppe junger Schößlinge, die sich unter seinem Gewicht bogen und ihn schließlich auffingen. Es würde eine Weile dauern, ihn wieder freizubekommen.

»Mist!«, sagte Harry, indem er den Fuß von der Bremse nahm und der Wagen des Alten John weiterraste.

»Wieso?«, meinte B. J. Sie strahlte wie ein Honigkuchenpferd. »Wir haben sie doch aufgehalten!«

»Nur für kurze Zeit«, sagte Harry.

Damit passierten sie eine leichte Linkskurve, hinter der die Straße etwa zwei Kilometer schnurgeradeaus führte. Danach kam eine weitere Linkskurve, hinter der die Straße aus dem Hang gehauen war, während es rechts steil abwärts ging. Unten war dichter Wald. »Setz mich hier ab«, sagte Harry.

»Was?« Sie musterte ihn aus dem Augenwinkel.

»Setz mich hier ab!«, wiederholte er schroff.

»Wofür hältst du dich?«, schnaubte sie. »Für den einsamen Rächer oder so was in der Art?«

»So was in der Art«, nickte er.

»Du willst sie überraschen und ablenken, nicht wahr?«

»Lass mich hier raus, bevor sie um die Kurve da hinten kommen und uns sehen!«

Sie merkte, dass er es ernst meinte. »Sie werden dich umbringen!«

»Nein, werden sie nicht.« Harry schüttelte den Kopf. »Vergiss nicht, das ist mein Job!« Also setzte sie ihn ab.

Während der Necroscope den Bäumen am Straßenrand zustrebte, rief er ihr zu: »Und jetzt gib Gas! Ihr Motor ist stärker als deiner; wenn sie in ein paar Kilometern nicht wieder hinter dir sind, weißt du, dass ich sie erwischt habe. Dann kannst du umkehren und mich abholen kommen. Und falls sie doch hinter dir her sein sollten ...« Er verstummte und sah von seiner Deckung aus zu, wie B. J. wegfuhr ...

Harry prägte sich die Konturen der bewaldeten Hänge, die er vor sich sah, ein und merkte sich die Koordinaten. Er hätte das Ganze gerne noch einmal überprüft, doch so viel Zeit hatte er nicht. Anschließend beschwor er ein Möbiustor herauf und unternahm einen Sprung auf den Dachboden seines Hauses in Bonnyrigg. Es dauerte nur einen Moment, bis er alles zusammengesucht hatte, was er benötigte, ein weiterer Sprung, und schon stand er wieder zwischen den Bäumen am Straßenrand.

Der Wagen des Alten John raste Richtung Südwesten und hatte schon beinahe die Stelle erreicht, an der die Straße aus dem Hang gehauen war. Aus der entgegengesetzten Richtung kam der schwarze Kombi in Sicht. Er schoss die Straße entlang, und bei der Geschwindigkeit, die sie draufhatten, würden sie B. J. in ungefähr zwei Minuten eingeholt haben.

Harry trat zurück unter das Laubdach der Bäume, und schon im nächsten Augenblick spürte er den heftigen Luftzug, mit dem der schwarze Wagen an ihm vorüberrauschte. Ihm blieben noch vierzig Sekunden ... aber er brauchte nur neun oder zehn. Eins: brachte ihn auf eine kahle Klippe hoch über der Straße, auf halber Strecke zwischen den beiden Fahrzeugen. Zwei: brachte ihn wieder hinab, dorthin, wo die Straße unter einer felsigen, baumbestandenen, beinahe überhängenden Granitformation die Kurve beschrieb. Drei bis zehn sahen ihn klettern, nur wenige Meter, bis zu einem Sims, aus dessen Rissen und Spalten Gänseblümchen sprossen. Dort konnte er sich niederkauern, ohne gesehen zu werden, und doch die Straße im Auge behalten.

In dieser Position brauchte er nur die Hand auszustrecken, um einen vorüberfahrenden Wagen zu berühren. Aber er hatte nicht vor, den Kombi einfach nur zu »berühren«. Ihm blieben keine dreißig Sekunden mehr. B. J. war bereits fast einen Kilometer entfernt, doch ihre Verfolger holten schnell auf. Harry spähte über den Rand des Felsens und schätzte Zeit und Entfernung ab.

Noch zwanzig Sekunden ... fünfzehn ... zehn. Die Berechnungen des Necroscopen stimmten beinahe haargenau. Er zog eine Zusammenstellung todbringender Gegenstände aus seinen Taschen, machte sie scharf und hielt sie, einen in jeder Hand, etwas unbeholfen von sich. Es war so weit, nur noch zwei, drei Sekunden. Er beugte sich vor, schwang den Arm auf das offene Autofenster zu und ließ die Granate mitsamt der Tränengaskartusche in den vorüberrasenden Wagen fallen.

Im letzten Augenblick sahen die Insassen des Kombis ihn; der Beifahrer – der Kerl mit der Maschinenpistole – befand sich auf der Harry zugewandten Seite. Er hatte den Oberkörper zurückgeworfen, als er den Necroscopen etwas auf sein Fenster werfen sah – und mitbekommen, was da in den Wagen geflogen war! Daraufhin ...

... setzte in dem Kombi eine hektische Betriebsamkeit ein. Die beiden Männer in den roten Gewändern fuchtelten wild herum, doch vergebens! Noch einen Moment, dann begann der Wagen, nach links und rechts zu schlingern, während sich das Innere mit dem gelblichen Gas füllte. Die Gestalt mit der Waffe langte nach draußen, bekam den Dachgepäckträger zu fassen und versuchte sich durchs Fenster ins Freie zu ziehen. Dann ...

... platzten die Scheiben und das Dach wurde mitsamt dem Mann mit der Maschinenpistole weggesprengt! Das Fahrzeug war mittlerweile gut und gern fünfzig Meter von Harry entfernt; dennoch riss er den Arm hoch, um sich zu schützen, als er die Druckwelle spürte und ein Donnerschlag die Luft erschütterte, dessen Widerhall vielfach verstärkt von den Hängen zurückgeworfen wurde. Als er wieder hinschaute ...

... sah das Autodach aus, als sei es von einem gigantischen Dosenöffner abgetrennt worden. Es schwebte über dem Wagen und drehte sich träge wie ein Blatt im Wind. Der Kerl in der roten Kutte hatte seine Waffe losgelassen und klammerte sich verzweifelt an den Gepäckträger. Doch sowohl der Kombi als auch sein Dach bewegten sich noch immer mit einer Geschwindigkeit von knapp hundert Stundenkilometern vorwärts, und die Kurve, die gleich kam, war zwar nur leicht, aber das genügte.

Der Wagen durchbrach die hölzernen Leitplanken, als seien sie aus Sperrholz, neigte sich ganz allmählich vornüber und stürzte hinab in das Blätterdach. Das Autodach schwebte mit seinem Trabanten hinterher. Der Necroscope rechnete fast mit einer weiteren Detonation, doch nichts dergleichen geschah. Lediglich das Geräusch zersplitternder Äste war zu hören, gefolgt vom Kreischen sich verzerrenden, reißenden Metalls. Mehrere dumpfe Schläge, dann herrschte Stille ...

Harry suchte sich einen Weg zu den Wrackteilen hinab. Er hätte sich ohne Weiteres des Möbius-Kontinuums bedienen können, aber er hatte es nicht eilig. Der Explosion zum Trotz hatte der Mönch im roten Gewand, der sich wie ein Ertrinkender an ein Floß an den Gepäckträger geklammert hatte, noch ziemlich lebendig ausgesehen. Immerhin war er ein Vampir, und es war durchaus möglich, dass er den Sturz überlebt hatte. Eine weiche Landung dürfte er allerdings trotzdem kaum gehabt haben, wahrscheinlich war er mit voller Wucht auf den Wagen gekracht.

Die Bäume standen dicht an dicht, der Weg unter ihnen lag im Dunkel. Die Vögel, hauptsächlich Ringeltauben, erholten sich allmählich wieder von ihrem anfänglichen Schock und begannen aufs Neue zu zwitschern und zu gurren. Möglicherweise war dies ein gutes Zeichen. Harry warf einen Blick zurück und konnte durch das Blätterdach gerade noch die durchbrochene

Absperrung ausmachen; und als er nach vorn schaute, sah er durch das Unterholz unten am Fuß des steilen, von vermoderndem Laub bedeckten Abhangs unter den Bäumen im Schein eines verirrten Sonnenstrahls klares Wasser aufblitzen.

Als Harry über einen frisch gestürzten Ast trat, dessen Rinde zurückschnellte, wusste er, dass es nicht mehr weit sein konnte. Der Abhang war hier sehr steil; Unmengen abgebrochener Äste und Zweige waren von oben herabgefallen. Der Necroscope kam ins Schlittern und hielt auf den Stamm eines riesigen Baumes zu – einer Eiche, wie er glaubte, von gut einem Meter Umfang –, um seine Abwärtsbewegung aufzufangen. Das dichte Laubdach über ihm ließ nur an wenigen Stellen das Tageslicht durch ... und an einer, ziemlich großen sogar, hingen unverkennbar abgebrochene Äste herab.

Harry kletterte, indem er sich mit Händen und Füßen gegen die knorrigen Wurzeln stemmte, um den Stamm herum ... und da war es! Genau über ihm hing das verbeulte, verbogene Dach des Kombis waagerecht in einem Gewirr von Ästen, saß dort fest auf einer Plattform aus zerdrücktem Laub, beinahe so, als habe jemand achtlos eine Decke in den Baum geworfen. Und unter ihm ...

Der Wagen stand auf der Schnauze, die sich tief in den Boden gegraben hatte und dann eingedrückt worden war, als der Untergrund nicht mehr nachgab. Das Heck war in einer gewaltigen Astgabel hängen geblieben, andernfalls wäre der Tank beim Aufprall wohl explodiert. *Besser, er wäre hochgegangen,* dachte der Necroscope.

Jedenfalls für den Fahrer!

Der saß noch immer im Wagen, dort, wo die explodierende Granate ihn erwischt hatte, wie ein Käfer von der Lenksäule aufgespießt. Sein Kopf war nach vorn geschleudert worden, sodass sein Kinn auf dem Rahmen der zerschmetterten Windschutzscheibe ruhte. Dunkelrote Rinnsale rannen ihm aus Nase, Ohren und Mund, tropften auf die zerbeulte Motorhaube und von dort in das dunkle Erdreich hinab. Doch das gelbe, asiatische Gesicht war immer noch in Bewegung, vor Schmerzen verzerrt. Speichel troff aus den Mundwinkeln, und noch während Harry hinschaute, schlug der Mann die Augen auf. Er stand zwar auf dem Kopf, aber seine Augen befanden sich auf einer Höhe mit Harry, blickten diesen direkt an, und er sah, dass sie tief im Innern blutrot waren ...

Rote Blasen quollen ihm aus dem Mund, er gab einen gurgelnden Laut von sich und hob eine blutige, zerquetschte Hand, die zuckend, bebend auf dem Fensterrahmen der aufgesprungenen Tür liegen blieb und Harry schwach zu sich winkte. In den grässlichen Augen lag ein Flehen. Der Mann in dem roten Gewand bat um Hilfe.

»Aber natürlich!«, sagte der Necroscope und trat einen Schritt zurück. Selbst – oder vielleicht auch gerade – wenn er einen Menschen vor sich gehabt hätte, hätte er ihm nicht mehr helfen können. Seine bluttriefenden, noch immer pulsierenden Eingeweide baumelten unter der Fahrertür hervor.

Irgendwo über Harry, jenseits des Tunnels aus Bäumen, erstarb stotternd das Brummen eines Motors, und in der plötzlichen Stille erscholl lautes Rufen: »Harry! Wo bist du?« B. J. – wahrscheinlich hatte sie die durchbrochene Leitplanke gesehen und sich den Rest zusammengereimt.

»Hier unten!«, rief Harry zurück – was die Vögel erneut in Aufruhr versetzte. Sie flatterten auf, und mit der ehrfürchtigen Stille des Ortes war es dahin. »Pass auf, wo du hintrittst! Es ist ziemlich steil hier ...« *Als wären wir auf einer Klettertour!*, schoss es ihm unvermittelt durch den Kopf. Aber sie befanden sich nicht auf einer Klettertour, außerdem lauerte hier noch irgendwo eine ungeheure Gefahr. Wo war der andere Mönch?

Als Harry einen unverkennbaren Geruch wahrnahm, trat er zwei weitere Schritte zurück und umrundete das herabhängende Fahrzeug. Neben dem halb im Erdreich begrabenen Kotflügel sickerte nicht nur Blut in den Boden. Von einer glänzenden Lache aus führte eine Benzinspur zurück zu dem geborstenen Tank ...

Harry vernahm die Geräusche, die B. J. verursachte, als sie zwischen den Bäumen hindurch zu ihm abstieg. Doch mit einem Mal wurde ihm klar, dass hier etwas nicht stimmte. Was war mit dem Vampir, der sich ans Dach geklammert hatte? Wo steckte er bloß? Und *wer* kam dort zwischen den Bäumen eigentlich den Abhang hinunter?

Der Gedanke an den Mönch auf dem Dach des Kombis ließ den Necroscopen erneut nach oben in den Baum blicken. Genau in diesem Moment bewegte sich dort etwas. Das verzogene Metall wackelte ein bisschen, und zum Vorschein kam ... ein zerrissener, rußgeschwärzter, einstmals roter Ärmel. Die Hand, die daraus hervorragte, klammerte sich noch immer an das Dach!

Dieses neigte sich, und der Rotgewandete geriet ganz in Sicht. Er war bei Bewusstsein und außer sich vor Wut! Als er direkt unter sich Harry erblickte, bleckte er knurrend die Reißzähne, ließ los, schlitterte kopfüber vom Dach und stürzte geradewegs auf den Necroscopen!

Harry warf sich nach hinten, verlor das Gleichgewicht und versuchte verzweifelt, ein Möbiustor heraufzubeschwören. Der Vampir befand sich auf allen vieren, die Muskeln zum Zerreißen gespannt. Sein Gewand war in Fetzen, Körper und Gliedmaßen eine einzige Anhäufung von Schnitten und Schrammen, sein Gesicht zur Fratze verzerrt.

B. J. trat vor Harry, richtete ihre Armbrust auf den Vampir und drückte aus nächster Nähe ab. Der Bolzen sauste los und bohrte sich bis zum Gefieder ins Herz des Mönches. Im letzten Moment sah er sie und versuchte noch, sich aufzurichten. Der Bolzen schleuderte ihn zurück gegen die Tür des Kombis. Mit den Armen rudernd sackte er zusammen, in eine sitzende Position. Blutiger Schaum trat ihm vor den Mund, seine Augen schlossen sich, und der Kopf sank ihm auf die Brust.

»Harry, dein Feuerzeug ...«, stieß B. J. hervor. Sie war sichtlich erschüttert, gewiss, doch in ihrer Stimme lag auch ein Knurren.

Soeben war Harry noch im Begriff gewesen, sich in die unsichtbare Tür zu werfen, die er nur ein kurzes Stück hangabwärts heraufbeschworen hatte. Nun jedoch ließ er sie wieder in sich zusammenfallen. Er langte in seine Tasche, kramte ein billiges Feuerzeug hervor und schnippte es an. Er wusste, was B. J. vorhatte; während sie machten, dass sie von dem Wagen und seinen Insassen wegkamen, erledigte er es an ihrer Stelle und warf das

Feuerzeug in hohem Bogen in die Benzinlache. Noch ehe es den Boden berührte, züngelten blaue Flammen empor, die den Wagen zischend und prasselnd umhüllten wie eine Hitzewand. B. J. und Harry liefen weiter. Sie befanden sich im Schutz der moosbedeckten Stämme einer Gruppe von Birken, als der Tank hochging. Als sie hinsahen, war der Wagen nur noch ein Flammenmeer. Die Explosion hatte ihn zwar nicht freibekommen, aber das Laub ringsum brannte bereits lichterloh. Nichts würde dieser Hölle lebend entkommen. Dennoch warteten sie ab.

»Sieh genau hin! Daraus kannst du noch etwas lernen!«, sagte B. J. heiser. »Einer von ihnen muss ein Leutnant gewesen sein. Mit einer derartigen Aufgabe hätte niemand bloß reine Knechte betraut!« Harry war klar, dass sie recht hatte, und er wusste auch, wer der Leutnant war.

Er entsann sich der Augen, tief im Innern blutrot. »Der Fahrer«, sagte er.

Stirnrunzelnd warf sie ihm einen Blick zu. »Oh?« Vielleicht hätte sie noch etwas hinzugefügt, doch eine plötzliche Bewegung inmitten des Loderns ließ sie innehalten. Es war der Fahrer. Während sein Beifahrer sich damit zufriedengab, einfach still dazusitzen und vor sich hinzuschmelzen, war er nicht so leicht umzubringen.

Durch den Vorhang aus blau glänzender Hitze war die rot gewandete, lodernde Gestalt des Leutnants deutlich zu erkennen. Zuckend und wild um sich schlagend hob er den Kopf aus der Umfassung der Windschutzscheibe und schien geradewegs durch das Feuer hindurchzublicken. Doch seine Augen zeigten nur noch das Weiße, er vermochte nichts mehr zu sehen.

»Tot!«, knirschte B. J. zwischen zusammengebissenen Zähnen. »Nur sein metamorphes Fleisch will das noch nicht wahrhaben. Es will weiterleben, einfach mehr haben.«

Noch während sie dies sagte, platzten Brust und Bauch des Wesens in dem brennenden Wagen auf, und in der überhitzten, drangvollen Enge begannen leichenblasse Fühler oder vielmehr Tentakel, wild zu zucken und um sich zu schlagen. Zunächst bauschten sie sich zusammen, um sich dann durch das fehlende Dach auseinanderzuspreizen, mitten hinein in den feurigen Sog, und verharrten schwebend inmitten der Gluthitze wie die Arme einer verkrüppelten Anemone.

Weitere Tentakel wanden sich aus der Tür, öffneten sich an den Spitzen und verspritzten ringsum Strahlen einer orangeroten Flüssigkeit, die dampfend auf der Erde auftraf. Zuletzt gab das Wesen es auf, zog seine bereits schmelzenden Fangarme zurück, sackte in sich zusammen und wälzte sich um die Schultern des in hellen Flammen stehenden Knechtes herum auf die Tür zu. Mittlerweile brannten schon die Körperfette, und der Gestank nach versengtem Fleisch war unerträglich. Er übertönte noch den letzten Geruch nach Tränengas, den B. J. ohnehin dem Unfall zugeschrieben hatte.

»Der Kerl war ein Vampir«, sagte sie, »und zwar ... oh, schon recht lange. Zwar noch kein Wamphyri, aber ziemlich dicht dran. Und jetzt müssen wir los! Es ist vorbei, und uns sollte besser niemand hier sehen!«

»Das waren bloß zwei«, entgegnete Harry, der sich immer noch ganz normal unterhalten konnte. »Wir wissen aber, dass es noch mindestens vier weitere gibt.«

»Ich weiß«, erwiderte sie, indem sie die Führung übernahm und sich daranmachte, im Schutz der Bäume den Hang hinaufzuklettern. »Unsere Tour ist abgeblasen. Ich muss mit dem Alten John reden – aber per Telefon! Möglich, dass sie uns von ihm aus nachgefahren sind! Hätten sie ein, zwei Minuten länger gewartet, hätten wir sie womöglich ...«

»... zu Radus Bau geführt?«, sagte Harry.

Sie bemerkte die Verwirrung in seiner Stimme, blickte sich um und sah es ihm nun auch am Gesicht an. Und sie glaubte, zu verstehen. Im Moment nahm er die Dinge so wahr, wie sie wirklich waren; er wusste, dass sie die Sklavin Radu Lykans, eines Wamphyri, war! Und ihm war klar, dass er im Dienst von Radus Stellvertreterin, Bonnie Jean, stand, die ihn gegen die Knechte anderer Vampirlords einsetzte. Unter Umständen hatte das »Märchen«, dass sie einander liebten – die Beziehung, die er zu B. J. aufgebaut hatte –, Schaden genommen. Womöglich hegte Harry bereits den Verdacht, dass er nur benutzt wurde.

Darum ... war es vielleicht das Klügste, diesen ganzen Vorfall einfach aus seinem Geist zu löschen. Aber nicht hier! Je schneller sie von hier wegkamen, desto besser.

»Schon gut«, sagte sie über die Schulter. »Im Auto erkläre ich dir alles. Dann wird dir alles, was du jetzt nicht verstehst ... oh, sehr viel einfacher vorkommen.«

Und es gab auch ein, zwei Dinge, die er ihr erklären musste ...

... zum Beispiel: »Wie? Wie hast du das angestellt?« Sie fuhren nach Süden, Richtung Dalwhinnie.

Harry stand zwar noch immer unter ihrem Einfluss, trotzdem vermochte er nicht zu antworten. Andersons Befehl hatte absolute Priorität – er musste seine Talente um jeden Preis schützen. Darum musste er lügen. Der Schweiß trat ihm auf die Stirn. »Ich habe den einsamen Rächer gespielt, so wie du sagtest. Ich wartete bis zum letzten Moment und sprang dann auf die Straße. Hätte der Fahrer nur eine Sekunde überlegt ... hätte er mich wahrscheinlich erkannt und überfahren. Hat er aber nicht! Er versuchte auszuweichen, riss das Lenkrad herum und verlor die Kontrolle über den Wagen.«

»Hast ... hast du sie noch alle?«, stieß sie hervor. »Du hättest tot sein können!«

»Hätten sie auf mich zugehalten, wäre ich wieder ins Gebüsch gesprungen. Es hieß: sie oder ich – beziehungsweise du!«

»Du hast es für mich ...?« Sie verstummte. Das wollte sie nun wirklich nicht hören, dass Harry es für sie getan hatte. Sie wollte lieber daran glauben, er habe es aufgrund ihrer posthypnotischen Programmierung getan, oder etwa nicht? Doch wie dem auch sein mochte, seine Antwort brachte sie völlig aus dem Konzept, sodass ihr gar nicht einfiel, ihn zu fragen, wie es ihm denn gelungen sei, die anderthalb Kilometer von der Stelle, an der sie ihn abgesetzt hatte, bis zu dem Punkt, an dem der Kombi von der Fahrbahn abgekommen war, zurückzulegen. Sie fragte sich noch nicht einmal, wie es kam, dass er sofort gewusst hatte, was sie mit seinem Feuerzeug wollte. Dem Necroscopen war klar, weshalb:

Er hatte ihr keine Zeit gelassen, sich darüber zu wundern, wie das Innere des verunglückten Wagens aussah. Hätte sie nämlich bemerkt, dass er ihn in die Luft gesprengt hatte, hätte sie nur weitere Fragen gestellt, und er hatte keine Ahnung, wie er ihr *dies* erklären sollte.

Aber sie stellte keine weiteren Fragen mehr, nicht in Zusammenhang mit diesem Ereignis. Denn noch ehe sie in Dalwhinnie eintrafen, hatte B. J. es schon aus dem Geist des Necroscopen gelöscht und ihm erklärt, es handle sich bloß um einen Albtraum, so wie all die anderen Albträume auch, und er solle ihn einfach vergessen ...

Die beiden bekamen nicht mit, dass gut dreihundert Meter hinter der Kurve ein Motor angelassen wurde, als sie den »Unfallort« verließen, und ein weiterer Wagen, der bislang auf der Grasnarbe geparkt hatte, auf die Straße einbog. Der Fahrer ließ ihn lautlos bis zu der durchbrochenen Leitplanke rollen und hielt an der Stelle, an der sich eine dunkle Rauchsäule vom Laubdach der Bäume unten am Fluss in den blaugrauen Himmel erhob.

Der Fahrer – ein zierlicher Mann in einem leichten, schwarzen, bis zum Hals zugeknöpften Regenmantel, mit weißem, breitkrempigem Schlapphut und seitlich geschlossener Sonnenbrille – stieg aus und kletterte hastig zwischen den Bäumen hinab. Indem er den Spuren B. J.s und des Necroscopen folgte und ansonsten immer nur seiner Nase nachging, erreichte er bald den Schauplatz, an dem das Feuer wütete.

Das Unterholz brannte wie Zunder, doch die Flammen fraßen sich hangaufwärts, in Richtung der Straße hin, die eine natürliche Brandschneise bildete. Darum war es möglich, in die Nähe des lichterloh brennenden Wagens zu gelangen, von dem das Feuer eindeutig seinen Ausgang nahm. Deutlich zu sehen waren zwei schwarz verbrannte Leichen, die eine hinter dem Lenkrad zusammengesunken, die andere lehnte sitzend neben der geborstenen Tür.

Der kleine Mann hielt sich ein gutes Stück vom Feuer entfernt. Seine glitzernden, unter der schattigen Hutkrempe gelb wirkenden Vogelaugen nahmen die Szenerie in sich auf. Ein glänzend schwarzes, qualmendes Objekt, in Form und Größe einer Salatgurke nicht unähnlich, zischte und prasselte in einiger Entfernung von dem Flammenmeer vor sich hin. Es erbebte noch einmal und blieb dann reglos liegen, als der kleine Mann einen abgebrochenen Ast aufhob und es damit anstieß. Eine klebrige Schleimspur, die von dem rot glühenden Auto aus zu dem Ding führte, ließ vermuten, dass das Wesen es noch von selbst bis zu der Stelle geschafft hatte, an der es gestorben war.

Es *war* tot, daran gab es keinen Zweifel, aber er konnte es nicht hier liegen lassen. Früher oder später würde gewiss jemand darüber stolpern und es näher untersuchen. Und so weit durfte es auf gar keinen Fall kommen. Also nahm der Mann im Regenmantel seinen Ast und schob den Egel wieder in die tosenden Flammen. Das sollte genügen.

Darauf kehrte er unverzüglich zu seinem Wagen zurück und fuhr los. Es war an der Zeit, seinen Gebietern auf Sizilien Bericht zu erstatten ...

Von Dalwhinnie aus rief B. J. den Alten John an und erzählte ihm, was passiert war. Sie befahl ihm, ihr ihren Wagen zu bringen, und beschrieb ihm, wo er ihn abstellen sollte und wo sein eigener Wagen zu finden war. Und nachdem er das kapiert hatte, sagte sie ihm: »Jetzt liegt alles bei dir, John! Wirst du es schaffen?«

»Das Wetter ist gut«, erwiderte er, kaum in der Lage, seine Begeisterung zu verbergen, »und ich werd die leichte Route nehmen. Mach dir mal keine Sorgen, Kleines ... der Alte John wird das Kind schon schaukeln! Und ich glaube, ich freu' mich sogar darauf – Ihn endlich wiederzusehen!«

»Aber das Füttern, alter Freund, das Füttern! Du musst mir versprechen, dass du auf dich aufpasst!«

»Lass dir deswegen bloß keine grauen Haare wachsen«, entgegnete er. »Ich bin ein alter Hase. Seine Zeit ist nah und er wird Hunger haben. Ich werde auf der Hut sein!«

»Gut. Aber du musst sichergehen – absolut *sicher* –, dass niemand dir folgt. Es ist gut möglich, dass sie dich auch beobachten, John!«

B. J. konnte sich sein wölfisches Grinsen gut vorstellen, als er erwiderte: »Aye, aber ich bin nicht so leicht zu kriegen. Und meine alte Schrotflinte habe ich mit Silber geladen, das weißt du doch!«

»Dann viel Glück! Und lass von dir hören, wenn alles erledigt ist.«

»Das werde ich tun!«

»So sei es«, sagte Bonnie Jean und legte den Hörer auf ...

ACHTES KAPITEL

In Dalwhinnie, Schottland, war es noch früh am Morgen; im Kloster Drakesh hingegen, auf dem Tingri-Plateau, war es schon vor zwei Stunden Mittag gewesen ...

Der weiß gekleidete Novize, den Harry durch die weiße Einöde stapfen gesehen hatte, geradewegs auf das Gesicht im Felsen zu, war bereit. Bereit, die letzte Herausforderung (so sah er es wenigstens) auf sich zu nehmen, das Ritual der »Reinigung«, der seit Langem ersehnten Aufnahme in die Drakesh-Sekte.

Er war von allen irdischen Sünden, den Lastern des Fleisches, des Geistes und der Seele gereinigt. Er hatte die volle Härte des Klosterlebens ertragen – dessen Enthaltsamkeit, Askese und Abgeschiedenheit; denn es war verboten, miteinander zu sprechen. Alles, was die Bruderschaft sich versagte, hatte auch er sich versagt, ohne dazuzugehören, ohne einer von ihnen zu sein. Kurz, während der zwei langen Jahre, die er nun schon hier lebte, hatte er ... eine Lüge gelebt.

Denn was er und die beiden anderen Neulinge nicht wussten, war, dass sie die *Einzigen* waren, die Enthaltsamkeit, Askese und Abgeschiedenheit auf sich nahmen. Was nun die übrigen Brüder anging: *Sie* waren bereits vor langer Zeit initiiert worden. *Sie* hatten ihren Gebieter, Daham Drakesh, und er kümmerte sich um sie. Sie badeten in Blut, welches das Leben ist, im unreinen Blut ihrer Mitbrüder; und sie hatten einander. Mehr noch, sie verfügten auch über die Frauen der Siedlung, über alles, was deren Höfe und Äcker hergaben, und des Nachts über ihre warmen, sich windenden Körper (zumindest solange sie noch warm waren); und über ihr Blut, wenn auch nur in geringen Mengen, als Vorgeschmack sozusagen auf die Schwelgereien, die sie erwarteten.

Ah, denn ihr Gebieter sorgte für sie in dieser endlosen weißen Einöde, nicht anders als er draußen in der Welt für sie sorgen würde, wenn diese endlich ihm ... ihnen gehörte! Nur eines war den Brüdern verboten – unter gar keinen Umständen durften sie eine der Frauen schwängern oder sie aussaugen bis zum Tod beziehungsweise Untod, und schon gar nicht durften sie sie so weit schwächen, dass sie nicht mehr arbeiten konnten. Aber es gab nur ein einziges Vergehen, das niemals vergeben wurde – nämlich sich dem Vampirlord Daham Drakesh zu widersetzen. Die Strafe, die darauf stand ...

... Es gab unterschiedliche Arten, auf die Sünder oder auch Unschuldige – zum Beispiel Novizen – dem Kloster Daham Drakeshs dienen konnten.

Dieser Neuling – die ganz in Weiß gekleidete Gestalt, die der Necroscope, drei Priester vor und drei hinter sich, durch den Schnee stapfen gesehen hatte – war bereit für seine letzte Prüfung. In den vorangegangenen beiden Jahren hatte er wochenlang ohne Unterbrechung gefastet, dann wieder nur Jakmilch, grobes Brot und weißen Honig zu sich genommen. Seit einem Monat ernährte er sich nun so, dass er zehn Pfund an Gewicht verloren hatte und mittlerweile kaum mehr als hundertfünf Pfund wog. Dabei handelte es sich um einen jungen, bis dahin kräftigen Mann von achtzehn Jahren.

Seine Prüfungen bestanden aus Fasten, Frieren, Einsamkeit, Keuschheit (was nicht weiter ins Gewicht fiel, da er in seinem ganzen Leben noch nie mit einer Frau zusammen gewesen war), Selbstzucht, harter Arbeit und – Furcht. Letzteres, weil es im Kloster merkwürdige ... *Geräusche* gab und eine Aura ...

Die erste Prüfung hatte aus Arbeit bestanden. Monatelang musste er sich abmühen, sich eine eigene kleine Höhle aus dem gewachsenen Fels zu graben, denn er durfte nicht in einem Bett schlafen, ehe er nicht einen Platz dafür hatte. Und auch die übrigen Prüfungen ergaben sich zwangsläufig: Er durfte nur essen, was die Brüder ihm gaben, nur sprechen, wenn er angesprochen wurde, und auch nur auf eigene Gefahr masturbieren. Die *Sensibilität* der Brüder, insbesondere Daham Drakeshs, war beängstigend. Es schien, als könnten sie Sex, ja, schon den Gedanken daran, geradezu riechen!

Doch er war von äußeren Einflüssen gereinigt, sein Körper kasteit und gezüchtigt, sein Geist betäubt worden. Und Daham Drakesh – der einige Übung darin besaß zu sehen und zu hören, ohne selbst gehört oder gesehen zu werden, und Dinge zu wissen, ohne dass jemand dies mitbekam – war zufrieden. Reinheit und Unschuld bereiteten Drakesh Freude, vielleicht weil er selbst beides nie gekannt hatte. Doch er wusste, wie man es sich beschaffte.

Der Hohepriester ließ sich Zeit, bis er in dem Gemach, in dem das Ritual stattfinden sollte, erschien. Zunächst suchte er die Kaverne mit den Kreaturen auf, vampirischen Mischwesen, die in ihren Bottichen heranwuchsen. Irgendwann würden sie Krieger sein, die Ersten in einer langen Reihe. Dann würde es hier genauso werden wie einst auf der Sternseite. Jede hoch gelegene Stätte eine Feste, in die man sich während des langen, todbringenden Tages zurückzog, und die Nächte ... ah, die Nächte würden Daham Drakesh gehören! In fünf, zehn, fünfzehn Jahren? Eine lange Zeit, aye, aber was bedeutete für einen Wamphyri schon Zeit?

Die Kaverne der Kreaturen: Niemandem außer Daham Drakesh persönlich und einer Handvoll seiner Leutnante war hier unten der Zutritt gestattet. Sollte je ein gemeiner Knecht diese Höhle betreten, brauchte er schon eine Menge Glück, um sie auch wieder lebendig zu verlassen. Drakesh blickte in einen der Bottiche hinab. Langsam, gemächlich kräuselte sich die gallertartige Oberfläche. Sie gediehen gut, seine Bestien. Wenn es sein musste, konnte er ihre Geburt rasch herbeiführen. Genauso gut konnten sie aber auch noch weitere hundert Jahre hier liegen und warten.

Anschließend begutachtete er die trogartigen Zuleitungen, die in die Bottiche führten, rostfarbene, aus dem Fels gehauene Rinnen, die der Versorgung der fötalen Abnormitäten, die hier gezüchtet wurden, mit Nahrung dienten. Dieser Narr in Chungking, Oberst Tsi-Hong, hatte doch tatsächlich von Drakesh verlangt, er solle *menschliche* Krieger züchten. Nun, und das würde er auch – er tat es bereits, man brauchte sich nur die Bruderschaft zu betrachten – doch von dem, was hier unten vor sich ging, hatte Tsi-Hong keine Ahnung.

Während der Vampir-Lord seine Bottiche inspizierte, erschollen irgendwo über ihm zischende, klatschende Laute, vertraute Geräusche, die er nur zu gut kannte. Es war schon erstaunlich, wie gut die Gemächer des Klosters den Schall übertrugen. Und dann begann es, ein Tröpfeln zunächst, das allmählich immer weiter anschwoll – eine rote Flut. Der Lebenssaft der Brüder, den sie aus eigenem, freiem Willen gaben, gurgelte durch die Rinnen in die Bottiche hinab. Im Innern der flüssigen Brutkästen entstand Bewegung, als deren schwerfällige, nur undeutlich zu erkennende Bewohner auf den reichen Blutstrom aufmerksam wurden.

Daham Drakesh lächelte auf seine unnachahmliche Art und ging weiter; er hatte all dies schon oft gesehen.

Er überließ die noch ungeborenen Wesen in den Bottichen ihrer Gier und erklomm eine steinerne Treppe, die hinauf in den Saal mit dem Trog führte, den Schauplatz der lautlosen rituellen Auspeitschungen. Von dort strebte er mit langen, weit ausgreifenden Schritten dem Gemach zu, in dem das letzte Aufnahmeritual stattfinden sollte. Jetzt konnte er es kaum noch abwarten. Der Anblick des blutigen Stromes in der Kaverne der Kreaturen und der rötliche Sprühnebel über dem Trog, in dem seine Anhänger schweigend ihre Qualen ertrugen, hatte seine Vampirsäfte in Wallung versetzt. Drakesh hatte eben auch seine Bedürfnisse, nicht anders als die in seinen Bottichen heranwachsenden Kreaturen, nur dass sein Geschmack erlesener war.

Der Novize wartete bereits. Ganz in Weiß gekleidet, kniete er zwischen zwei Jüngern in roten Gewändern (Drakeshs Leutnanten). Als der Gebieter eintrat, hob er den Blick – und senkte ihn sofort wieder. Das Gemach war klein, rechtwinklig und hatte eine hohe Decke. Am einen Ende war ein kaminartiger, nahezu lotrechter Schacht aus der massiven Felswand gemeißelt. Etwa zwei Meter über dem Boden begrenzte diesen Kamin ein gewaltiger Steinblock, zu dem Stufen hinaufführten wie zu einer Kanzel. Von einer Vorrichtung an der Decke baumelten mit klauenartigen Haken versehene Seile und Ketten herab. An der Seite stand ein hoch mit allmählich miteinander verschmelzenden Eisblöcken beladener Karren. An der gegenüberliegenden Wand führte eine Treppe hinab in die Dunkelheit.

Mit der Geschmeidigkeit eines Wamphyri trat Drakesh vor den Novizen, legte eine schmale Hand auf dessen gesenktes Haupt und fragte: »Mein Sohn, bist du dir auch sicher? Bist du bereit?« Seine Stimme klang sanft, beinahe mitfühlend. »Möchtest du deine weiße Kutte gegen das rote Gewand eines Bruders eintauschen?«

»Ja, mein Gebieter.« Der Novize brachte kaum mehr als ein Piepsen heraus. Seine Angst war so groß, dass er um ein Haar nein gesagt hätte ... doch nun wollte er nicht mehr aufgeben, insbesondere nicht jetzt, da Drakesh zugegen war. Angesicht in Angesicht mit Drakesh hätte er es niemals gewagt einzugestehen, dass er alldem nicht gewachsen war.

»Sieh mich an«, befahl der Herr des Klosters.

Das Gesicht des Novizen wirkte angespannt; seine Augen waren hohl, seine gelbe Haut so bleich wie safranfarbenes Pergament. Bläulich zeichneten sich die Adern darunter ab. Er roch so jung, so unschuldig, nach allem, was Drakesh nicht war. Der Vampir lächelte ...

... und fing an, ihm den Ablauf der Prüfung zu erklären. »Du wirst dich in den Kamin dort drüben stellen, den Kopf auf die Brust gesenkt, so als trügest du das Gewicht der ganzen Welt auf deinen Schultern! Aber keine Sorge, so schlimm wird es gar nicht werden. Diese Brüder hier werden Eisblöcke auf dich packen, zwei, drei, je nachdem, wie viele du ... zu tragen vermagst. In diesem Raum ist es nicht sehr kalt, und das Eis wird schon bald zu schmelzen beginnen. Deine Körperwärme wird das Ganze beschleunigen. Darin also besteht deine Prüfung, mein Sohn: im Gewicht des Eises, dem langsamen, kalten Tröpfeln und der drangvollen Enge des Kamins. Gegen all dies setzt du deine Entschlossenheit und Lebenskraft. Wenn die letzten paar Eissplitter schließlich an dir hinuntergleiten und zu deinen Füßen liegen, darfst du wieder heraussteigen. Dann wird es vorüber sein, und du bist ... ein Bruder!« Er klatschte in die Hände. »Genug der Erklärungen! Ab in den Kamin!«

Die Jünger in den roten Gewändern erklommen mit dem Novizen die Kanzel und halfen ihm in den Kamin hinab. Drakesh sah ihnen zu, wie sie den Flaschenzug in Betrieb setzten und damit begannen, Eisblöcke auf die Schultern des jungen Mannes zu packen. Doch ...

»Mein Gebieter!«, rief dieser aus. Seine Stimme klang erstickt. »Hier sind lauter kleine Löcher im Boden. Ziemlich viele ...«

»Aber natürlich«, rief Drakesh zurück. »Damit das Eiswasser abfließen und Luft nachströmen kann. Glaubst du etwa, ich will dich ertrinken oder ersticken lassen?«

Weitere Eisblöcke wurden in den Schacht gepackt. Übereinandergestapelt füllten sie ihn gerade so aus; und da sich der Kamin in der Wand leicht nach hinten neigte, konnten sie nicht nach vorn herunterfallen. Ihr ganzes Gewicht lag auf dem Jungen, der nun schrie: »Mein Gebieter, es ist zu schwer!« Seine Stimme war angestrengt, die einzelnen Wörter nur noch ein ächzendes Keuchen.

»Eine Prüfung ist eine Prüfung!«, entgegnete Drakesh kalt. »Wenn wir weniger verlangen, ist es nur eine Farce!« Spott schwang in seiner Stimme mit, während seine Jünger grinsten und mit wildem Blick an den Seilen zogen.

Die Eissäule ragte mittlerweile gut zwei Meter über das Loch im Boden, ihr Gewicht entsprach dem von fünf Männern. Als sich ein weiterer Block aus den Klammern und Haken löste und in den Kamin glitt, gab die ganze Säule ein paar Zentimeter nach. Der Atem des Novizen ging stoßweise und wurde immer lauter. Er spürte, wie sein Körper mit einem Mal immer weiter zusammengedrückt wurde.

»Ich ... kann nicht ... *mehr!*«, kreischte er. »Mein Gebieter, ich werde *zerquetscht!* ... meine Knie ... sind schon an der Wand ... das bricht mir das Kreuz!«

»Schrei ruhig, mein Sohn«, rief Drakesh zurück. »Das lindert den Schmerz. Stöhne und ächze, so viel du willst, so wie deine Mutter, als ihr Körper sich öffnete, um dich in diese Welt zu werfen. Sie gab dir dein Leben – das du nun mir gibst!«

Während seine Jünger sich weiterhin an den rasselnden Ketten zu schaffen machten, stieg Drakesh die Treppe hinab, in das Gemach *unter* dieser Folterkammer. Es war kalt, und als er sein Gewand ablegte, überlief ihn ein leichter Schauder ... aber er schauderte nicht vor Kälte. Es war die Vorfreude, eine fast schon sexuelle Erregung.

Vor einer Wand dieser Kammer war der Boden zu einem

flachen Becken ausgehöhlt. Drakesh trat nackt in das Becken und blickte nach oben. In die Decke direkt über ihm waren auf einer Fläche von zirka fünfzig mal fünfzig Zentimetern einhundert kleine, bis zum Sockel des Folterschachtes reichende Löcher gebohrt. Durch diese Löcher – durch den Fels hindurch – hörte er die verzweifelten Schreie seines Opfers, und von der Treppe her vernahm er das gnadenlose Rasseln der Ketten.

Schließlich ein letztes erkennbares Wort, ein schluchzendes *»M-m-mutter!«*, gefolgt von einem schrillen, kurzen Aufschrei, der rasch verhallte. Dann Stille und ein nicht enden wollendes, lautes Splittern. Danach waren nur noch ein leises Knirschen und ein nasses, schmatzendes Geräusch zu hören, als Fleisch und Knochen zu Brei zerquetscht wurden. Doch das Rasseln der Ketten hielt unvermindert an, und zuletzt ging dampfend ein warmer, roter Regen auf Drakesh nieder.

Aber damit war der Schrecken noch nicht zu Ende. Denn als Drakesh, das Gesicht nach oben gewandt, die Kiefer aufriss und die spindeldürren Arme ausbreitete, um die blutrote, prasselnde Flut zu empfangen, übernahm sein Parasit die Kontrolle. Jeder Anschein von Selbstbeherrschung, alles auch nur im Entferntesten Menschliche wich von ihm, als das Wesen in Drakeshs *Innerem* in dem Leben spendenden Saft schwelgte, dem Quell seines Daseins und Grundlage seines langen, verfluchten Lebens – im Blut eines Unschuldigen!

Drakeshs oliv-blasse Haut wurde fleckig und führte mit einem Mal ein merkwürdiges Eigenleben. Sein metamorphes Fleisch kräuselte sich über den Knochen; sein Gesicht, seine Brust, sein ganzer Körper, selbst seine Gliedmaßen begannen sich zu wellen, die Poren in seiner Haut öffneten sich wie winzige, gespitzte Mäuler – wie die Blüten eines dürstenden Kaktus' in einem Wüstenregen –, und ein jedes leckte mit einer eigenen Zunge nach dem Blut des Mannes, das sich über Drakeshs sich windende, gequälte Gestalt ergoss.

Es dauerte lange ...

Nachdem das Rasseln der Ketten verklungen war und die Jünger das obere Gemach hastig verlassen hatten (denn in seinem jetzigen Zustand wagten sie sich nicht auch nur in die Nähe ihres Gebieters), als Drakesh aus seiner grässlichen Ekstase wieder zu sich kam und aus dem Becken taumelte, als die winzigen Münder sich wieder schlossen und seine Haut ein zwar leichenblasses, ansonsten aber *unversehrtes* Aussehen annahm ...

... kam der Schmerz! Diese brennende *Qual!*

Drakesh fauchte vor Entsetzen, sank gegen die Wand zurück und blickte aus blutroten Augen auf sein brennendes Fleisch hinab. Was war das? Hatte er womöglich einen schrecklichen Fehler begangen? Hatte der Novize womöglich die Lepra oder eine andere ansteckende Krankheit? Doch nein, dies war nicht sein Parasit, der sich meldete. Diesen Schmerz empfand nicht er – dies spielte sich bloß in seinem Geist ab.

Mentalismus. Telepathie. Dies empfing er von weit, weit entfernt. Aber es schien so real – so unmittelbar, so absolut in Einklang mit ihm, dass es nur einen einzigen Ausgangspunkt haben konnte. Fleisch von seinem, Drakeshs, Fleisch: sein Blutsohn und sein erster Leutnant, in Schottland, über siebentausend Kilometer weit weg!

Drakesh öffnete sich der Qual, nahm einen Teil davon an, um in den dahinter stehenden Geist einzudringen. Und er hatte recht: Es handelte sich um seinen Blutsohn, den er in ein fernes Land geschickt hatte. Allem Anschein nach, um dort zu sterben: *Flammen verzehrten seinen Körper, fraßen sich in sein Vampirfleisch, bis in sein Innerstes, bis zu der Kreatur, die dort hauste. Seine Verletzungen waren nicht mehr zu beheben, so schlimm, dass niemand mehr etwas dagegen tun konnte.*

In der Hoffnung, auf diejenigen zu stoßen, die seinen Sohn dem Feuer überantwortet hatten, drang Drakesh tiefer in dessen gequälten Geist ein. Doch selbst Vampirfleisch kann sich angesichts der unerbittlichen Wahrheit, des endgültigen Todes, als schwach erweisen. Es würde nicht leicht sein, den entsetzten Verstand des Sterbenden anzuzapfen. Dennoch unternahm Drakesh den Versuch dazu.

Wer?, fragte er. *Auf welche Weise? Wenn du willst, dass ich dich räche, musst du mir das sagen, mein Sohn.* Das Wie erfuhr er sofort, denn sein verbrannter Sohn hatte es noch ganz frisch im

Gedächtnis: *Ein die Sinne betäubender Hitzeschwall und dann nur noch grelles Licht im Wagen, mitten während der Fahrt ... sie hatten eine dürftige Absperrung durchbrochen, dann der Sturz geradewegs in die Baumkronen ... alles geschah wie in Zeitlupe, so jedenfalls kam es ihm vor, bis zum bitteren Ende, als der Wagen mit der Motorhaube voran auf der Erde aufschlug. Und zuletzt der Schmerz, als das Begreifen einsetzte und die ungeheure Qual den geschundenen Körper überschwemmte.*

Doch noch ehe sie auch Drakesh erfassen konnte, fragte dieser: *Und nun, wer?*

Dieser Mann und die Frau, kam die Antwort von einem Geist, der in ebendiesem Moment in einem qualmenden Schädel zerkochte.

Zeig sie mir!

Hinter einer flirrenden Hitzewand erblickte Daham Drakesh durch blaue Flammen hindurch Gesicht und Gestalt der beiden, die seinen Sohn auf dem Gewissen hatten. Natürlich, der Mann auf den Fotos aus London – jener Alec Kyle? – und Radu Lykans Sklavin. Die Beschützer seines Erzfeindes aus grauer Vorzeit ... der jetzt wissen dürfte, dass auch *Seine* Feinde nun in der Welt umgingen!

Die Bilder, die Gesichter waren in der einen Sekunde noch da und in der nächsten verschwanden sie, verflüssigten sich mitsamt dem Geist, dem sie entstammten. Die letzten schwachen Schmerzensschreie verhallten ... die Flammen erstarben ... der Kontakt brach ab.

Entsetzt, noch ohne sich der Tragweite des Geschehens so recht bewusst zu sein, kleidete Daham Drakesh sich an. Seine Finger bebten, und vor seinem geistigen Auge sah er erneut das rätselhafte Gesicht des Mannes, den sein Blutsohn ihm gezeigt hatte, des Mannes von den Fotografien aus der Oxford Street, jenes ach-so-menschliche Antlitz, hinter dem sich eine unheimliche Intelligenz verbarg. Abermals überlief den Herrn des Klosters ein Schauder, diesmal allerdings nicht aus Vorfreude, diesmal lag es an der Kälte. An keiner gewöhnlichen Kälte, sondern an der fremdartigen Leere hinter den Augen jenes Mannes.

Für einen kurzen Moment war dem Vampir, als stehe ihm eine

sonderbare, bedrohliche Nacht bevor, deren Schatten bereits ihre Klauen nach ihm ausstreckten ...

Zwei Tage später erwachte der Necroscope Harry Keogh am frühen Vormittag, als das Telefon läutete. Er hatte lange geschlafen und war von merkwürdigen Träumen heimgesucht worden – er hatte von der Großen Mehrheit geträumt, die zwar über ihn redete, aber nicht mit ihm –, und als er den Blick auf seinen Reisewecker richtete, tickte der Zeiger gerade von 9.44 auf 9.45 Uhr. Das Telefon auf dem Nachttischchen hörte nicht auf zu läuten. Harry streckte den Arm aus und nahm den Hörer ab. Das Ding jagte ihm schon seit Langem keine Angst mehr ein, auch wenn es immer noch flüchtige, beunruhigende Erinnerungen hervorrief. »Hu?«, grunzte er, während seine Träume verblassten und er allmählich zu sich kam.

»Habe ich dich geweckt?« Im ersten Moment erkannte Harry die raue Stimme am anderen Ende der Leitung nicht, doch dann fiel bei ihm der Groschen.

»Ben? Ben Trask?«, fragte er und dachte: *Das E-Dezernat? Was soll das jetzt wieder?* Aber was sollte schon sein, außer dass sie vielleicht etwas erfahren hatten. Etwas schärfer fragte er, nun ganz bei der Sache: »Ben, ist es wegen Brenda?«

»Tut mir leid, Harry«, erwiderte Trask. »Nein, deshalb rufe ich nicht an. Wir sind immer noch dran, das versteht sich von selbst, aber bisher konnten wir ... nichts in Erfahrung bringen. Es ist nur so, dass wir schon eine ganze Weile nichts mehr von dir gehört haben, und da dachten wir, wir sollten uns mal wieder unterhalten.«

»Wir?«

»Darcy, und wir anderen auch ... Wir wollen einfach nur wissen, wie es dir so geht?« Es fiel Trask nicht leicht zu lügen. Er war ein menschlicher Lügendetektor, und so etwas ging ihm gegen den Strich.

Harry nickte, obwohl sein Gegenüber ihn ja nicht zu sehen vermochte. »Im Großen und Ganzen gut. Und wie läuft es bei euch?«

»Routine.« Harry konnte regelrecht spüren, wie Trask die

Achseln zuckte. »Nicht dass hier irgendetwas jemals wirklich reine Routine wäre! Und anscheinend gehen bei dir da oben ja auch ein paar komische Dinge vor ...«

Das war es also. Der Necroscope unternahm keinen Versuch, seinen Ärger zu verbergen. »Was willst du, Ben? Komm endlich zur Sache! Und wo ist eigentlich Darcy? Sollte er nicht diesen Anruf erledigen?« *Oder versuchst du wieder einmal, der Wahrheit auf die Schliche zu kommen, he? Aber weshalb sollte ich euch belügen?*

»Es gab einen Unfall – nun ja, ein *Vorkommnis* – bei dir da oben in Schottland«, antwortete Trask. »Hast du es nicht in der Zeitung gelesen?« Darüber, wo Darcy Clarke sich aufhielt, verlor er kein Wort.

»Ich bekomme nur die Sonntagszeitungen«, entgegnete Harry. »Wovon sprichst du eigentlich?« Den Necroscopen hatte die Neugier gepackt, aber er war auf der Hut. Was auch immer hier los war, weshalb meldete sich das E-Dezernat bei ihm? Glaubten sie etwa, er sei in irgendetwas verwickelt? Hier in Schottland hatte er doch keine Bank ausgeraubt, oder?

»Ein Vorkommnis«, wiederholte Trask. »Am River Spey, nördlich des Atholl-Forest, erst vor ein paar Tagen.«

»Am Fluss? Was für ein Vorkommnis?« Die Sache wurde immer merkwürdiger.

Er war mit Bonnie Jean unterwegs dorthin gewesen, doch dann hatte sie keine Lust mehr zum Klettern gehabt. Ihr war nicht gut gewesen ... vielleicht hatte sie auch geglaubt, er sei der Sache nicht gewachsen.

»In der Nähe des Flusses«, sagte Trask. »Ein Wagen kam von der Straße ab und brannte aus. Die Insassen verbrannten mit. Grauenhaft! Aber die Polizei fand eine Waffe, was auf eine Schießerei schließen lässt. Es gab zwei Leichen, Angehörige einer tibetanischen Sekte. Im Innenministerium geht man wohl davon aus, es handle sich um eine Auseinandersetzung zwischen Sektierern. Ein Dutzend dieser Kerle befanden sich bereits in England und weitere sechs auf dem Weg hierher. Ihre Aufgabe: In Gruppen von je sechs Mann das »Wort Gottes« oder was auch immer zu verbreiten. Den sechs Leuten, die hierher unterwegs waren, wurde die Einreise verweigert, in London wurden sechs weitere ausgewiesen. Damit bleiben vier, von denen wir keine Ahnung haben, wo sie sich aufhalten ...«

»Und?«, fragte der Necroscope, als Trask fertig war. »Was hat das mit mir zu tun?«

Kurzes Schweigen. »Ich wollte es dir nur mitteilen, Harry. Ich meine, da du ja zufällig da oben bist ...?«

»Ben, ich bin nicht euer Verbindungsmann in Schottland. Ich dachte, das wäre klar! Ich habe mit dem Dezernat abgeschlossen, ich gehöre nicht mehr dazu!«

Trasks Stimme klang etwas kühler, als er erwiderte: »Niemand will etwas von dir, Harry. Ich teile dir nur etwas mit, das ist alles!«

»Na gut, vielen Dank«, entgegnete der Necroscope, ebenso kurz angebunden. »War es das?«

»Ja!«

»Dann mach's gut!«, sagte Harry und legte auf, ohne eine Antwort abzuwarten.

Am Londoner Ende der Leitung blickte Trask Darcy Clarke an, der neben ihm stand, und knurrte: »Das gefällt mir nicht!«

»Das konnte ich sehen und hören«, nickte Darcy. »Und ich bin ganz deiner Meinung. Aber jetzt denke nicht länger darüber nach und sag mir, was du davon hältst!«

Trask schüttelte den Kopf. »Komisch, ich habe den Eindruck, er *glaubt* tatsächlich, dass er die Wahrheit sagt.«

»Er glaubt es?«

»Von seinem Standpunkt aus«, versuchte Trask zu erklären, »hat er die Wahrheit gesagt – er hat nichts damit zu tun, was auch immer da oben geschehen sein mag. Aber dennoch ... würde ich dafür nicht die Hand ins Feuer legen. Solche Komplikationen sind mir bisher nur selten untergekommen.«

»Komplikationen?«

»Wo ich jemandem so vorbehaltlos glaube, dass ich mein eigenes Talent infrage stellen muss! Trotzdem stimme ich dir zu: Die ganze Sache da oben, was immer es sein mag, trägt eindeutig die Handschrift des Necroscopen. Das Gleiche gilt übrigens auch für dich!«

Darcy begriff nicht ganz. »Was soll das heißen?«

»Die Komplikationen, die ich erwähnte!« Trask blickte ihn

durchdringend an. »Wenn es um Harry geht, habe ich genau dasselbe Gefühl auch bei dir. Ich meine, ich vertraue dir absolut, Darcy. Aber irgendwie werde ich das Gefühl nicht los, dass du ... dir selber nicht traust!«

***

Nachdem Trask das Büro verlassen hatte, saß Darcy an seinem Schreibtisch und ließ sich das soeben Gesagte durch den Kopf gehen. Schließlich seufzte er, denn er wusste, dass Trasks Talent einwandfrei funktionierte. Der ESPer hatte recht: Darcy traute sich selber nicht. Zumindest misstraute er der Entscheidung, die er damals, vor über drei Jahren, getroffen hatte. Er war nach wie vor hin und hergerissen zwischen der Sicherheit des E-Dezernats und dem Wohlergehen eines Freundes. Und Harry stand immer noch unter den posthypnotischen Einschränkungen, die Dr. James Anderson ihm auferlegt hatte.

Wie diese sich im Einzelnen auf sein Leben auswirkten ... wer vermochte das schon zu sagen? Im Großen und Ganzen wollte Darcy allerdings gerne glauben, dass seine Entscheidung richtig gewesen war. Die Sache mit den tibetanischen Mönchen in den roten Gewändern zum Beispiel! Okay, Harry hatte also nichts damit zu tun – aber einmal angenommen, er wäre doch irgendwie darin verwickelt? Was, wenn diese religiösen Fanatiker von seinen Talenten gewusst und es aus ganz eigenen Gründen auf ihn abgesehen hatten? Dann war es für alle Beteiligten doch sicherlich besser, dass Harry in dieser Hinsicht neutralisiert worden war? Natürlich ...

... Aber dennoch fühlte Darcy sich schuldig. Nun, er musste wohl lernen, damit zu leben.

In seinem Haus bei Bonnyrigg häufte der Necroscope geistesabwesend Kissen aufeinander und lehnte sich dagegen. Stirnrunzelnd betrachtete er das Telefon und fragte sich, was all dies zu bedeuten hatte. Tibetanische Mönche in roten Gewändern? Natürlich wusste er etwas über sie ... nämlich dass sie beziehungsweise ihr Kloster auf irgendeine Art mit seiner Zukunft verknüpft waren.

Aber das war auch schon alles. Vielleicht würde er in nicht allzu ferner Zukunft versuchen, mehr darüber in Erfahrung zu bringen. Was jedoch die jüngste Vergangenheit betraf:

Zwei Leichen in einem ausgebrannten Wagen und Hinweise auf eine Auseinandersetzung zwischen Sektierern? Gab es da eine Verbindung? Falls ja, sah er sie jedenfalls nicht. Für den Augenblick zumindest musste er es dabei belassen.

Mehr vermochte er nicht zu tun; denn Tatsache war, dass Harry Keogh im Wachbewusstsein von all dem wirklich absolut keine Ahnung hatte. Das Wissen darum war aus seinem Leben herausgerissen worden wie eine Seite aus einem Buch, und es gab nur eine einzige Person, die sie neu beschreiben konnte.

Und da sie dies wohl kaum tun würde, vielleicht auch noch nicht bereit dazu war, wurde es zu einem Teil der verlorenen Jahre ...

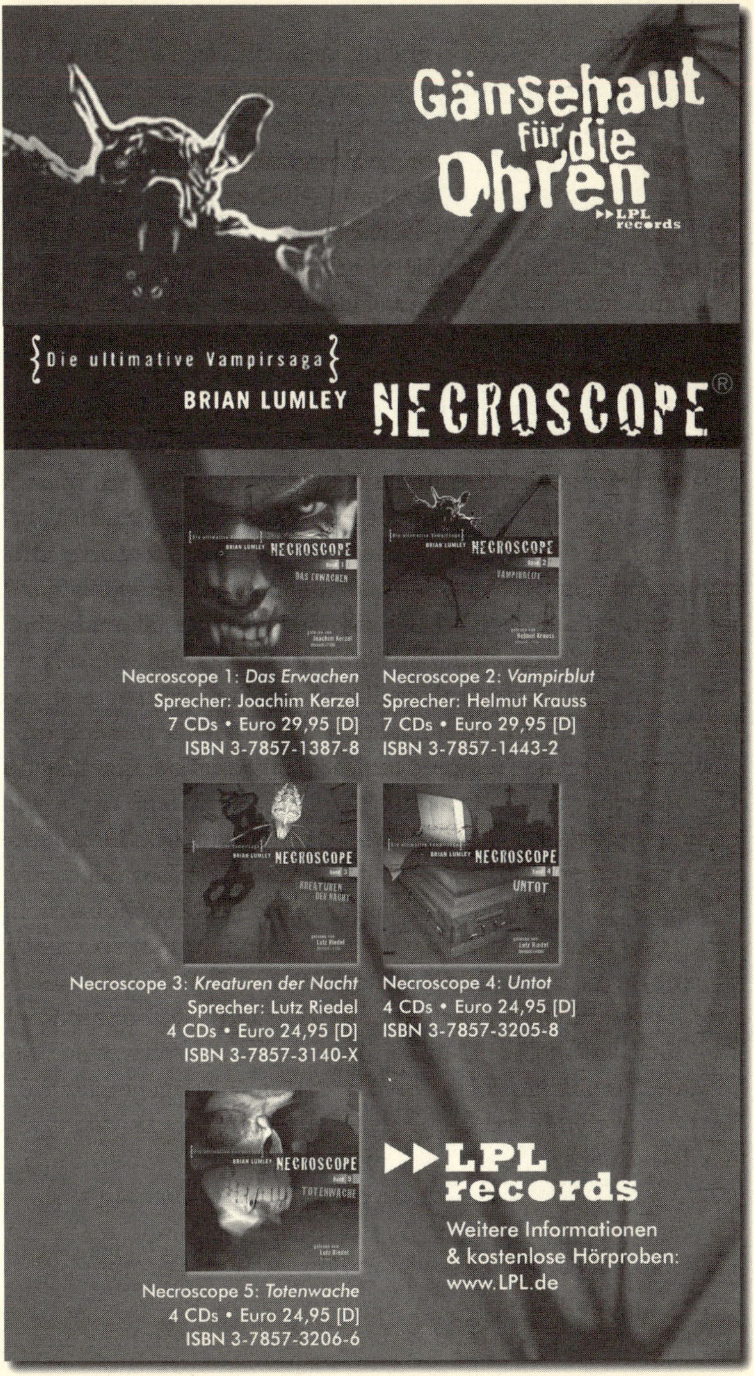
Gänsehaut für die Ohren
LPL records
{Die ultimative Vampirsaga}
BRIAN LUMLEY NECROSCOPE®
Necroscope 1: Das Erwachen
Sprecher: Joachim Kerzel
7 CDs • Euro 29,95 [D]
ISBN 3-7857-1387-8
Necroscope 2: Vampirblut
Sprecher: Helmut Krauss
7 CDs • Euro 29,95 [D]
ISBN 3-7857-1443-2
Necroscope 3: Kreaturen der Nacht
Sprecher: Lutz Riedel
4 CDs • Euro 24,95 [D]
ISBN 3-7857-3140-X
Necroscope 4: Untot
4 CDs • Euro 24,95 [D]
ISBN 3-7857-3205-8
Necroscope 5: Totenwache
4 CDs • Euro 24,95 [D]
ISBN 3-7857-3206-6
LPL records
Weitere Informationen
& kostenlose Hörproben:
www.LPL.de

FESTA

F. Paul Wilson

ISBN: 978-3-86552-037-1

Der Adversary-Zyklus

Der Adversary-Zyklus schildert den Kampf der Menschheit gegen die böse Macht Rasalom.
Während *Das Kastell*, *Die Gruft* und *Die Gabe* einzeln und in beliebiger Folge lesbar sind, sollte man *Erweckung*, *Angriff* und *Nightworld* anschließend und in dieser Reihenfolge lesen.

ISBN: 978-3-86552-039-5

Handyman Jack, der ›Mann für alle Fälle‹ und Held weiterer Bestseller des Amerikaners F. Paul Wilson, besteht sein erstes Abenteuer in *Die Gruft*. In *Nightworld* erlebt er den Untergang der menschlichen Zivilisation.

ISBN: 978-3-86552-081-4

Das Haus der Fantastik